붕괴하는 악마의 영토 2

The Desolations of Devil's Acre

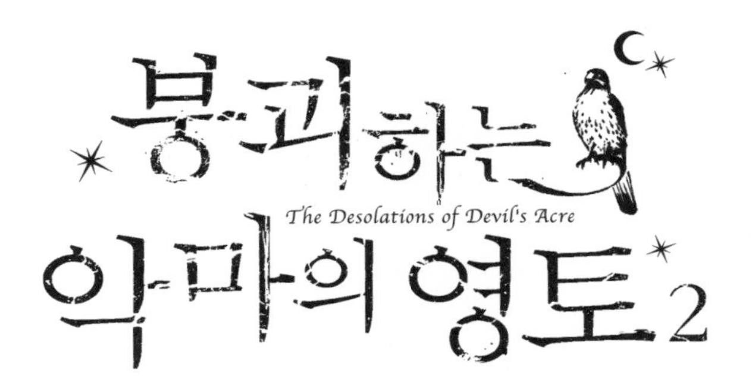

랜섬 릭스 지음 | 변용란 옮김

폴라북스

제 14 장
chapter fourteen

십대 일곱 명과 개 한 마리는 세 임브린에게 작별 인사를 한 뒤 열린 문으로 걸어 들어갔다. 카펫 가장자리를 지나며 부츠 굽이 쿵쿵 소리를 내다가 곧이어 담요처럼 깔린 낙엽이 밟혔다.

"이제 서둘러 가거라, 애들아, 우린 문을 닫아야 해." 렌 원장이 아직도 품에 매달려 있는 호러스를 우리 쪽으로 쫓아 보내며 소리쳤다. 호러스가 실내를 완전히 벗어나자 임브린들은 복도에서 우리에게 손을 흔들다가 문을 닫았다. 눈물을 흘리며 길게 작별 인사를 나눌 시간은 없었다. 카울이나 그자가 보낸 괴물이 숨어들기 전에 팬루프티콘 작동을 중단시켜야 했다.

열기에 흐물거리듯이 삼면만 벽이 있던 방이 공중에서 일렁거리다가 점점 희미해지면서 사라졌다. 우리는 집에 돌아갈 확실한 방법도 없이 프랑스 숲에 외로이 남았다. 어쨌거나 그곳은 내가 집이라고 생각하기 시작한 곳이었다. 세찬 바람이 우리 주변의 낙엽들을 허공으로 휘날리며 나무 사이로 고독한 바람 소리를 일으켰다. 묵직하게 내려앉기 시작한 침묵을 자르듯 엠마가 짝 박수 소리를 냈다. "좋았어!" 엠마가 소리쳤다. "첫 번째 임무. 호크스빌 원장님을 찾는다."

우리는 주변을 돌아보았다. 길도 인적도 표지판도 없었다. 앞쪽으로는 나뭇가지가 빽빽한 관목 숲이 이어졌고 반대쪽으로도 꽉 막힌 언덕 지형이라 어느 방향으로도 멀리까지 내다보이지 않았다.

누어가 밀라드를 돌아보았다. "보니까 네가 지도를 챙기던데."

"지도는 엄청 챙겨 왔지." 밀라드가 대답했다. "하지만 현재 위치를 모르면, 지도가 있어도 별 소용이 없어."

"숲속에 있잖아." 브로닌이 말했다.

"고맙지만, 그건 나도 봐서 알아. 위치를 특정할 지형지물을 찾아야 해."

관목 숲 방향에서 총성이 멀찍이 들려왔다.

"전쟁은 저쪽에서 벌어지고 있군." 호러스가 손가락으로 가리키며 말했다.

"그걸로 다 해결되겠네. 너희들 진짜 다 천재라니까." 에녹이 비아냥거렸다.

애디슨이 뒷다리로 일어섰다. "턴 원장님의 루프가 최전선 건너편에 있다면서, 그냥 총소리를 따라가다가 넘어가면 안 돼?"

"총에 맞을 수 있기 때문에 안 돼." 호러스가 천천히 말했다. 낮은 폭발음이 최전선 방향에서 울려 퍼졌다.

"혹은 폭사당하거나." 에녹이 덧붙였다.

"흠, 그럼 그러지 말든지." 애디슨이 헛기침을 했다. "영웅적이라고 떠받들어지는 것치고 너희는 그런 걸 엄청 많이 걱정하는구나."

"영웅적이란 게 어리석다는 것과 같은 말은 아니거든." 호러스가 말했다.

애디슨이 호러스를 노려보았다.

"쟤한테 입마개 씌워놓으면 안 돼?" 에녹이 딱히 누구에게 하는 말인지 모르게 물었다.

상황이 더 심각해지기 전에 엠마가 둘을 갈라놓았다. "너희 **모두** 멍청하게 굴고 있어. 어쩔 수 없는 상황이라면 나름대로 전선을 넘어갈 방법을 찾겠지만, 그전에 먼저 호크스빌 원장님을 찾아야지."

"올리브가 있었으면 나무 위로 떠올라서 집을 찾을 수 있었을 텐데." 밀라드가 말했다.

"이렇게 해보는 건 어떨까?" 내가 말했다. 나는 손나팔을 만들고 소리쳤다. "**호크스빌 원장님!**"

호러스가 달려들어 내 입을 손으로 막으려 했다. "조용히 해!" 하지만 나는 호러스를 밀어냈다. "대체 언제부터 **그런 방식으로** 임브린을 찾았다고 그래?"

"더 좋은 생각이 있는 사람도 없잖아?"

"하지만 **군인들이** 올지도 모르잖아!"

"소리를 질러서 찾을 생각이라면 훨씬 더 크게 불러야지." 브로닌은 이렇게 말하고는 고개를 뒤로 젖히고 고래고래 목청껏 소리를 질렀다. **"호크스빌 원장님!!!"**

호러스는 양 손바닥으로 얼굴을 가리고 중얼거렸다. "너 또 꿈을 꾸고 있구나. 꿈 깨, 호러스."

엠마는 어깨를 으쓱했다. "아예 우리 다 같이 소리를 질러 볼까?"

그래서 우리는 다 같이 고함을 질렀다. 호러스까지 포함해서. 우리는 숨이 차서 헉헉거릴 때까지 소리를 질렀고, 숲에 호크스빌 원장의 이름이 메아리로 울리다 뒤를 이은 정적 속에서 귀를 기울였다.

멀리서 들려오던 총성도 멎었으므로 혹시 우리가 실수를 저지른 건 아닌지, 군인들이 우리를 찾으려고 숲에서 곧 튀어나오는 건 아닌지 걱정되기 시작했다.

우리 뒤쪽 언덕에서 작은 목소리가 들렸다. "안녕하세요?"

우리가 단체로 고개를 돌리자 언덕 꼭대기에 긴 원피스를 입고 커다란 모자를 쓴 사람의 형체가 보였다. 얼굴은 보이지 않았다. 누군지 모르지만 우리 모습이 마음에 들지 않았는지 상대는 즉각 방향을 틀어 나무 사이로 모습을 숨겼다.

"놓치면 안 돼!" 밀라드가 소리쳤다.

우리는 묵직한 배낭과 부츠 때문에 누가 발을 잡아끄는 느낌을 받으며 달려갔다. 언덕 꼭대기에 오르자 더 넓은 숲이 우리 앞에 펼쳐져 있었다. 애디슨은 몸을 화살처럼 곧게 펼치고 달리며 짖어댔다. 형체는 관목 숲 뒤로 사라졌다. 그 사람의 뒤를 따라 달리자 드디어 공터가 나타나고 지붕에 갈대를 얹은 작은 오두막이 보였다. 불에 탄 교목과 그을린 관목에 둘러싸인 집 앞마당엔 꽃밭이 있던 자리에 폭탄이 남긴 움푹한 구덩이가 두 개나 파이고, 그 사이로 자갈이 깔린 좁은 진입로가 현관문으로 이어졌는데, 내 시선이 현관문에 닿은 순간 쾅 소리를 내며 닫혔다.

오두막 안에서 누군가 쿵쾅거리며 다니는 소리가 들렸다.

잔디를 밟지 마시오, 라는 글귀가 세 가지 언어로 적힌 큼지막한 표지판이 마당에 세워져 있었지만, 비켜 걸을 만한 잔디가 별로 남아 있지도 않았다.

"호크스빌 원장님!" 브로닌이 소리쳤다. "우린 원장님이랑 얘기를 해야 해요!"

덧문이 달린 작은 창문이 벌컥 열리며 할머니가 밖을 내다보았다. "**바 트 페르 퀴르 욍 외프!** (Va te faire cuire un oeuf, 프랑스어로 '썩 물러가서 네 일이나 해라'라는 뜻-옮긴이)" 할머니가 소리쳤다. "썩 꺼져라, 나는 누구와도 할 말이 없어!" 쾅 소리를 내며 창문을 닫았던 할머니가 다시 창문을 열고는 "그리고 내 잔디밭 밟지 마!"라고 외친 뒤 창문을 닫았다.

"원장님 도움이 필요해요!" 엠마가 소리쳤다. "제발 부탁이에요!"

"임브린들이 저희를 보내셨어요!" 내가 고함을 질렀다.

창문이 다시 열렸다. "뭐라고 한 거냐?"

"임브린들이 저희를 보내셨다고요."

할머니가 우리를 빤히 쳐다보았다. "너희가 **이상한 종족**이라고?"

"원장님 루프에 들어와 있잖아요, 안 그래요?" 에녹이 말했다.

의심스러운 듯 인상을 찌푸리며 좀 더 오래 우리를 노려보던 할머니는 아무 말 없이 창가에서 모습을 감추었다.

우리는 어리둥절해져서 서로를 쳐다보았다. 무슨 임브린이 이렇게 나오지?

묵직한 자물쇠 돌아가는 소리가 들리더니 현관문이 활짝 열렸다. 호크스빌 원장이 말했다. "흠, 그렇다면 들어오는 게 좋겠구나. 조심해서 걸어!"

우리는 재빨리 포탄 웅덩이 사이에서 한 줄로 섰다. 한군데에선 아직도 연기가 나면서 싱그러운 흙냄새를 풍겼다. 포탄이 아주 최근에 떨어진 흔적이었다. 여긴 루프였으므로 그 말은 곧 호크스빌 원장의 현관문에서 10미터도 안 떨어진 곳에 매일 포탄이 떨어진다는 의미였다.

호크스빌 원장은 발로 문을 지탱하고 선 채 안으로 들어가는 우리를 노려보았다. 신체 나이로는 칠십 대쯤으로 보였지만, 임브린들이 어떤 분들인지 알기에 아마도 실제 나이는 그 두 배이거나 훨씬 더 많을지도 몰랐다. 흰머리를 어찌나 세게 당겨 묶어 올렸는지 아파 보일 정도였고, 담요 같은 긴 원피스는 말라붙은 피 색깔이었다. 그러나 모두의 관심을 끈 것은 석고붕대를 감아 삼각건으로 목에 매달아놓은 오른손이었다.

"서둘러서 안으로 들어오고, 감히 내 가구에 앉을 생각은 마라." 프랑스어 억양으로 호크스빌 원장이 말했다.

작은 오두막은 원룸처럼 넓게 탁 트인 하나의 공간이었다. 한쪽 벽엔 새카만 요리용 화덕과 거칠게 다듬은 식탁이 놓여 있고, 중앙엔 나지막한 소파가 자리 잡았다. 또 다른 벽엔 책장 몇 개와 나무 상판이 거대한 침대가 놓여 있었다. 우리 일행 중 마지막 사람이 집 안으로 들어서자 문을 쾅 닫은 호스크빌 원장이 "**프로테제 보 조레유!** (Protégez vos oreilles, '귀 막아'라는 뜻-옮긴이)"라고 소리치며 양손으로 자기 귀를 막았고, 잠시 후 폭발음이 집 안을 흔들었다. 천장에 매달린 등이 흔들리고, 원장이 열어두었던 창문으로 흙이 날아들었다.

"**사크 아 메르드.** (Sac à merde, '젠장'-옮긴이)" 욕설을 중얼거리며 호크스빌 원장은 바닥에 쌓인 흙더미를 향해 달려갔다.

호러스가 머리를 감쌌던 팔을 내렸다. "폭탄이 또 터진 건가요?"

"잔디를 밟지 말라고 내가 **말했잖아!** 너희 때문에 덧문을 열어뒀다가 무슨 꼴인지 좀 봐라! 이 난장판을 누가 치운다니?"

"당연히 저희가 치울게요." 브로닌이 도우러 달려가며 말했다.

"원장님 아이들은요?" 엠마가 호기심 어린 시선으로 실내를 살피며 말했다.

"내 아이들은……." 호스크빌 원장은 덧창문을 두 개 더 열어젖혀 햇빛이 쏟아져 들어오게 했다. "쓸모가 없단다."

"**망주 테 모르!** (Mange tes Morts, '죽은 자들을 모욕하시다뇨!'-옮긴이)" 낮고 웅얼거리는 목소리가 들렸다. "그러시면 안 되죠." 침대 옆 식탁 위 벽에 튀어나와 있던 거대한 큰사슴 머리에서 들려온 말이었다.

"너무 예민하게 굴지 마라, 테오." 호크스빌 원장이 말했다.

큰사슴 머리의 입술이 말려 올라갔다. "창문을 열어둔 사람은 제가 아닌데요."

"어휴, **입 다물어**, 테오." 날카로운 목소리가 들리더니 또 다른 목소리가 프랑스어로 떠들어댔다. 햇빛으로 실내가 밝아지면서, 벽과 천장 대부분이 박제된 짐승 머리로 뒤덮여 있는 광경이 눈에 들어왔다. 저들끼리 서로 떠들어대고 있었다.

"무슨 사악한 마법을 부렸기에 몸통 없이 머리가 살아 있지?" 호러스가 놀라 외쳤다.

"맙소사." 애디슨이 임브린한테서 뒷걸음질을 치며 소리쳤다. "연쇄살인범이었어!"

"함부로 모욕하지 마." 엠마가 애디슨을 나무랐다.

"쟤들이 원장님이 돌보시는 아이들인 거죠?" 밀라드가 물었다.

"사체들의 동물원이야!" 애디슨이 울부짖었다.

"우린 죽지 않았어!" 곰 머리 박제가 포효하자, 말싸움을 벌이는 목소리가 합창처럼 시작되었다. "엄밀히 따지면 **죽은** 거지!" "아냐, 안 죽었어!" 이런 주장과 함께 "**베트 콤 세 피에!** (Bête comme ses pieds, '멍청이 같으니라고'-옮긴이)", "**콩 콤 윈 발리즈 상 푸아네!** (Con comme une valise sans poignée, '이 형편없는 바보야'-옮긴이)" 프랑스어 욕설도 쏟아져 나오다가 급기야 호크스빌 원장이 두 팔을 들어 올리고 "**조용히 해!**"라고 소리친 다음에야 비로소 언쟁이 중단되었다.

호크스빌 원장은 한숨을 쉬며 우릴 돌아보았다. "설명을 해야 할 것 같구나."

"무례를 무릅쓰고 말씀드리면 저희는 정말로 시간이 없어요." 엠마가 말했다. "턴 원장님이라는 분을 아세요?"

임브린은 충격 어린 표정을 감추려고 무던히도 애를 썼다. 박제된 동물 머리들이 자기네들끼리 중얼거리자 호크스빌 원장이 험악한 표정으로 그들을 조용히 시켰다.

"턴 원장의 루프는 오래전에 사라졌다."

엠마가 고개를 끄덕였다. "원장님 루프가 만들어진 뒤 2, 3년 있다가 그분의 루프가 파괴되었고 그래서……."

"맞아. 턴 원장은 내 동생이다."

엠마의 눈이 휘둥그레졌다. "진짜요?"

"모든 임브린들은 자매라는 의미로 말씀하신 건가요?" 브로닌이 물었다. "아니면 혈연이시라고요?"

호크스빌 원장은 당당하게 턱을 치켜들었다. "어머니와 자궁을 공유한 사이라는 뜻이다. 그래서 정식 임브린으로 독립했을 때 우리는 가까이 지낼 수 있도록 서로 인접한 루프를 만들었지."

우리는 모두 어안이 벙벙했다. 페러그린 원장에게 이상한 종족 형제가 둘이나 있는 것도 예사롭지 않은 일이었다. 하지만 임브린이 다른 임브린과 자매 사이인 경우는 훨씬 더 드물었다.

"내 동생은 진정한 천재여서 나보다 2년 먼저 애보셋 원장님의 임브린 학교를 졸업했지. 나도 마침내 수습을 끝낸 뒤엔 우리가 계획했던 대로 동생의 루프 근처에 자리를 잡으려고 이곳으로 왔다. 나도 너희처럼 온갖 계층의 이상한 인간 아이들을 모아서 돌볼 작정이었어." 호크스빌 원장이 시선을 돌려 먼 곳을 응시했다. 얼굴에 그늘이 졌다. "하지만 그럴 기회도 얻기 전에, 이 집을 완성한 지 불과 일주일 만에 할로개스트가 내 동생을 죽이고 말았다. 동생의 목숨이 끊어지면서 개의 루프도 사라졌지. 동생이 애써 막고 있던 폭탄이 집에 떨어졌거든. 그 애가 돌보던 동물들을 모두 구해보려고 내가 그 뒤를 어어 받게 된 거다. 살아남은 녀석들도 있었지만, 대다수는 그러지 못했어. 솜씨 좋은 박제사 덕분에 내가 구하지 못할까 봐 걱정했던 녀석들까지 최대한 많이 구해내서, 몸 전체는 아니지만 그들의 목숨과 목소리를 보존할 수가 있었다." 호크스빌 원장은 한 손을 크게 휘저어 박제된 머리가 달려 있는 벽을 가리켰다. "나는 녀석들을 이리로 데려왔고, 저 녀석들이 내가 돌보는 피후견인이 된 거다."

그러니까 이 루프는 생명력을 불어넣은 이상한 동물들의 남은 사체로 가득 찬, 떠나보낸 동물들을 위한 일종의 추모 공간이었다. 얼마나 기묘하고도 슬픈 곳인지.

"이런 거 여쭤봐서 언짢으실지도 모르겠는데요, 턴 원장님의 루프가 파괴되었을 때 왜 여길 안 떠나셨어요? 머리들을 데리고 어디로든 가실 수도 있었잖아요?" 브로닌이 물었다.

"그래야 이따금씩 동생을 만나러 갈 수 있으니까." 호크스빌 원장이 대답했다. "비록 건망증 심한 유령을 찾아가는 것 같고, 그쪽에선 언제나 똑같은 날이 반복되어 지난번 내 방문을 동생이 절대 기억하지 못하지만 말이다."

"저희도 그분을 만나야 해요." 누어가 말했다. "빨리요."

호크스빌 원장이 누어를 빤히 쳐다보았다. "자네의 이상한 능력은 무언가, 젊은이?" 말투로 봐서는 이미 알고 있는 것 같았다.

스스로 설명하기보다 누어는 허공에서 빛을 한 줌 움켜쥐더니 입안에 넣고 삼켰다. 호크스빌 원장은 둘 사이에 생겨난 소용돌이치는 흑점을 잠시 응시하다가 이윽고 미소를 지었다. "네가 왔구나. 드디어."

누어가 눈을 가늘게 떴다. "그게 무슨 말씀이세요, 드디어라뇨?"

"로베르 르부아지라는 미치광이가 쓴 책이 너에겐 친숙하지 않니?"

선지자 봅. 『경외성경』의 지은이.

누어는 헉 숨을 들이마시더니 놀라움을 감추려고 애를 썼다. "원장님도 아시네요……." 누어의 목소리가 작아졌다. **"예언에 대해서요?"**

"내가 아는 건 네가 나타날 거라는 사실뿐이다."

"때가 되면 그들이 올 거라고 제가 말씀드렸잖아요." 큰사슴머리가 엄숙하게 특이한 억양으로 말했다.

밀라드가 양팔을 들어 올리며 외쳤다. "우리가 맞았어! 우리가 해낸 거야!"

"제가 처음인가요?" 누어가 흥분해서 물었다. "아니면 다른 사람들이 벌써 왔어요?"

머리들끼리 누어에 대해서 웅성거리고 있었다.

"어쩌면." 호크스빌 원장이 수수께끼처럼 대꾸했다. "하지만 그 사람들은 이 길로 오지 않았어. 그리 급한 게 아니라면 내 동생의 루프로 가는 다른 길도 있으니까."

"여기에서 그곳으로 가는 길이 있나요? 안전한 길이요?" 엠마가 말했다.

"흠, 당연히 있지." 호크스빌 원장이 눈을 가늘게 뜨고 우리를 살펴보았다. "너희 하늘을 날 줄 아니?"

엠마가 얼굴을 찡그렸다. "아뇨."

"저런. 그렇다면 없다. 하지만 위험한 길은 있지."

엠마는 낙담한 표정이었다. 호러스는 위축되어 다시 벽에 등을 기댔다.

"그럼 어쩔 수 없겠네요. 길을 알려주시겠어요?" 밀라드가 말했다.

"그야 물론이지." 호크스빌 원장이 침대에서 모피 모자를 집어 들어 머리에 쓰며 말했다. "나 없이는 너희끼리 절대 못 찾아간다."

"오 르부아, 메 장팡! (Au revoir, mes enfants, '잘 있거라, 얘들아'-옮긴이)" 원장이 박제 머리들에게 소리쳤다. **"부 자베 랭텔리장스 뒨 위트르!** (Vous avez l'intelligence d'une huitre, '너희들 아주 똑똑한 바보들이었구나'-옮긴이)"

"카스-투아! (Casse-toi, '어서 꺼지세요'-옮긴이)" 동물들이 합창하듯 대꾸했다.

그러자 호크스빌 원장이 치맛자락을 높이 들고 현관문을 열었다.

호크스빌 원장은 연기를 풀풀 피워 올리며 이제 세 번째 흔적을 남긴 포탄 웅덩이를 지나 숲속으로 우리를 이끌고 들어갔다. 멀리서 간헐적으로 들리다 꾸준히 규칙적으로 이어지는 총성을 향해서, 전쟁의 격전지를 향해서 우리가 터벅터벅 걸어가고 있는 동안 누어는 영화 〈오즈의 마법사〉 주제가를 흥얼거렸다. 차가운 공포가 담요처럼 나를 휘감았다.

호크스빌 원장은 5분 동안 두 번이나 갈림길에 멈춰 서서 잠시 헷갈린 듯 망설이다 길을 선택했다. "평소엔 이 길을 날아서 여행하거든." 변명하듯 임브린이 말했다.

우리는 걱정스런 눈빛을 주고받기 시작했다. 밀라드는 외투 주머니에서 지도를 꺼내 펼치더니 걸어가며 위치를 확인하려 시도했다. "우리 위치가 **여기**쯤인 것 같아." 밀라드가 중얼거렸다. "그리고 최전선은 저쪽 어딘가인 것 같고……."

오솔길은 숲 사이를 지나 언덕 가장자리로 이어졌다. 우리 아래쪽으로 저 멀리서 벌어지는 전투 장면을 처음으로 볼 수 있었다. 끔찍한 포탄 공격을 받은 들판은 달 표면을 닮은 듯 웅덩이가 파여 있고, 구불구불 줄지어 파놓은 참호와 상처 봉합 자국 같은 철조망이 복잡하게 얽혀 있었다. 대치 중인 양쪽 진영의 중간은 무인 지대로, 부서진 탱크와 쪼개진 나무의 잔해가 쌓여 있고 바큇자국이 즐비한 버려진 공간이었다. 그 위로 짙은 연기가 뒤덮여 있었다.

"맙소사." 브로닌이 내 뒤에서 중얼거리는 소리가 들렸다.

"우리 쪽에 가장 가까운 이쪽 편은 영국군과 프랑스군 진영이다." 호크스빌 원장이 걸어가며 설명했다. "독일군은 반대편을 점령하고 있지. 내 동생의 루프 입구는 저쪽이야." 원장은 독일군 진영 쪽을 가리켰다. "저 도시에 있어."

"어떤 도시요?" 누어가 연기로 자욱한 먼 곳을 살피느라 눈을 가늘게 떴다.

박격포탄이 무인 지대에 떨어져 갈색 진흙을 분수처럼 뿜어 올렸다.

"독일군 전선 뒤쪽으로 돌무더기 보이지?"

"저게 예전엔 도시였더라도 더는 아무것도 아니죠." 엠마가 말했다. "땅에 파인 거대한 구멍에 불과한데요."

"이쪽 지방 전체가 땅에 파인 구덩이야." 밀라드가 말했다.

애디슨이 암송을 시작했다. "'전쟁터에 사람들을 보냈으되 돌아오는 사람은 없도다. 그들을 환영하려던 고향으로 돌아온 것은 단지에 담긴 유해뿐이네.'"

"아이스킬로스(고대 그리스의 극작가-옮긴이)로군." 밀라드가 감탄하며 대꾸하자 애디슨이 고개를 끄덕였다.

"최전선을 **돌아서** 갈 방법은 없어요?" 호러스가 물었다. "정말로 곧장 뚫고 가야 해요?"

"너희들한테 날개가 자라나지 않는 한 그런 방법은 없다. 전선은 바다까지 이어지고 반대 방향으로는 160킬로미터야." 호크스빌 원장이 말했다.

"무인 지대를 무작정 **걸어서 횡단**하자는 말씀은 아니시겠죠? 둔덕 위로 머리가 보이는 순간 총알이 날아올 거예요!" 호러스가 말했다.

호크스빌 원장이 걸음을 멈추었다. 손가락으로 호러스의 가슴을 찔렀다. "내 말만 잘 들으면 그럴 일은 없어. 역사상 오늘 이 순간 저 땅은 세상에서 가장 치명적인 장소란다. 여기서부터 너희는 나를 아주 면밀히 관찰해야 한다. 내가 발로 짚은 곳을 그대로 따라 짚어라. 내가 하라는 대로만 하면 무사히 건널 거야. 그러지 않는다면…….” 호크스빌 원장의 강렬한 시선이 우리 얼굴을 태울 듯이 하나하나 훑었다. “실패할 거다.”

우리는 시키는 대로 하겠다며 안심시켰고, 그 말은 진심이었다.

오솔길이 내리막으로 접어들면서 전투가 벌어지는 최전선은 곧 나무 뒤로 사라져 보이지 않았다. 유령이 나올 것처럼 안개가 자욱한 계곡 숲속으로 내려간 우리는 비포장도로를 만났다. 30미터 전방도 잘 안 보였으나 호크스빌 원장은 자신 있게 걸어갔으므로 우리는 원장이 길을 모를 거라는 의심은 절대 하지 않았다.

호크스빌 원장의 루프 반경이 수 킬로미터나 되지 않는 한 어느 지점에서는 루프의 경계를 지나 과거 외부 세계로 접어들었어야 한다는 사실이 문득 떠올랐다. 루프가 분명 그렇게 클 리는 없으니 루프 내부에서 바깥세상으로 차원 이동이 대단히 미묘했거나, 우리가 딴 데 정신을 파느라 알아차리지 못하는 사이에 지나쳤다는 의미였다. 차원의 전환은 임브린의 시간 흐름이나 사건 정보에 영향을 미치지 않는다. 다만 루프 경계선 바깥의 과거 세상이 미래를 향해 흘러가는 동안에도 24시간이 지나면 호크스빌 원장의 루프는 자체적으로 반복될 뿐이다. 그걸 미래라고 불러야 할지 아니면 과거의 나중 시간이라고 불러야 할지 모르겠지만 암튼 과거의 루프 바깥세상에 남아 있다면 그렇다는 말이다.

이런 생각을 하려니 머리가 아팠는데, 호크스빌 원장이 갑자기 우리를 데리고 도로를 벗어나 나무 뒤에 몸을 숨기자 복잡한 생각에서 벗어날 수 있어 고마웠다.

"기다려라." 멀쩡한 팔을 들어 올려 우리 움직임을 저지하며 원장이 말했다.

우리는 기다렸다. 몇 초 뒤 어리둥절한 표정으로 이마를 찡그리던 호크스빌 원장은 원피스 주머니에서 회중시계를 꺼냈다. 시계를 톡톡 두들겨보고는 귀에 가져다 댔다.

"무슨 일 있어요?" 호러스가 물었다.

"빌어먹을 것들이 늦는구나." 호러스 원장이 중얼거렸다.

"뭐가요?"

바로 그때 다가오는 엔진음이 들리면서 안개를 뚫고 비탈진 숲길을 돌아 나오는 거대한 트럭이 눈에 들어왔다.

"저 병력 이동 트럭 말이다. 9초 늦었어." 호크스빌 원장이 맘에 안 든다는 듯 고개를 흔들었다.

"그럼 안 좋은 건가?" 누어가 나에게 묻듯이 말했다.

"내가 루프 전환을 좀 늦게 했던 모양이다." 트럭이 육중한 소음을 내며 지나가는 사이 호크스빌 원장은 시계 뚜껑을 열고 태엽을 돌렸다. "예전처럼 루프 재정비에 부지런을 떨지 않았거든……. 가끔은 아이들이 나를 늦게까지 자도록 내버려두기도 하고……. 하지만 이런 기계적인 시간차는 조절하면 돼……. 자 이제 잘 봐라! 구덩이가 나타날 거야!" 호크스빌 원장이 외치자마자, 트럭이 도로에 뚫린 웅덩이를 지나며 차체가 부딪쳐 요란한 소리를 냈다. 호크스빌 원장은 시계를 보며 고개를 끄덕였다. "9.25초였군."

밀라드가 우리들끼리 어깨동무를 하게 했다. "걱정할 것 없어. 모든 사건은 원장님이 알고 계시는 순서대로 정확히 벌어질 거야. 전보다 약간 좀 늦어질 뿐이야."

트럭이 안개 속으로 사라졌다. 호크스빌 원장은 회중시계를 찰칵 닫았다. "그럼 이제 가자꾸나."

평범한 세계에서는 심각한 부상을 입었다고 생각될 만한 노인에게 우리 목숨을 맡기는 것 외엔 달리 선택의 여지가 없었으므로 평소처럼 우리는 지시를 따랐다.

한동안 비포장도로를 따라 계속 걷던 우리는 오솔길로 접어들어 달려갔다. 최전선이 가까워질수록 총소리는 뜸해졌지만 소리는 더 크게 들렸다. 안개가 걷히기 시작했다.

"여기서부터는 전투가 좀 떨어진 곳에서 벌어지지만, 그래도 여전히 총에 맞아 머리통이 날아가버릴 가능성은 충분하단다. **눈 똑바로 뜨고. 나를. 지켜봐라.**"

우리는 격전지의 잔해를 지나쳤다. 전투식량과 장비가 들어있던 빈 나무 상자. 파편이 되어버린 자동차. 방수포로 덮은 시신들 근처에 앉아 지친 듯 무릎에 머리를 기대고 있는 의무병. 나무가 성글게 자라는 틈새로는 줄지어 서서 반쯤 얼어붙은 땅에 새로운 참호를 파는 병사들이 보였다. 아마도 그들의 무덤이 될지도 모르는.

이따금 군인 하나가 반대 방향에서 터덜터덜 걸어와 우릴 지나치기도 했다. "여기 사는 사람처럼 걸어가라. 그러면 저들도 너희를 신경 쓰지 않을 거야." 호크스빌 원장이 우리에게 말했다.

몇몇 병사들은 우리에게 호기심 어린 시선을 보냈다. 그러나 원장의 말이 맞았다. 그들에겐 하나같이 할머니 한 사람과 아이들을 상대하는 것보다 더 중요한 일이 있었다. 우리에게 관심을 보인 병사는 딱 한 사람뿐이었다. 그는 눈에 불을 켠 듯 이글거리는 눈빛으로 호크스빌 원장에게 걸어갔다. "여자와 아이들은 통행금지입니다!" 병사는 고함쳤지만, 그가 돌아서려는 찰나 호크스빌 원장이 그의 뺨을 잡으며 깃털로 코밑을 스쳤는데, 그것은 내가 본 것 중 최고로 빠른 기억 삭제 장면이었고 우리가 계속해서 길을 걸어가는 동안 병사는 눈을 껌벅이며 어리둥절한 채로 서 있었다.

오솔길이 평평해지면서 숲의 나무들이 듬성듬성해졌다. 공터 가장자리를 지나며 보니 병사 둘이 육중한 대포를 작동하고 있었다. 우리가 주변을 지나가는 사이 병사 하나가 "폭발 주의!"라고 외쳤으므로 우리는 포탄이 발사되기 전에 양손으로 귀를 막을 시간이 있었다. 폭발음은 땅을 뒤흔들었고 공중으로도 엄청난 충격파가 퍼져나가 눈앞이 잠깐 아득해질 정도였지만, 몇 초도 지나지 않아서 포병들은 농담을 주고받으며 서로 담뱃불을 붙여주었다.

호크스빌 원장이 어깨 너머로 우리를 돌아보았다. 애디슨은 약간 동요한 표정이었지만, 평생 대부분을 근방에 떨어지는 포탄 속에서 살아왔던 다른 친구들은 포병들만큼이나 대수롭지 않아 하는 얼굴이었다.

우리는 계속해서 걸어갔다.

도로가 점점 내리막길로 변하더니 이내 폭이 좁아지며 길 양쪽이 점점 우리를 둘러싸듯 높아졌다. 상처투성이 표지판에는 '지하 통로'라고 적혀 있었다. 영어로 적힌 표지판이 두 개 더 있었다. 계속 몸을 구부리시오. 항상 헬멧 착용.

호크스빌 원장이 우리를 멈춰 세웠다. "너희들 짐 가방에 방독면은 들어 있니?"

그런 건 없었다. "정말로 방독면이 필요해요?" 엠마가 물었다.

"눈이 멀고 싶지 않다면 필요하지. 어쨌든 어디에서 구해야 하는지 내가 아니 됐다. 가자."

길의 양쪽 둔덕은 계속해서 높아지더니 결국 모래주머니와 짧게 자른 목재를 쌓아 만든 벽으로 이어졌다. 그러더니 어느 틈에 우리는 참호로 들어가는 중이었다. 벽은 점점 좁아져 급기야 반대 방향에서 오는 사람과 교행하려면 모래주머니를 쌓은 벽에 바짝 붙어야 할 정도가 되었다. 바닥도 흙에서 진흙으로 변해 끈적끈적한 늪이 우리 발을 빨아 당겼다. 우리는 곧 정강이 아래까지 진흙으로 뒤덮였고, 호크스빌 원장의 치맛자락도 4분의 1은 더러워졌다. 도무지 상황에 어울리지 않는 옷을 입고도 이런 곳에서 능숙하게 길잡이를 하는 원장의 모습이 놀라웠다.

참호는 완전히는 아니지만 대부분 비어 있었다. 우리는 구석진 곳에 웅크려 있거나, 흙벽을 파고 짜 넣은 벤치에 누워 잠을 자거나 담배를 피우거나 책을 읽는 병사들을 지나쳤다. 몇 명은 나

나 친구들보다 나이가 많은 것 같지도 않았다. 우리보다 어려 보이는 병사도 최소한 한 명은 있었는데, 매끈한 뺨에 비해 고통 가득한 눈빛은 노인처럼 보였다. 그들 대부분이 나나 에녹, 호러스를 새삼스럽게 쳐다보지 않는 것도 당연했다. 우리도 그들과 같은 처지가 **되었을 수도** 있었다. 그러나 그들도 엠마와 누어는 빤히 쳐다보았는데, 어린 여자애일 뿐만 아니라 피부색이 갈색인 누어가 가장 시선을 많이 받았다.

참호의 이쪽 구역에는 최소한의 병사들만 남아 있었다. 주요 작전은 수 킬로미터 떨어진 곳에서 벌어지고 있다고 호크스빌 원장이 우리에게 설명해주었다. 그러나 그렇다고 해서 무인 지대 양쪽에 자리 잡고 있는 기관총 진지가 버려졌다거나 박격포탄이 떨어지는 게 중단되었다거나, 전선을 따라 수 킬로미터 아래쪽보다 여기가 건너기 훨씬 더 쉽다는 의미는 아니었다. 그래서 나로선 백주 대낮에 호크스빌 원장이 우리를 데리고 어떻게 그 지옥 같은 전장을 가로지르고 있는지 여전히 알 수가 없었다.

나는 누어에게 부딪쳤고, 누어는 방금 호크스빌 원장의 등에 충돌한 상태였다. "기다려라." 임브린이 멀쩡한 손을 들어 우리에게 멈추라는 신호를 보내며 말했다. "9.25초니까……. 지금이다, 숙여!"

호크스빌 원장이 몸을 낮추라고 손짓했으므로 우린 모두 진흙 바닥에 쭈그려 앉았다. 엄청난 굉음이 지축을 흔들더니 미세한 흙이 비처럼 우리 위로 쏟아져 내렸다. 그러고 나서 임브린은 손짓으로 우릴 일으켜 세웠고, 우리는 다시 이동했다. 우리는 버팀목이 산산조각 나고 절반쯤 무너진 참호 벽을 기어 올라갔다. 잔해 밑에 튀어나온 사람 다리에 걸려 내가 넘어질 뻔했다.

"멈추지 마라!" 호크스빌 원장이 소리치자, 그 사람을 빼내려고 뒤쳐졌던 브로닌이 이를 꽉 깨물며 억지로 계속해서 걸어갔다. "모든 게 과거 역사라는 건 알지만 어쩔 수가 없네요, 저도 감정이 있으니까요." 브로닌이 말했다.

"다른 건 관두고 나만 봐라." 호크스빌 원장이 말했다. "이 모든 과거의 공포를 영원히 기억 속에 간직하고 싶지 않거든 내 말 들어."

나는 그러고 싶지 않았다. 그래서 누어의 배낭과 호크스빌 원장의 뒤통수에 시선을 고정한 채 그 외의 것은 아무것도 보지 않으려고 최선을 다했다. 우리는 참호 위로 가로질러 놓인 나무다리를 몇 개나 아래로 통과했다. 호크스빌 원장은 줄지어 선 우리를 멈춰 세운 뒤 작고 어두운 벙커의 문으로 사라졌다. 요란한 소리를 내며 안을 뒤지던 임브린은 첩첩이 쌓인 방독면을 들고 나와 우리에게 나눠 주었다.

"잘 맞으면 좋겠구나." 의심쩍다는 듯이 임브린이 말했다.

내가 임브린에게 방독면을 받아본 건 처음이 아니었다. 페러그린 원장의 정원에서 겁에 질려 하늘에서 비와 폭탄이 쏟아져 내리는 가운데 원장이 아이들 노랫소리에 시계를 맞춘 뒤 루프를 재설정하는 장면을 처음 목격했던 밤이 떠올랐다.

"지금 바로 써요?" 브로닌이 물었다.

"언제 쓸지는 내가 얘기해줄 거다." 호크스빌 원장이 대답했다.

나는 방독면 끝에 팔을 끼워 팔꿈치 주변에서 대롱거리게 한

뒤 걸어갔다. 잠시 뒤 우리는 모래주머니에 사다리를 줄지어 기대어 놓은 장소에 도달했다. 참호 높이에 맞춰 6미터 간격으로 놓인 사다리가 십여 개나 되었다. 호크스빌 원장은 걸음을 늦추고서 허리를 수그려 각각의 사다리를 점검했다. "우리는…… 여기서 건넌다." 가로대 하나가 부러지고 주변에 담뱃불로 지진 자국이 많은 사다리 옆에 단호하게 멈춰 서며 임브린이 말했다.

호러스는 줄지어 선 사다리를 쭉 돌아보았다. "확실해요?"

호크스빌 원장이 호러스에게 눈을 부라렸다. "100년 동안이나 루프 외곽을 걸어 다닌 임브린으로서 자부할 수 있을 만큼 확실하다." 호크스빌 원장은 고갯짓으로 뒤쪽을 가리켰다. "저쪽으로 가면 총에 맞아 너덜너덜해질 거다." 역시 고갯짓으로 반대편을 가리켰다. "저쪽으로 가면 폭발로 카술레(랑그도크 지방의 대표 요리인 프랑스식 스튜로, 영국과 백년전쟁을 하는 동안 장기간 포위되어 굶주린 프랑스인들이 말린 고기와 콩을 모아 스튜를 끓여 먹고 원기를 회복했다는 전설이 있다-옮긴이) 신세가 될 거다. 그래, 난 목숨과 사지를 잃을 위험을 종종 무릅쓰고서 가능성이 있는 모든 루트를 시도해보았기 때문에 확실하게 알아. 물론 너희가 7-B 초소에서 보초를 선 독일군이 술을 마시고 인사불성이 될 때까지 7시간 12분 더 기다리고 싶지 않다면 말이다. 그쪽 길은 냄새 고약한 시체 썩은 물속으로 헤엄을 치다가 말 시체 밑에서 12분간 숨어 있어야 하기 때문에 불평들이 많았지."

호러스가 자기 부츠를 내려다보았다. "이쪽 길이 좋겠네요."

애디슨이 사다리 첫 가로대에 앞발을 올렸다. "누가 나 좀 위로 올려줄래?"

"아직은 아니야." 호크스빌 원장이 손을 뻗어 애디슨을 쓰다듬었다. "갈 준비는 4분……." 원장이 시계를 확인했다. "7초 뒤에 해라. 그때까지는 너희들 모두 편안히 있으렴."

참호 어디선가 와다다 들려온 총성에 나는 깜짝 놀랐다.

"편하게 쉬어보자고." 에녹이 킬킬 웃으며 말했다. 에녹은 배낭을 벗어 진흙 바닥에 내려놓았다. "누구든 어깨 좀 주물러 줄래?"

브로닌이 안마를 시작하자 에녹이 비명을 지르며 몸을 움츠리고 달아났다. "아야, 그렇게 세게 하진 말고!"

호크스빌 원장은 치맛자락에 엉겨 붙은 진흙 덩어리를 떼어내고 삼각건 끈을 조이다가 문득 뭔가 기억이 났다는 듯 고개를 들었다. "위로 올라가서 건너가기 전에 누구든 격려 연설 같은 거 필요한 사람 있니? 그런 연설엔 별로 익숙하지 않다만, 도움이 된다면 내가 한번 시도는 해보마……."

멀리서 남자가 비명을 지르고 있었다.

"저는 원장님 격려 말씀 들을래요." 브로닌이 말했다.

호크스빌 원장이 헛기침을 해 목청을 다듬었다. "'죽음은 우리 모두에게 찾아오는 일이다.'" 낭낭한 목소리로 호크스빌 원장이 연설을 시작했다.

브로닌이 움찔했다. "됐어요, 그냥 조용히 있는 게 낫겠네요."

"좋을 대로 하렴." 호크스빌 원장이 어깨를 으쓱하며 말했다.

에녹은 찌그러진 담배꽁초 하나를 펴더니 엠마에게 내밀었다. "불 좀?"

엠마가 경악한 표정을 지었다. "구역질 나, 에녹."

호크스빌 원장은 우리를 너무 오래 빤히 쳐다보고 있던 병사의 기억을 지우려고 그쪽으로 걸어갔다. 원장이 돌아오는 사이 누어가 내 팔짱을 꼈다. "나랑 같이 가서 원장님이랑 얘기 좀 해."

우리는 다른 아이들에게 말소리가 들리지 않을 만한 거리에서 호크스빌 원장을 가로막았다. "뭐 좀 여쭤봐도 될까요?" 누어가 나지막이 말했다.

"2분 3초 남았다." 호크스빌 원장이 대꾸했다.

누어가 더 가까이 몸을 수그렸다. "예언에 대해서 뭐든 더 말씀해주실 내용은 없나요? 제가 그 일곱 명 중에 하나라는 건 알아냈어요. 우리가 찾아가고 있는 모임 장소에 대해서도 알아냈고요. 하지만……."

호크스빌 원장은 뒷말을 기다리는 듯 누어를 쳐다보았다.

"드디어 우리가 다 모이게 되면요, 일곱 명이요, 우리가 무얼 **해야 돼요?**"

임브린이 눈을 가늘게 떴다. "네가 그 일곱 명 중 하나인데…… 그걸 **네가** 모른다고?"

누어가 고개를 저었다. 누어의 삶에는 V가 없었기에 놓친 것이 너무 많았다. "저를 이곳으로 데려오기로 되어 있던 임브린은 저한테 뭐든 말씀을 해주시기 전에 돌아가셨어요." 누어는 단서를 알아내느라 V의 시신을 부활시켰던 것에 대해서는 언급하지 않았다.

"미안하구나, 아가, 나도 너에게 더 알려줄 정보는 없단다. **총알 조심!**" 임브린은 누어의 머리 옆쪽 높이쯤 되는 모래주머니를 가리켰고, 독일군이 쏜 탄환이 날아와 낮게 **퍽!** 소리를 내며 꽂혔다. 호크스빌 원장은 소매에 핀으로 달아두었던 회중시계를 쳐다보았다. "흠, 이제 시간이 된 것 같구나."

ꝍ

호크스빌 원장은 우리가 방독면을 착용해야 한다고 우겼다. 본인 방독면을 쓰기 전, 사다리 첫 칸에 올라서서 원장이 말했다. "여기부터 독일군 전선까지 250미터는 시인의 언어로 표현한다면 '광기의 도가니'란다. 그러니 부디 눈 똑바로 뜨고서 바로 앞 사람 등에만 시선을 고정하기 바란다. 괜히 여기저기 쳐다보지 마라." 원장은 시계를 보며 카운트다운을 했다. "9.25초……. **됐다!**"

호크스빌 원장이 사다리를 오르기 시작했다. 사다리 꼭대기에서도 망설이거나 전방을 살피느라 멈추는 기색도 없이 곧장 참호를 넘어갔다. "어서 올라와라!" 이젠 보이지 않는 곳에서 원장이 외쳤다. "부러진 발판 조심하고!"

내가 새치기를 해 누어보다 앞서서 호크스빌 원장의 뒤를 따라 사다리로 올라가자, 누어가 방독면을 낀 채로 못마땅한 듯 "야!" 하고 외치는 소리가 희미하게 들렸다. 호크스빌 원장이 계산한 9.25초가 약간이라도 틀렸을 경우, 누어보다는 내가 총알을 맞는 게 더 나았다. 물론 폭탄이 우리한테 떨어진다면 줄을 선 순서가 어떻든 모두 죽은 목숨이겠지만.

친구들이 불안감을 떨치려고 각자 소리를 지르는 걸 들으며 나는 모래주머니로 쌓은 담장 꼭대기를 넘어갔다. 사방에서 솟아난 연기가 끊임없이 소용돌이를 일으키고 있는 하늘이, 둘러친 철

조망 사이로 다시 시야에 드러났다. 나는 정신을 다잡고 몸을 수그린 채, **달려, 달려, 달려!** 라고 외치고 있는 호크스빌 원장을 따라 달려갔다. 눈에 보이는 것이라고는 임브린의 등과 진흙, 안개, 검게 탄 나무 그루터기가 어우러진 새까만 달 표면 같은 풍경이었다. **여긴 예전에 숲이었어**, 라고 나는 생각했다.

우리는 조깅을 하는 속도로 촘촘한 행렬을 이루며 호크스빌 원장의 뒤를 따라 함께 달려갔는데, 그건 우리가 낼 수 있는 최대 속도였다. 어디에도 바닥이 평평한 곳은 없었다. 모든 걸음마다 발목을 접질릴 가능성이 있었기에 철저한 계산된 움직임을 따라야 했다. 바닥 곳곳에 잘려 나간 나무와 탄피가 포진하고 있었다. 철조망에 뚫린 구멍으로 빠져나가는 호크스빌 원장을 따라 내가 몸을 숙이자 누어가 내 배낭에 몸을 부딪쳤다. 총알이 허공을 갈랐지만, 누군가 우리를 조준해서 쏜 총알이었다면 조준이 형편없었다.

우리가 절반쯤 들판을 가로질렀을 무렵, 호크스빌 원장이 멀쩡한 쪽 팔을 들어 올렸다. "이제…… 멈춰!" 임브린은 고함을 지르며 손짓해 우리더러 자세를 낮추게 했다. 우리 모두 땅에 납작 몸을 수그렸지만 에녹은 예외였다. 녀석은 연기가 사라지기 시작한 방향 어딘가를 돌아보았다. "맙소사, 여기서라면 엄청 무시무시한 죽은 자들의 군대를 만들어낼 수 있겠는데……."

나는 태클을 걸 듯 에녹의 허리를 붙잡고 둘이 함께 진흙 바닥으로 몸을 던졌다.

"야! 이게 무슨……."

우리한테서 그리 멀지 않은 곳에 포탄이 떨어졌다. 머리를 발로 차인 것처럼 느껴지는 폭발과 함께 세상이 잠시 새까맣게 변했다. 하늘에서 떨어져 내리던 흙이 멎으며 귀에서 윙 소리가 들렸다. 에녹이 나에게 감사 인사를 하기도 전에 브로닌이 우리를 일으켜 세워준 덕분에 우리는 또다시 호크스빌 원장을 따라 달려갔다. 임브린은 아무 이유도 없이 왼쪽이나 오른쪽으로 방향을 확확 꺾으며 아무렇게나 길을 돌아가는 것 같았지만, 특정한 길을 지나고 난 뒤엔 방금 우리가 지나온 장소에 총알이 쏟아지거나 박격포탄이 떨어졌다.

호크스빌 원장은 모든 위험을 속속들이 알고 있었고, 수십만 가지 경우의 수에 따라 사소한 사건이 벌어지는 매 순간까지 전부 기억해 파악하고 있었다. 점점 더 멀리 갈수록 호크스빌 원장에 대한 나의 경외심도 더 커져갔다.

쉬지 않고 달린 데다 방독면이 완전히 밀폐되지 않아 연기와 죽음과 공중에 남아 있는 유독가스가 새어 들어와 폐에 불이 붙는 것 같았다. 우리가 달려가는 공터 앞쪽으로 철조망 담장이 보이고 그 너머에 또 참호가 자리 잡고 있었다. 독일군 진영이었다.

호크스빌 원장은 벽이 무너져 내린 참호 쪽으로 우리를 이끌었고, 우리는 미끄러지듯 참호로 내려갔다. 그 지점부터는 활기차게 산책이라도 나온 사람처럼 임브린은 더는 스트레스도 받지 않는 듯 태평하게 움직였다. 한편 내 심장은 미친 듯이 두방망이질치고 있었다. 이제 우리는 적의 진영에 들어간 상황이었으므로, 놀란 독일군이 가까이에서 당장이라도 우리에게 총을 쏠 것만 같았다. 그러나 참호의 이쪽 구역은 방금 우리가 떠나온 영국군 진영보다도 인원이 더 적었다.

한번은 우리도 몸을 숨겨야 했다. 호크스빌 원장은 병사 둘이 지나가는 동안 우리를 벙커 안으로 밀어 넣었다. 그러고 나서 대략 오십 보쯤 줄지어 이동했을 때 호크스빌 원장이 교차 지점에서 멈춰 섰다. "별로 유쾌한 일은 아니지만 어쩔 수 없다." 어깨 너머로 우리에게 이야기하고는 바닥에서 널빤지를 집어 들어 높이 올렸다가, 5초 뒤 모퉁이를 돌아 나타난 병사의 맨머리를 후려쳤다. 병사는 바닥으로 축 늘어졌다.

"멋진 장면이네요." 호러스가 감탄하듯 말했다.

곧 우리는 참호를 빠져나와 최전선을 벗어났다. 호크스빌 원장은 방독면을 벗어 옆으로 집어던졌고, 나머지 우리들도 똑같이 따라 했다. 우리는 호크스빌 원장이 언덕 꼭대기에서 손가락으로 가리켰던 도시 폐허로 접어들었다. 한때는 분주한 고장이었는지 모르겠으나, 현재는 폭탄을 맞아 초토화되고 약탈당해 거의 완전히 버려진 폐허에 지나지 않았다. 건물 잔해 주변을 돌아다니는 깡마른 개 몇 마리 외엔 살아 있는 생명체가 전혀 보이지 않았다.

턴 원장의 루프 입구는 동물원 안에 있었다. 우리는 아직 버티고 있는 철문을 통해 동물원으로 들어갔다. 우리는 곰 우리를 찾아가 아래로 내려간 다음, 측면 벽에 난 나무 문으로 들어갔다. 안으로 들어가자 시간과 중력이 돌변하는 게 느껴졌다. 우리는 루프 경계를 넘어갔다.

제 15 장
chapter fifteen

문이 열린 것과 거의 동시에 문틈으로 곰의 얼굴이 나타났다. 달아나려고 갑자기 모두들 벽쪽으로 뒷걸음질을 쳤지만, 애디슨과 호크스빌은 예외였고 둘은 곰이 냄새를 맡게 내버려두었다.

"**봉주르, 자크.** (Bonjour, Jacques. '안녕, 자크'-옮긴이)" 호크스빌 원장이 유쾌하게 말을 건넸다. "**제 아므네 데 장비테 푸르 랑드르 비지트 아 마 쇠르.** (J'ai amené des invités pour rendre visite à ma soeur, '동생을 만나러 온 손님을 데려왔어'-옮긴이)"

곰은 문에서 뒤로 물러나 우리를 통과시켰다.

"자크는 내 동생이 데리고 있는 그림 곰이란다." 호크스빌 원장이 설명했다. "녀석이 이 루프 입구를 지키고 있지."

"만나서 반가워." 애디슨이 말했다. 자크가 으르렁거리자 애디슨이 언짢은 표정을 지었다. "아니야, 난 널 놀리려는 게 아니

야. 나랑 가장 친한 친구들 중에 몇몇은 곰이란 말이야."

자크는 뒤로 물러나서 우리가 지나가게 해주었다.

"우리 임브린들처럼 모든 이들이 그림 곰을 높이 평가하는 건 아니란다." 호크스빌 원장이 말했다. "자, 이젠 성큼성큼 걸어라. 여기선 조심해야 할 폭탄도 더는 없어. 이 루프에선 우리 모두 안전해."

지대가 낮은 곰 우리에서 지상으로 올라오자, 위쪽 관람대에서 내려다보고 있던 일꾼들이 깜짝 놀랐다. 그림 곰이 뒤쪽에서 포효하는 소리를 들은 호크스빌 원장은 작별 인사를 외치며 손을 흔들어주었다. 우리는 이내 동물원을 빠져나왔다.

이곳은 해가 쨍쨍 비춰 하늘엔 구름 한 점 없고 연기도 없었다. 총소리도 폭발음도 들리지 않아, 잔뜩 긴장했던 신경이 스르르 풀리는 것 같았다. 턴 원장의 루프는 1916년이었으므로, 전쟁이 가까워지기는 했지만 이 도시는 침략당하기 이전이었다. 그래도 최전선이 아주 먼 것은 아니어서 시민들도 조만간 정세가 달라질 거라는 건 분명 알고 있을 것이다.

동물원을 빠져나와 도심으로 들어가는 사이 애디슨은 대부분 비어 있기는 했지만 동물 우리에 대해서 불쾌감을 토로했다. "동물원은 세상에서 가장 잔인한 곳이야. 우리가 인간을 우리에 가둬 전시하면 인간들은 어떻게 나올까?"

"벤담은 인간 동물원을 세울 계획을 갖고 있었어." 밀라드가 말했다. "전 세계에서 평범한 인간들을 수집해다가 원래 살던 곳을 흉내 낸 주거지에 가둘 작정이었지. 벤담이 쓴 책에서 읽었어."

"벤담이 책을 썼어?" 내가 물었다.

"일부분만 썼더라. 벤담 사무실에서 내가 미완성본을 발견했지. 『마이런 벤담의 비범하지 않은 아이들의 동물원』. 일부는 박물관 카탈로그이고 일부는 백과사전이고 일부는 이상한 종족의 역사서였어."

우리는 벤담의 박물관에 대해서, 그리고 인간과 동물을 모두 가둬 전시하는 공간의 도덕성에 대해서 이야기를 나누며 평화로운 도시 거리를 따라 걸었다. 우리가 방금 달려서 지나쳐 온 공포에 대한 생각을 떨쳐버릴 수 있다면 나로선 어떤 대화든 환영이었다. 폭탄과 총알이 끊임없이 쏟아지는 곳에서 빠져나왔어도 나의 신경은 아직도 바짝 긴장된 상태였고 심장도 여전히 움츠러들어, 대화가 끊길 때마다 무인 지대에서 보았던 장면들이 머릿속을 가득 채웠다. 그래서 우리는 발놀림과 함께 입도 계속 움직였다.

우리는 이상스레 침울한 코끼리 행진을 구경하려고 도심 광장에 모여 있는 사람들을 지나쳤다. 서커스 행렬에 으레 뒤따르는 증기 오르간 연주도 없고, 광대나 곡예사도 없이 뚱한 표정의 사육사 두 사람이 코끼리들을 인도할 뿐이었다.

"영국으로 대피하는 거란다." 호크스빌 원장이 우리에게 설명했다. "몇 주 뒤엔 이곳 시민들도 대다수 미리 따라갈 것을 그랬다고 바라게 될 거야."

도시 외곽을 향해 걸어가며 호크스빌 원장은 언덕 꼭대기 나무 사이로 삐죽이 솟아 있는 동생의 집 지붕을 가리켰다. 그곳에 가려면 구불구불 숲길을 올라가야 했다. 철과 나무로 만든 동물 조각이 관목 숲에 절반쯤 파묻혀 있고, 더 깊은 어둠 속에선 종종 걸음을 치며 우리를 따라오는 생명체들이 얼핏얼핏 보이는 것 같

았다. 틀림없이 이상한 종족이었다.

"우리가 결국 해냈다는 게 믿어지지가 않아요." 브로닌이 말했다. "아까 거기선 정말 할 수 있을까 의아했거든요."

"브로닌, 그런 말 하면 불운이 따라다녀!" 엠마가 브로닌을 나무랐다.

"진짜야." 누어가 말했다. "실제로 그들을 만날 때까지 그런 말은 아껴둬."

"오늘 일이 《머크레이커》지에 기사로 실린다면 우린 영웅처럼 보일 거야." 에녹이 말했다. "신문에서 우리 사진도 실어줄까? 까탈스러운 프란체스카가 어쩌면 드디어 나와 데이트를 해주겠다."

"제이콥이 전쟁터에서 어떻게 네 목숨을 구했는지 내가 확실하게 패리시 옵웰로 기자한테 말해줄게. 프란체스카가 엄청 좋아할 거다." 엠마가 말했다.

"어휴, 입 다물어. 그런 거 아니었어."

"언론의 주목을 받는 얘기나 하고 있다니 믿어지지가 않는다." 호러스가 말했다. "까칠한 여자한테 좋은 인상을 남기는 건 고사하고 《머크레이커》지의 존재도 없을지 모르잖아, 누어가 성공하지 못하면……." 호러스는 스스로 말을 멈추고 어색하게 화제를 돌렸다. "저기 저 엄청난 조각상 좀 봐, 학인가?"

누어가 부츠 신은 발로 돌멩이를 찼다. "고마워, 호러스, 나한테 필요한 건 약간의 추가적인 부담감이었어."

"그건 그렇다 치고, 우린 모두 널 믿어."

"그건 네 생각이겠지."

"그만해라, 패배주의에 빠지지는 말아야지." 호크스빌 원장이 말했다.

누어는 한숨을 쉬었다. "저한테 기대하는 게 뭔지라도 알면 저 자신을 믿는 게 좀 더 쉬워질 것 같아요."

"아마 곧 알게 될 거다. 자, 이제 턴 원장을 만나거든 부디 너희도 연기를 해주기 바란다. 턴 원장에게는 아직 1916년이고, 내 동생은 카울의 죽음이나 부활에 대해서, 혹은 이 루프가 일주일 뒤면 붕괴한다는 것에 대해서 전혀 모르고 있다. 그런 말은 턴 원장에게 전하지 않으면 좋겠구나. 동생은 엄청 흥분하는 경향이 있거든." 앞쪽에서 무언가를 발견한 호크스빌 원장은 얼굴이 환해지면서 걸음을 빨리했다. **"아, 아, 마 셰리!** (Ah, ah, ma chérie, '아, 내 사랑'-옮긴이)" 젊은 여자가 우리를 향해 진입로를 달려 내려오며 환한 미소로 예쁜 얼굴을 밝혔다.

"메르드! 튀 마 망케! (Maud! Tu m'as manqué, '맙소사! 보고 싶었어!' -옮긴이)"

이십 대 후반으로 보이는 여성은 군복 색깔과 비슷한 맵시 있는 녹갈색 코트에 축 늘어진 베레모를 쓰고 있었다. 자기가 기억하고 있는 것보다 훨씬 더 늙어 보이는지, 언니의 모습을 확인한 턴 원장의 미소가 흐려졌지만 호크스빌 원장은 동생이 무슨 말을 하기 전에 양 볼에 입을 맞춘 뒤 꽉 껴안았다.

에녹이 입을 헤벌렸다. "저 할머니의 동생이라고? 하지만 너무……."

"젊다고?" 누어가 말했다.

"여긴 붕괴된 루프란 걸 기억해." 밀라드가 말했다. "이 루프가 처음 생겼을 땐 호크스빌 원장님도 똑같이 젊어 보이셨을 거야."

"일주일 뒤면 죽은 목숨이라니. 미인인데 참 아깝다." 에녹이 한숨을 쉬며 말했다.

"어차피 너랑은 어울리지도 않아. 게다가 저분은 임브린이라는 건 말할 필요도 없겠지." 브로닌이 말했다.

"임브린도 사랑을 할 필요가 있어. 단지 결혼이 허락되지 않는다고 해서 꼭……."

엠마가 팔꿈치로 쳐 에녹의 입을 막았다. "꼴사납게 굴지 마."

"사랑에 꼴사나운 게 어디 있다고 그래, 이 빅토리아시대 새침데기야."

턴 원장은 미소가 완전히 사라진 얼굴로 언니를 위아래로 살피며 프랑스어로 활발하게 떠들어댔다.

"**호크스빌 원장님의 팔은 어쩌다 저렇게 된 건지 알고 싶어 해.**" 밀라드가 속삭였다. "**그리고 왜 이렇게 늙어 보이는지도.**"

"피부 재단사한테 가서 새 변장술을 시험하는 중이란다." 호크스빌 원장은 우리를 위해 영어로 대답하며 미묘하게 우릴 향해 윙크를 보냈다. "그리고 그림 곰이 자면서 구르다가 나를 덮쳤어." 호크스빌 원장은 동생의 팔을 두들기다가 또 한 번 포옹했다. "나중에 이야기해줄게."

두 임브린은 나란히 팔짱을 끼고 우릴 향해 걸어왔다.

"와, 오늘은 손님이 엄청 많이 찾아오네." 턴 원장의 말이 내 관심을 끌었다. "무슨 일로 내가 이런 기쁜 일을 맞게 됐을까?"

"얘네들은 유럽 대륙에 있는 루프를 모두 돌아보고 있는데,

너의 멋진 동물원 소문을 들었대." 호크스빌 원장이 우릴 대신해 대답했다.

"꼭 봐야 할 명물이지." 턴 원장이 자랑스레 말했다. "최신판 《이상한 아이들의 동화》를 부분적으로 각색해서 만든 곳이란 건 알고 있니?"

"저희도 그래서 여기 온 거예요." 밀라드가 이렇게 말한 뒤 고개를 숙여 인사하며 자기소개를 했다. "그 유명한 곳을 우리 눈으로 직접 봐야 해서요."

"'펜세부스 이야기'요." 누어가 덧붙이자 턴 원장이 고개를 끄덕였다. "페니가 지금 여기 있나요?"

턴 원장의 눈썹이 구부러졌다. "개를 아니?"

"어렸을 때 한동안 제 인형이었어요."

턴 원장은 감동받은 표정이었다. "그렇다면 넌 아주 특별한 아이인 모양이구나. 페니도 널 다시 만나면 분명 기뻐할 거야. 지금은 소피라는 아이 집에 있는데 좀처럼 인형을 손에서 놓는 일이 드물거든."

관목 숲에서 부스럭거리는 소리가 들리더니 닭들이 우리가 서 있던 오솔길을 가로질러 갔다. "싫어, 난 됐어!" 밀라드가 브로닌 뒤로 몸을 숨기며 외쳤다. "폭탄을 낳는 종인가요?"

"이상한 동물학에 친숙한 모양이구나." 턴 원장이 말했다.

애디슨이 앞으로 걸어 나왔다. "아마겟돈 닭은 새벽에만 알을 낳죠, 그것도 둥지에만요." 애디슨이 뒷다리로 일어나 한쪽 앞발을 뻗었다. "애디슨 맥켄리입니다. 빛나는 혈통을 자랑하는 사냥개 가문의 일곱째의 일곱 번째 자손이죠."

턴 원장은 확연히 기뻐했다. "네가 바로 렌 원장이 돌보는 아이였구나." 턴 원장이 애디슨의 앞발을 잡고 악수했다. "너희 원장은 나와 친한 친구야. 나도 한번 만나러 가야 하는데. 위대한 렌 원장의 동물원에 비하면 내 동물원은 빛이 바라겠지만, 아무튼 집처럼 편하게 지내기 바란다."

애디슨은 미소를 지으려 했지만, 괴로운 표정이었다. "아, 그건 잘 모르겠네요." 우리 집처럼 애디슨의 집도 수많은 친구들과 함께 사라져버렸다. "감사합니다. 안부 전해드릴게요."

"손님에 대한 얘기를 하셨잖아요." 누어가 다급한 눈초리로 호크스빌을 쳐다보며 말했다.

"아, 맞다." 누어의 신호를 포착한 호크스빌 원장이 말했다. "우리도 그 사람들이 누굴지 궁금하고 만나보고 싶네. 전선을 가로질러 온 여독도 풀면 좋겠고……."

"맞아, 걸어오기엔 엄청 고단한 여정이지." 턴 원장이 말했다. "거대한 고기 분쇄기 속을 뚫고 오는 기분일 것 같아……." 턴 원장이 몸을 부르르 떠는 모습은 막연히 새를 떠올리게 했다. 이윽고 그가 어리둥절한 표정을 지었다. "손님들은 며칠 전에 당도했다는데 이상하게도 난 그런 기억이 없어. 오늘 아침에 눈을 뜨니까 다들 여기 있더라고." 턴 원장은 어깨를 으쓱했다. **루프에서는 이상한 일들이 언제나 일어나는 법이다.**

"**루프와 함께 기억도 매일 리셋되거든.**" 밀라드가 누어와 나에게 속삭였다.

"그 사람들은 위층 거실에 스스로를 가뒀어." 턴 원장이 설명을 이어갔다. "뭔가 회의를 하고 있는 모양인데 나를 대놓고 따돌리더라." 턴 원장은 언짢은 마음을 드러내지 않으려고 살짝 이맛살을 찡그렸다. "하지만 너희는 만남을 **시도**해볼 수는 있겠지."

호크스빌 원장이 동생의 등에 한 손을 올렸다. "네가 길을 안내해주면 좋겠구나."

"**다코르.** (D'accord, '알겠어'-옮긴이)" 턴 원장은 흔쾌히 말했지만, 어딘가 꼬집힌 것 같은 표정은 기묘함의 무게가 중첩되고 있음을 드러내는 것 같았다. 우호적이지 않은 손님들, 설명이 안 될 정도로 늙어버린 언니, 우리들까지. 하지만 턴 원장은 더 묻지 않고 걸음을 옮겼다. 진입로를 따라 오르며 호크스빌 원장과는 나직이 프랑스어로 대화를 나누었으므로, 적어도 나와 친구들에겐 질문을 하지 않았다는 의미였다.

엄청난 것이 우리를 기다리고 있다니 부리나케 달려가지 않기가 어려웠다. 콧노래를 부르고 있는 누어의 어깨는 잔뜩 긴장되어 실제로 허공에서 뭔가 탁탁 튕기는 느낌이었다. 굽은 길을 따라 걸어가자 마침내 집이 모습을 드러냈다. 건축학적으로 말한다면 웅장한 대저택이라고 불러야 마땅한 모습이었다. 뾰족한 지붕 세 개, 아름다운 아치 입구, 섬세하게 목재를 세공한 장식, 1층을 둘러싸듯 기둥이 이어져 있는 주랑. 그러나 건물 대부분은 나뭇잎과 덩굴로 뒤덮여 마치 숲에게 잡아먹힌 것 같은 모습이었다.

"집 꼴이 엉망인 건 이해해주렴." 턴 원장이 말했다. "원래 폭격기로부터 집을 보호하려고 위장해둔 거야. 루프를 만들기 전에 벗겨낼 기회가 없었기 때문에 이젠 그냥 갇혀버렸지."

"페러그린 원장님도 위장술을 좀 발휘하셨다면, 우리도 매일 밤 루프를 재정비할 때마다 밖에서 비를 맞으며 서 있지 않아도

됐겠네." 에녹이 심술을 부리듯 말했다.

"미학적으로 그럴 만한 이유도 없었을걸." 호러스는 눈앞에 펼쳐진 광경에 콧등을 찡그리며 말했다. "우리 집은 훨씬 더 아름다웠어."

잔디밭에서 풀을 뜯던 말 두 마리가 현관 쪽으로 향하는 우리를 묵묵히 관심 어린 시선으로 지켜보았다. 우리가 다 지나가자 뒤쪽에서 말 한 마리가 속닥거리고 다른 말이 대답 대신 웃음을 터뜨리는 게 들렸다.

집 안에 들어간 우리는 더러운 발굽 자국을 따라갔다. "동물들은 아래층에서 살고 난 위층에서 살아." 텐 원장이 설명했다. 현관을 차지하고 있던 당나귀를 돌아서 안으로 들어가자 일부분을 마구간으로 꾸며놓은 거실이 나타났다. 때가 끼어 흐려진 창문 아래 긴 뿔이 달린 염소들이 쓰레기를 씹어 먹고 있었다. 짜임 세공이 정교한 바닥은 대부분 흙과 짚으로 뒤덮여 있었다. 벨벳 커튼은 뜯어내 둘둘 말아 목이 긴 새들의 둥지로 쓰였다. 날개 달린 원숭이 한 마리가 거대한 샹들리에에 매달려 울부짖었지만, 텐 원장이 혼을 내자 바닥으로 내려와 날개를 접고, 작은 테이블에서 차를 마시고 있던 동료 원숭이 두 마리와 합류했다. 렌 원장의 루프가 언덕 위에 단순한 구조물만 세워둔 채 주로 실외 공간으로 유지됐던 이유를 이제야 알 것 같았다.

"오늘은 모두들 약간 예민해져 있어." 텐 원장이 사과하듯 말했다. "낯선 사람들이 이렇게 많은 건 익숙하지 않거든."

"그 사람들은 어디에 있어요?" 눈으로 방을 살피며 누어가 날카롭게 물었다.

"저 문으로 가면 나오는 응접실에……." 턴 원장이 거실 건너편에 있는 높은 문을 가리켰다. "먼저 집 안을 둘러보거나 뭔가 마실 거라도 챙기는 건, 원하지 않는 것 같구나……."

공손하게 거절할 정도의 인내심과 예절을 발휘한 사람은 밀라드뿐이었고, 나머지 우리들은 예언된 다른 아이들을 마침내 만난다는 데 필사적인 심정이 되어 벌써 그 문을 향해 걸어가고 있었다.

턴 원장이 따라오려 했지만 호크스빌 원장이 동생의 등을 잡았다. "우린 앉아서 이야기 좀 하자." 노인은 간청하듯 말하며 동생을 밖으로 데리고 나갔다.

높다란 문을 열자 퍽 깨끗하고 동물들도 없는 작은 방이 나타났다. 처음 보았을 땐 유리 천장에서 햇빛이 쏟아져 들어오고 있는 발코니로 이어지는 거대한 원형 계단만 보였을 뿐 인적이 없었다.

"계세요?" 내가 소리쳤다. "저희는……."

갑자기 실내에서 빛이 사라지며 사방이 깜깜해져 뒷말은 내 입에서만 떠돌 뿐이었다.

"무슨 일이지?" 호러스가 소리쳤다.

"누군가 빌어먹을 불을 꺼……." 에녹이 말을 하다 말고 멈추더니 쿠당탕 넘어지는 소리가 들렸다.

"우린 평화를 원해요!" 브로닌이 소리쳤다.

엠마가 손바닥에 불을 피워 올리자, 공포로 굳어진 그 애의 얼굴이 보였다. 이어 발코니 쪽에서 더 밝은 빛이 나의 시선을 끌었다. 빛의 주인공인 여자는 불빛에 비쳐 모습을 드러낸 게 아니라 빛으로 **만들어진** 존재 같았고, 그 모습에 우리들 몇몇은 입을 떡 벌렸다. 탑처럼 장신에 중세 기사처럼 쇠로 된 갑옷을 입고 손에는 날이 넓은 칼을 들었는데 그 또한 불타고 있었다. 우리는 다 같이 뒷걸음질을 쳤지만, 그 누구도 돌아서서 달아나진 않았다.

"너희는 누구냐?" 메아리를 울리는 목소리로 여자가 물었다. "왜 왔지?"

"우리는 알마 페러그린의 아이들이에요." 엠마가 여자의 목청에 지지 않으려고 고함을 질렀다.

"우린 일곱 명 중 하나와 함께 왔어요." 호러스의 목소리도 컸지만 떨리고 있었다. "알잖아요, 예언에 나오는 그……."

여자의 목소리가 울리는 순간 화염이 더욱 밝아졌다. "너희 중에 누가 빛을 먹는 자인가?"

빛을 먹는 자. 저들도 이미 알고 있어.

본능적으로 누어를 붙잡으려고 손을 뻗었지만 누어는 나를 뿌리쳤다. "저예요!" 앞으로 한 걸음 나서며 누어가 말했다. "당신도 일곱 명 중 하나인가요?"

"너는 임브린만 대동하고 와야 했다. 벨야는 어디에 있지?"

V의 이름이 언급된 순간 누어는 몸이 굳어졌지만 재빨리 회복했다. "돌아가셨어요."

"그럼 이곳은 어떻게 찾았지?"

"V, 벨야가 단서를 주셔서 그걸 따라서 여기로 온 거예요."

"네 이름을 보증해줄 임브린이 없다면 네 스스로 입증해 보여야 한다. 네가 정말로 일곱 명 중 하나라면 앞으로 나와서 나를 상대해라."

불의 여인이 계단 쪽으로 이동해 내려오기 시작했다. 나는 누어의 팔꿈치를 잡았고 브로닌은 다른 팔에 팔짱을 꼈다.

"함정일 수도 있어." 내가 이를 꽉 다문 채로 말했다.

"놔줘." 호러스가 말했다. "이건 겪어야 하는 일 같아."

우리는 마지못해 손을 풀어줬다. 누어는 계단 끝에서 불의 여인과 만났다. 두 사람은 잠시 그대로 서서 긴장된 얼굴로 서로를 마주볼 뿐이었다. 이윽고 여기사가 머리 위로 칼을 들어 올리자, 더욱 빛나는 화염에 휩싸인 칼날 끝에서 실내 구석구석으로 빛이 뿜어져 나갔다.

"**멈춰요!**" 내가 고함을 질렀지만 너무 늦었다. 칼은 이미 내려오고 있었다. 누어는 양손을 들어 올려 칼날을 손바닥으로 잡고는, 유연한 동작으로 여인의 손에서 칼을 빼앗아 손바닥에 놓고 동그란 빛의 덩어리로 줄여 입에 넣어버렸다.

여인은 비틀거리다가 몸을 바로잡더니 양팔을 옆구리에 늘어뜨렸다. "아주 훌륭하다." 미소를 지으며 여인이 말했다. "정말이지 아주 훌륭해."

누어는 꿀꺽 빛을 삼켰다. 칼의 불꽃이 위장으로 향하느라 누어의 식도가 빛을 뿜었다. "내가 빛을 먹는 자라는 건 어떻게 알았죠?"

"왜냐하면." 어둠 속에서 젊은 남자의 목소리가 들렸다. "우리 모두 그렇기 때문이지."

남자는 계단 아래쪽 빛의 웅덩이에 모습을 드러내며 숨을 들이쉬고 내쉴 때마다 방 안으로 스며든 햇빛을 호흡하고 있었는데, 머리에서 빛이 뿜어져 나왔다. 몇 초 뒤 남자의 머리가 평범한 색깔로 돌아오자 우리 주변의 공간도 깜깜한 어둠에서 한낮으로 바뀌며 길쭉한 창문으로 햇살이 쏟아져 들어왔다.

젊은 남자는 열여덟 살쯤 되어 보였다. 그는 매끈한 검은 피부에 잘게 줄무늬가 들어간 깔끔한 정장 양복에 중산모를 쓰고 있었는데, 우리를 향해 걸어오며 얇은 가죽 장갑을 꼈다. "내 이름은 줄리어스다, 저쪽은 세비." 그가 말했다.

불의 여인을 의미한 거라고 짐작했지만, 여인은 우리 눈앞에서 쭈그러들어 빛을 잃더니 쓰러져 반짝거리는 주황색 공만 한 빛으로 줄어들었다. 빛의 덩어리는 계단 위로 날아올라, 뜬공을 잡으려는 외야수처럼 팔을 쭉 뻗고서 발코니에 서 있는 작고 창백한 소녀의 손아귀로 쏙 들어갔다. 손바닥에 빛이 부딪치자 소녀는 양손으로 박수를 치듯이 눌러 밧줄을 꼬듯 비비더니 스파게티처럼 입으로 후르륵 빨아들인 뒤 작게 트림을 했다.

"안녕." 열 살도 안 되어 보이는 어린 소녀의 입에서 거인 같았던 불의 여인 목소리가 들려와 나는 충격을 받았다. "네가 올 때가 되었다고 생각했어."

"적대적이었던 환영 인사는 미안해." 계단을 내려오며 세비라는 소녀가 말했다. "네가 정말로 우리들과 같은 종족인지 확인이 필요했거든." 소녀는 하안색 통짜 원피스를 입고 말투가 동유럽식 억양이었는데, 밝은 빛을 싫어하는 것 같았다. 창가에서 쏟아져 들어온 햇빛으로 들어서며, 빛을 지워내 어디를 가든 자기 얼굴엔 어두운 그림자가 지게 했다.

줄리어스도 우리 모두 모여 있는 계단 아래쪽에서 합류했다. "우린 여자애 하나와 임브린 하나를 예상하고 있었어. 단체 손님이 아니라."

"이야기하자면 길어요." 누어가 말했다.

"시간은 많아." 줄리어스가 팔짱을 꼈다. "너희 배고프니?"

"진짜로 우린 시간 **없어요!**" 밀라드가 말했다. "다른 사람들은 어디에 있어요?"

세비가 어깨를 으쓱했다. "아직까진 이게 전부야. 우린 임브린들이 며칠 전에 여기 떨어뜨려줬어."

엠마는 어리둥절한 표정을 지었다. "떨어뜨려놓고 가버렸다고?"

"원장님들까지 여기 있으면 너무 시선을 많이 끌까 봐 염려하셨어." 줄리어스가 설명했다. "우린 돌봐줄 필요도 없으니까."

"다른 남자애도 하나 더 있었어. 그런데 기다리기 지루하다면서 가버렸어." 세비가 말했다.

누어의 눈이 튀어나올 듯 커졌다. "그게 무슨 말이야, 가버리다니?"

"문을 닫으려면 **일곱 명**이 필요해." 호러스가 초조하게 말했다.

줄리어스가 손을 흔들었다. "내 생각엔 걔도 돌아올 거야."

누어는 머리를 잡아 뜯고 싶은 표정이었다.

"다른 세 명은? 걔들은 어디에 있어?" 내가 물었다.

"소피 말로는 오는 중이래." 세비가 대답했다.

"너희는 되게 초조해 보인다." 줄리어스가 말했다. "우리랑 같이 올라가서 진짜로 뭐 좀 먹는 게 좋을 것 같아."

나는 그들이 이곳으로 소환된 이유에 대해서 알고나 있는지 의구심이 들기 시작했다.

"예언에 대해서 너희는 얼마나 알아?" 누어가 그들에게 물었다.

"예언이 있었고 그래서 우리가 여기 와 있다는 정도." 줄리어스가 대꾸했다.

"우리 임브린들은 별로 많은 얘길 해주지 않으셨어." 세비가 자기 얼굴에 비친 빛줄기를 밀어냈다. "이게 다 무슨 일인지 너희는 알아?"

자세한 이야기를 듣지 못했다는 건 그들의 임브린이 겁을 줄까 봐 걱정했다는 의미였다. 물론 최근까지도 예언은 대부분의 사람들이 모르고 있었고 심각하게 받아들인 사람은 극소수에 불과했다.

"카울에 대해서 들어본 적 없어?" 엠마가 물었다.

물론 그들도 들어본 적은 있었다. "왜? 이게 그 사람이랑 관련 있어?" 줄리어스가 물었다.

"카울 죽었다던데." 세비가 말했다.

그들도 걱정스러운 표정을 짓기 시작했다.

우리는 나쁜 소식을 짧게 줄여 그들에게 들려주었다. 카울이 영혼의 도서관에 갇히면서, 예언의 주요 부분이 충족되었다. 최근 부활했고 지금은 전보다 더 강력해졌다.

"게다가 카울에겐 새로운 할로개스트도 있어." 내가 말했다.

"우리의 마지막 피난처 루프인 악마의 영토로 그자가 쳐들어 오려고 해." 호러스가 덧붙였다. "카울이 악마의 영토를 점령하고 팬루프티콘을 손에 넣으면, 가장 멀리 떨어진 루프까지도 어디든 안전하지 않아."

줄리어스는 생각에 잠겨 고개를 끄덕였다. "그래서 해결 방법이 우리한테 달렸다는 거구나." 여전히 그는 **엄청** 걱정스러운 목소리가 아니었다.

"그렇게 될 가능성이 높아." 밀라드가 말했다. "카울을 막아내서 그자가 사라져버리지 않는 한, 너희 일곱 명이 우리한텐 최선의 희망이야."

"셋밖에 없다는 게 문제지." 누어가 말했다.

"다른 아이들도 오고 있다잖아." 세비가 말했다. "가버렸다는 그 남자애에 대해서도, 소피랑 펜세부스 말로는 멀리 갈 수 없었을 거래. 몇 시간 전에 둘이 개를 찾으러 나갔어."

"어차피 개는 야생 멧돼지 같은 성격이더라." 줄리어스가 말했다.

누어는 점점 더 초조해져서 손거스러미를 떼고 있었다. "알겠어, 지금 당장 그 부분은 어떻게 되든 우리가 어쩔 수 없네. 하지만 우리가 무얼 **해야** 하는지 너희도 전혀 아는 게 없어?"

줄리어스가 고개를 갸웃하며 누어를 쳐다보았다. "하다니?"

순간적으로 누어는 비명을 지를 것 같은 표정을 했다. "**어떻게** 카울과 싸워야 하는지? **어떻게** 우리가 문을 닫는다는 건지? 아는 게 전혀 없어?"

"흠, 그래도 한 시간 전보다는 해답이 약간 더 명확해진 것 같다." 밀라드가 말했다.

"그래?" 누어가 밀라드를 돌아보며 물었다.

"음음." 밀라드가 줄리어스와 세비를 돌아보았다. "너희보다 먼저 왔다는 그 아이 말이야, 그 애는 무얼 했어?"

줄리어스가 말했다. "걔도 우리처럼 빛을 먹는 자였어."

"아!" 밀라드가 박수를 쳤다. "그렇다면 너희 일곱 명이 무얼 할지 짐작이 간다. 그러니까 '문을 닫는다'는 게 무언가 빛을 먹는 것과 관련된다는 추측엔 무리가 없지."

누어는 눈이 커졌고 천천히 고개를 끄덕였다.

"어쩌면 지금쯤 카울은 빛을 만들고 있을지도 몰라." 엠마가 가설을 내세웠다. "그래서 너희가 필요한 거지……."

"카울을 먹어치우려고?" 에녹이 말했다.

브로닌이 움찔했다. "우엑."

"하지만 '문'은 어쩌고?" 내가 물었다.

"비유일 수도 있잖아." 호러스가 말했다. "예언은 51퍼센트가 시고, 49퍼센트가 사실이야."

"나는 51퍼센트로 배고파 죽겠어." 줄리어스가 말했다. "펜세부스는 우리가 무얼 해야 하는지 알 거야. 펜세부스가 돌아오면 물어보자. 지금은 좀 봐줘라, 너희가 도착하기 직전에 턴 원장님이 점심을 차려주셨단 말이야."

제 16 장
chapter sixteen

빛을 먹는 아이들을 따라 2층으로 올라가면서, 나는 기분이 더 암울해졌다. 카울을 무너뜨리려면 일곱 명이 한 방에 모여 앉아 서로 손을 잡는 것 이상의 일이 필요하다고 나는 확신했다. 그렇게 쉽게 풀리는 일은 드물다는 걸 이해할 만큼 나도 이상한 세계의 구성원으로 살아온 시간이 길었다. 일곱 명을 몽땅 데리고 악마의 영토로 돌아가, 어느 시점에든 적과 직접 맞서 싸워야 할 테고, 그건 끔찍한 일이 될 가능성이 높았다. 그리고 어려울 것이다. 유혈도 낭자할 테고.

나는 어서 어려운 일들을 해치우고 싶었고, 무엇보다도 턴 원장의 루프를 다시 빠져나가는 것이 우선이었다. 그러나 다른 네 명이 더 당도하기를 기다리는 것밖엔 달리 선택의 여지가 없는 것 같았으므로, 나도 휴식을 취하는 데는 이의가 없었다. 전쟁터를 건너오느라 신경이 너덜너덜했고 지친 머리는 묵직한 데다, 일단 맛있는 음식 냄새를 맡자 미친 듯이 배가 고프다는 사실을 깨달았다.

세비와 줄리어스는 역시나 깨끗하고 동물이 오가지 않는 2층 거실로 우리를 안내했는데, 그곳 거대한 식탁에 뷔페처럼 음식이 차려져 있었다. 우리는 무거운 배낭을 내려놓고 코트를 벗은 뒤, 브로닌의 대형 트렁크까지 바닥에 내던진 다음 굶주린 늑대처럼 뷔페 음식에 달려들었다.

우리는 식사를 하며 대화를 나누었다. 대화를 주도한 건 주로 누어와 빛을 먹는 두 아이들이었다. 신선한 빵을 야채 스튜에 적셔 입 한가득 넣는 사이사이 누어는 식탁 건너편에 앉은 줄리어스와 세비에게 질문을 던졌다. 그들의 삶은 어떠했는지? 언제 본인들의 능력을 드러냈는지? 임브린들이 예언에 대해서는 언제 이야기해주었는지? 누어처럼 그들도 추적과 사냥을 당했는지?

그들은 전날, 우리가 온 길보다 덜 위험하고 시간은 더 많이 걸리는 루트로 임브린을 따라 텐 원장이 루프에 도착했다. 우리처럼 어쩔 수 없이 혼자서 찾아온 게 아니라 임브린을 동반했기 때문에 그토록 빨리 텐 원장의 루프에 당도할 수 있었을 것이라고 짐작하는 수밖에 없었다. 밀라드가 내 귀에 설명을 속삭여 이런 생각을 확인해주었다. 임브린들에겐 시간을 거스르는 지름길이 있어서, 임브린과 함께 여행하는 동반자들도 그 길을 통하는 것이 가능하다는 것이다.

둘의 이름은 줄리어스 버셀과 세비 메이필드였다. 둘 다 빛을 먹는 자이긴 하지만 정확한 능력 범위는 약간 달랐다. "나는 원하는 목소리를 낼 수 있어." 세비가 말했다. 그러고는 좀 더 작은 소리로 덧붙였다. "빛도 조절하고."

빛을 먹어치우는 줄리어스의 능력은 무시무시했다. 순식간에 거대한 공간의 빛을 암흑으로 돌변하게 할 수는 있지만, 세비나 누어만큼 빛을 오래 몸 안에 간직할 수는 없었다. 부모님은 가나 출신이지만, 어렸을 때 임브린에게 입양되어 일생 대부분 이 루프 저 루프로 엄청 옮겨 다니며 살았다고 했다. 가장 최근에는 중국에 살았다. "그곳 루프는 정말 멋지고, 몇몇 루프는 진짜 오래됐어." 줄리어스가 열심히 설명했다. "중국엔 암흑기가 전혀 없었다는 거 알아? 유럽 전역은 500년간 문맹이었고 왕들도 까막눈이었는데, 중국은 줄곧 가장 놀라운 예술과 문학작품을 만들어내고 있었어." 자기 나이는 정확하지 않다고 했다. 어느 시점엔가 생일을 챙기는 걸 잊어버렸지만, 쉰여섯 살쯤 되었을 거라고 추측했다. 하지만 분명한 건 이상한 아이로서 특히 일곱 명 중에 하나였기 때문에 그가 상대적으로 안온한 삶을 이어왔다는 사실이었다.

"양복 멋지다." 호러스가 말했다. "그건 어디에서 산 거야?"

줄리어스는 흐뭇하게 미소를 지었다. "말리 바마코에서 재단사한테 맞춘 거야. 런던 세빌로 수제 양복점에서 만든 것보다 더 나을 수도 있어."

"그야 당연하지." 호러스가 열심히 고개를 끄덕거리다가 당황해서 고개를 떨구었다. "지금 입고 있는 꼴로 봐서는 상상도 못 하겠지만, 나도 옷에 대한 열정 하나는 지지 않는데……."

"호러스는 내가 아는 이상한 종족 최고의 베스트 드레서야." 내가 말했다.

"물론 너는 빼고 하는 말일 거야." 호러스가 줄리어스에게 말했지만, 줄리어스는 루프 지도에 대해서 너무 기술적인 질문을 던지고 있던 밀라드와 대화를 나누느라 몸을 돌리고 있었다.

대화는 세비를 향했다. 세비는 동굴에 숨어서 오랜 세월을 보냈다고 말했다. 햇빛이 너무 싫어서 숨어 있다가 밤에만 돌아다녔더니 마을 사람들이 세비를 뱀파이어로 오인해 사람들도 피할 수밖에 없었다고 했다. 세비의 심장에 말뚝을 박으려고 시도한 사람이 한둘이 아니었다. 사람들의 박해 때문에 더욱 깊은 동굴로 숨어들 수밖에 없었고, 그곳에서 박쥐와 이끼를 먹거나 드물게 우호적인 마을 사람들이 동굴 입구에 선물로 가져다 둔 먹거리로 연명해야 했다.

그러나 그것도 곧 관두었다. "주민 중 한 사람이 나에게 독을 먹이려고 했거든. 빛을 조종하는 능력을 개발하기 시작한 것도 그때야. 빛의 환영과 목소리 변조로 사람들을 겁줘서 쫓아낼 수 있다는 걸 알게 되었지." 결국 빛을 다스리는 동굴 소녀에 대한 소문이 임브린의 귀에까지 전해져 타미건 원장이 세비를 발견해 피후견인으로 들였다는 사연이었다. "원장님은 좋은 분이셔서, 세인트 헬레나 섬에 있는 원장님 루프에 내 집을 만들어주셨어."

"와이트가 널 찾아내기 전에 타미건 원장이 널 찾아내서 다행이다." 엠마가 말했다. "누어는 놈들이 몇 년이고 찾아다녔거든."

"어휴 저런." 줄리어스가 안쓰러운 시선을 누어에게 보냈다. "정말 그랬어?"

누어는 그 일에 대해서 이야기했지만 세부적인 것까지 털어놓지는 않았다. 세부적인 부분까지 들어가면 고통스럽기 때문이었다. 누어는 V가 병원에 입원해야 했을 정도로 심각했던 거리 습격 사건을 언급했다. 그 일로 V는 더 이상 누어를 보호할 수 없을 거라는 사실을 깨달았고, 와이트들은 몇 년 뒤 학교에서 누어가 능력을 선보인 뒤부터 따라다니다가, 헬리콥터와 특공대 같은 요원들까지 동원해 추적에 힘썼다. 누어는 그레이브힐에서 벌어진 전투나 무르나우의 교활한 술수나 V의 살해에 대해선 입을 다물었다. 누어는 새로운 친구들에게 질문할 게 너무 많았다.

"너희는 어땠어?" 누어가 줄리어스에게 물었다. "와이트들한테 발각된 적 있어?"

줄리어스는 고개를 저었다. "몇 번 아슬아슬한 적은 있었지만 우리 임브린은 항상 두어 발자국 먼저 놈들을 따돌렸어."

나는 그들도 할로개스트를 만난 적이 있는지 물었다. 둘 다 없다고 대답했다.

"무시무시하다더라." 줄리어스가 입 한가득 빵을 씹으며 태평하게 말했다.

"역대 최강이야." 브로닌이 대꾸했다.

"너희는 본 적 있어?" 세비가 눈을 크게 뜨며 물었다. "혹은 가까이 가본 적이라도 있어?"

"보기도 하고 싸우기도 하고 죽이기도 했지……. 뭐든 말만 해. 들려줄 이야기가 끝도 없으니까." 에녹이 말했다.

"하느님 맙소사." 줄리어스가 냅킨으로 입 주변을 닦으며 말했다. "너희는 대체 어떤 인생을 살아온 거냐."

세비는 어깨를 으쓱했다. "어떤 임브린들은 다른 분들보다 피후견인들을 지키는 실력이 더 좋은 것 같아."

PROPERTY OF ARCHIVES ✦ MINISTRY OF PECULIAR AFFAIRS
№ 432
Miss Evelyn Ptarmigan

"그건 불공평한 말이야." 브로닌이 말했다. "우리에겐 이상한 세계 최고의 임브린이 계셔!"

"그냥 일부 이상한 종족들이 운이 좋았을 뿐이라고 생각해." 호러스가 신랄하게 말했다.

세비는 양손을 활짝 펼쳤다. "너희가 그렇다면야 그런 거겠지."

"어쩌면 쟤네들이 저렇게 침착한 이유도 그 때문일 거야." 엠마가 내 귓가에 속삭였다. **"할로우 주변에 가까이 가본 적도 없다잖아!"**

"정말 아무런 준비도 안 된 애들이야." 엠마와 에녹에게만 들리도록 몸을 수그리며 나도 인정했다.

에녹이 킬킬 웃었다. "생각해봐. 쟤네 임브린들은 애들을 **너무** 안전하게 보호한 거지."

"더는 배가 안 고파졌어." 브로닌은 단지 기분이 상했음이 빤히 보이는데도 식탁을 밀며 말했다.

식사가 중단되었다. 우리는 어느 정도 배를 채웠고 대화는 말다툼이 되어가기 시작했다. 나는 줄리어스를 구석으로 데려가 소피와 펜세부스가 다른 아이들을 언제 데리고 올지 다시 물어보았다. 일곱 명 중 아직도 넷이나 행방을 모른다는 사실을 떠올릴 때마다 칼날 같은 걱정이 느껴졌다. 줄리어스는 다들 곧 올 것이라고 재차 말해주었지만, 그쪽도 나에 대한 인내심이 바닥나고 있었다. 그런 생각과 줄리어스의 태평한 태도로 보아 두 사람이 얼마나 다급하고 위험한 상황인지 제대로 깨닫지 못하고 있다는 생각이 들면서 나는 더욱 걱정이 깊어졌다.

줄리어스는 빛을 먹는 자들끼리 능력을 보여주는 시연을 제안했고, 공간을 제한하는 벽이 없는 바깥에서 시도해보자고 말했다. 자기 과시에 관심이 있는 건지 누어의 실력을 평가하는 데 더 흥미가 있는 건지는 모르겠지만, 어느 쪽이든 누어는 도전에 응했다. 기다리며 걱정하는 일 말고는 더 할 일도 없었으므로 나머지 친구들도 따라 나가서, 빛을 먹는 자 세 사람이 텁 원장의 저택 옆 언덕에 각자 자리를 잡고서 실력 발휘하는 모습을 앞마당에서 지켜보았다.

나는 누어가 어떤 능력을 보여줄 수 있는지 이미 알고 있었으므로, 즐거운 마음으로 누어의 솜씨를 지켜보았다. 누어는 달리기를 시작으로 양팔을 활짝 벌리고 언덕을 가로지르며 주변의 모든 빛을 모아 양 손바닥 사이에서 불끈거리는 공처럼 만든 뒤 세 번에 나누어 삼켜버렸다. 예의상 치는 박수 소리가 들려왔다.

누어의 실력도 인상적이기는 했지만, 줄리어스에 비하면 초보자였다. 그는 바닥부터 구름까지 허공을 길고 넓게 찢어내듯 햇빛 비치는 한낮을 새까만 밤으로 변모시켰다. 과시용 시연에 박수를 쳐주기가 망설여졌지만, 줄리어스는 내가 본 이상한 종족 중에서 가장 강력한 축에 속했으므로 어쩔 수가 없었다. 나는 친구들과 함께 환호하며 박수갈채를 보냈고, 어느 틈에 모여들어 지켜보다 음메음메 울어대거나 소리를 지르며 발굽을 터벅거리고 있는 텁 원장의 동물들도 환호에 가세했다.

이번엔 세비의 차례였다. 세비는 줄리어스도 손이 닿지 않는 아주 먼 곳에서 빛을 훔쳐 오는 것으로 시연을 시작했다. 우리는 세비가 텁 원장의 저택 내부에서 빛을 몽땅 끌어다가 허공에 띄우는 광경을 지켜보았다. 창문은 모두 어두워지고 대신에 지붕 위의 공간이 밝게 빛났다. 세비의 시연 내내 나는 전투에서 참 유용하게 사용할 수 있는 능력이라는 생각을 했다. 곧이어 세비는 지붕 위의 빛을 어루만져 반짝거리는 날개가 달린 용의 형상으로 바꿔놓았다. 빛으로 빚어진 용은 정오인데도 깜깜해진 하늘로 날아들었다가, 꼬리를 물고 도는 고리처럼 돌며 반짝거리는 먼지로 흩어지더니 지붕 위로 내려앉아 다시 턴 원장의 저택 방들을 비추었다. 더 큰 박수 소리가 터져 나왔고, 빛을 먹는 자들은 허리를 숙여 인사했다.

바로 그때 우리 뒤쪽에서 누군가 외치는 소리가 들려와 돌아보니 두 사람이 진입로를 달려오고 있었다. 한 사람은 본 적 없는 여성이었다. 성인 여성은 멍한 표정의 어린 여자애 손을 잡아당기고 있었다. 소녀는 긴 부츠에 더러워진 파티용 드레스를 입고 있었는데, 한쪽 옆구리엔 낡고 커다란 인형을 끼고 있었다. 나는 성인 여성을 보자마자 한눈에 임브린이라는 걸 알아차렸다. 정숙한 옷차림, 불타는 숯처럼 강렬한 눈빛, 그리고 무엇보다도 어깨를 지나 무릎까지 길게 늘어뜨린 머리칼은 휴식을 취하고 있는 한 쌍의 날개 같았다.

모두들 그들을 맞이하러 잔디밭으로 모여들었다. 나와 친구들, 턴 원장, 호크스빌 원장, 누어, 두 명의 빛을 먹는 자들. 동물들은 멀리서 소란을 지켜보며 다양한 소리로 울어댔다.

"원장님! 돌아오셨군요!" 줄리어스가 긴 머리 여성에게 달려가며 소리쳤다. 임브린은 재빨리 그를 껴안았다. 줄리어스의 얼굴이 굳어졌다. "그런데 다른 아이들은 어디 있어요?"

"나는 페트렐 원장이란다." 모여든 이들에게 여인이 말했다.

"난 줄리어스의 임브린이야." 페트렐 원장은 어딘가 초조하고 불안해 보였다. "우린 어젯밤에 이곳을 떠난 빛을 먹는 아이인 하디 아크타르를 데리러 갔었어. 혼자서도 길을 잘 찾을 수 있을 거라고 생각했던 모양인데, 지뢰가 깔려 있는 도시 외곽 도로 상황을 미처 몰랐던 것 같다. 지뢰를 잘못 밟아서 그만……." 임브린은 주머니에서 불에 탄 양말 한 짝을 꺼내 들어 올렸다.

"맙소사. 죽었어요?" 엠마가 숨을 헐떡였다.

페트렐 원장은 고개를 끄덕였다.

"다른 사람들은요?" 내가 물었다. 어차피 그건 문제가 아니었다. 하나가 사라졌다면 절대로 일곱 명은 될 수 없을 테니까.

인형을 안고 있던 여자아이가 인형이 속삭이기라도 한 듯 인형에게 귀를 기울였다. 이제 인형을 내린 여자아이가 말했다. "페니가 얘기해도 된대. 근데 내 이름은 소피야. 너희들 임브린에게 비밀 전화를 건 사람이 바로 나야. 임브린 여섯 분에게 걸었지. 그린셍크 원장님만 빼고 모두에게." 소피는 누어를 보며 덧붙였다. "벨야 그린셍크."

우리는 이제껏 V의 임브린 명칭을 들어본 적이 없었다. 누어는 몸이 굳어졌다가 먼 곳을 응시했다.

"하지만 아직 살아 있는 피후견인을 데리고 있는 임브린은 네 분뿐이었어." 소피가 설명을 계속했다.

"다른 분들은 데리고 있던 아이들이 오래전에 죽었다고 하더구나." 페트렐 원장이 말했다. "한 사람은 갑자기 나이를 먹었고. 두 번째 아이는 와이트에게 살해되었어. 세 번째 아이는 1978년에 부에노스아이레스에서 버스에 치였다고 해. 모두가 슬픈 결말이었다."

나는 비틀거렸다. 누어는 방금 들은 말을 이해할 수가 없다는 듯, 혹은 받아들여지지가 않는다는 듯 뻣뻣하게 얼어붙었다.

"하지만 다른 아이들도 올 거라고 말씀하셨잖아요." 세비가 고집을 부렸다. "원장님이 **말씀**하셨다고요."

"그 아이들을 잃었다는 건 우리도 여기 와서 알게 되었어." 페트렐 원장이 말했다. "소식을 알리기 전에 너희가 모두 한자리에 모이길 바랐던 거다." 페트렐 원장은 누어를 알아본 듯 고개를 끄덕하며 말했다. "결국 남은 건 너희들이 전부다."

그러자 줄곧 묵묵히 속을 끓이고 있던 누어가 폭발했다. "이건 미친 짓이에요! 우린 목숨을 걸고 여기까지 왔는데, 우리 셋이 전부라고요? 하느님 맙소사, 절반도 안 되잖아요! 그래서 요점이 뭐죠? 이 모든 게 무슨 소용이냐고요? 우린 이미 졌어요!"

"네가 오해하고 있는 게 있어." 소피가 차분하게 말했다. "너도 예언을 알아?"

"그럼, 알지. 일곱이 문을 닫을 것이다." 누어가 발끈해서 말했다.

"일곱이 문을 닫을 **수도 있을** 것이다." 인형이 또다시 소피에게 속삭이고 있었다. "그 말은 즉 너희들 중에 누구든 혼자서도 예언을 실현하기에 충분하다는 뜻이야. 일곱 명이 다 있을 필요는 없어. 한 명이면 돼."

"나머지 여섯은 실패할 경우를 대비한 안전장치란다." 페트렐 원장이 말했다.

줄리어스와 세비는 새로운 사실에 놀라 서로 눈길을 주고받았다. "예비 인원 같은 건가요?"

페트렐 원장이 손가락을 딱 튕겼다. "아주 정확해."

세비는 끄집어내기 어려운 생각을 이끌어내려는 듯 뒤통수를 문질렀다. "그러니까 원장님 말씀은…… 우리가 사실은 여기까지 올 필요가 없었다는……."

"왜 누구든 우리한테 이런 이야기를 해주지 않았죠?" 누어가 또 다시 폭발했다. "어째서 겨우 이런 걸 알아내려고 지구상에서 가장 끔찍한 지옥을 가로질러 여기까지 와야 했느냐고요?"

"세 가지 이유가 있다." 페트렐 원장이 손가락 세 개를 들어 올렸다. "정보 내용이 너무 민감했어. 직접 대면해서 전달하는 내용이었다."

"맞아요, 여러분의 통화 내용을 우리가 전부 도청했으니까요." 밀라드가 말했다. "전화로 그 이상의 이야기를 하지 않았던 건 다행스러워요."

"두 번째." 페트렐 원장이 손가락 하나를 접었다. "'실패를 대비한 안전장치'에 불과하다는 사실 때문에 너희들 중에 누구든 오지 않는 위험을 무릅쓸 순 없었다. 너희는 각자가 다 소중해."

"왜요?" 줄리어스가 말했다. "제 실력을 보셨잖아요. 저는 누구의 도움도 필요 없어요."

"왜냐하면." 페트렐 원장은 줄리어스를 째려본 뒤 손가락을 하나 더 접었다. "너희 힘은 함께하면 더 커지기 때문이야."

"여섯 명은 실패를 대비한 안전장치라기엔 많네요." 밀라드가 의심스럽다는 듯이 말했다. "그렇게 많은 예비 인원이 필요했다는 건 첫 번째, 두 번째, 세 번째 시도에서도 목표를 성공시킬

PROPERTY OF ARCHIVES
MINISTRY
68
Miss Gwendoline Petrel

가능성이 거의 없다는 의미잖아요."

"자신감을 북돋아주는 너의 관찰력은 고맙다, 투명인간 소년아." 줄리어스가 말했다. "하지만 난 내 능력을 잘 알아, 누구에게도 뒤지지 않는다고."

"그래서 그 가능성이 거의 없는 목표는 뭔데요?" 누어가 말했다.

"'문을 닫는다'는 것은 이상한 세계를 구한다는 거야. 그 이상일 리 없어."

"그래요, 하지만 **어떻게**요?" 좌절감에 사로잡힌 누어가 허공을 휘저으며 말했다. 별 생각 없이 누어가 자기 얼굴 앞에서 빛을 한 줄기 찢어버렸으므로, 다시 누어를 보기 위해선 우리가 한 걸음 뒤로 물러나야 했다. "대체 어쩌라는 건지 **실질적인 의미를** 아는 사람이 **누구라도** 있어요?"

페트렐 원장은 눈을 껌벅거리며 잠시 말문을 닫았다. "좀 더 상세하게 예언을 설명해주는 부분이 있었던 것 같은데 정확한 표현을 떠올려보려 해도 잘 안 되는구나. 펜세부스, 넌 기억나니?"

소피가 인형을 귀에 가져다 댔다. 소피가 고개를 끄덕끄덕하는 사이 나무로 만들어진 펜세부스의 턱이 움직이며 내는 달칵달칵 소리가 들렸다. 누어의 손에 잡혀 있던 빛이 서서히 빠져나와 좀 전에 만들었던 검은 상처를 채웠다. 호러스는 양손으로 갈비뼈를 움켜쥐고서 기대감에 숨을 죽이고 있었다.

소피가 고개를 들었다. "페니 말로는 너희가 카울의 영혼을 먹어야 한대."

줄리어스는 장갑을 바짝 당기며, 드디어 약간 땀이 나기 시작하는 걸 애써 숨기려는 듯 고개를 숙였다. "**그걸** 우리가 어떻게 해야 한다는 거지?"

세비가 양손을 들어 올리고 자기 머리 위의 허공에서 빛을 넓게 잘라내어 입안에 머금었다. "**이르케!**" 빛을 한가득 머금은 채로 엉성하게 발음을 한 세비는 꿀꺽 삼킨 뒤 다시 되풀이했다. "이렇게!"

"그래……. 카울이 빛으로 만들어졌다면 말이지." 누어는 회의적이었다. "내가 알기로 카울은 썩은 고기로 만들어진 거대한 나무 같은 존재였거든. 카울이 말하는 걸 보고 들은 아이가 설명한 모습이야."

"흠, 그렇다면 그자의 **영혼**이 빛으로 만들어졌겠지." 줄리어스는 어린아이에게 무언가를 설명하듯이 말했다.

세비가 누어를 노려보았다. "너는 왜 자꾸 임브린의 말씀을 의심해?"

"인형의 속삭임을 의미하는 거야?" 에녹이 말했다.

"얘는 그냥 인형이 아니야." 소피가 얼굴을 찌푸리며 말했다. "그건 누어 프라데시 본인도 아주 잘 알고 있을걸."

"좋아, 지금은 요점을 너무 벗어났다." 내가 말했다. "일단 돌아가서 지옥을 해결할 방법부터 찾아보자. 그러다 보면 카울의 영혼을 먹는 방법에 대해서도 의논할 수 있겠지."

모두들 고개를 끄덕였다. 드디어 우리 모두 합의에 이를 수 있는 무언가가 대두되었다.

"맞아, 낭비할 시간이 없다." 페트렐 원장이 말했다. "카울의 군대는 런던에 있는 루프 입구 바깥을 초토화시키기 시작했어."

브로닌이 양손으로 입을 막았다. “정말로요?” 손가락 사이로 브로닌이 말했다.

“그곳에 계신 임브린들과 얘기를 나누셨어요? 모두 무사하시대요?” 밀라드가 물었다.

우린 이미 반나절이나 떠나와 있었다. 그 시간이면 무슨 일이든 벌어졌을 수 있는 상황이었다.

“방어망을 뚫으려는 시도가 있었지만 아직까진 성공하지 못했다더구나. 그분들의 방패막은 강해. 하지만 그걸 만든 임브린들이 강할 때의 이야기지. 누구라도 다치거나 의식을 잃는다면 뚫릴 수도 있어.” 페트렐 원장이 말했다.

“그럼 그분들은 잠도 못 주무신다는 의미인가요?” 줄리어스가 물었다.

“그렇단다.” 페트렐 원장이 대답했다. “하지만 다행스럽게도 우린 자주 잠을 잘 필요가 없어.”

호크스빌 원장과 턴 원장이 다가왔다. 두 사람은 근처에 서서 줄곧 모든 대화를 듣기만 하고 있었다.

“우리도 무슨 일이든 도울 수 있는 만큼 힘을 보탤게요.” 호크스빌 원장이 말했다.

“고마워요.” 페트렐 원장이 말했다. “지금 당장은 저 아이들이 런던으로 돌아갈 여정을 준비해주셔야겠습니다.”

우리는 배낭과 외투를 가지러 집 안으로 들어갔고, 걸어가는 사이 임브린들은 계획을 세웠다. 호크스빌 원장은 우리가 런던으로 가려고 또다시 최전선과 무인 지대를 가로질러 자신의 루프까지 똑같은 루트를 밟아가는 위험을 무릅쓰지 않는 것이 낫겠다고 제안했고 다른 사람들도 동의했다. 내 친구들과 나뿐이라면 그런 의구심이 들지 않았을 테지만, 줄리어스와 세비는 전쟁터를 가로지르며 살아남기 어려울 거라는 생각이 들었다.

여전히 긴장되고 점점 더 혼란스러운 표정을 짓고 있으면서도 턴 원장은 더 안전한 경우의 수를 제안했다. 자기만 알고 있는, 루프 경계선이 약간 갈라진 틈으로 빠져나가라는 것이었다. 그 특정한 틈새로 루프를 벗어나면, 1916년 11월의 바깥세상으로 들어가는 것이 아니라 현재로 돌아가게 된다고 했다. "너희가 사는 현재 말이다. 그때가 언제인지는 몰라도." 턴 원장이 얼굴을 찡그리며 말했다.

자신의 루프는 붕괴되었고, 언니와 달리 과거의 루프 잔재인 이곳에 갇힌 신세라는 사실을 턴 원장도 차츰 알아차린 것 같았다.

"루프 밖으로 나가면 현대의 기차역을 만나게 될 거다. 거기서 유로스타를 타고 편안하게 두 시간만 가면 금세 런던에 도착할 거야." 호크스빌 원장이 말했다.

"루프 경계가 그렇게 끔찍이 멀지는 않지만, 길을 벗어나면 곤란하단다. 가장 빠른 말을 준비시키고, 나와 언니가 하늘에서 너희를 인도할게." 턴 원장이 말했다.

호크스빌 원장은 동생에게 연민과 감사가 모두 담긴 눈빛을 보냈고 이내 둘은 포옹하며 양쪽 뺨에 입을 맞추더니 턴 원장이 먼저 하늘로 뛰어올랐다. 날개가 튀어나오면서 턴 원장이 새의 모습으로 돌아갔다. 턴 원장은 새하얗고 거대한 바다 새였는데 검은색 줄무늬가 조금 전까지 쓰고 있던 베레모를 닮은 것 같았다. 당연히 그 모자는 나머지 옷가지와 함께 바닥에 나뒹굴었다.

"저 아이의 생기가 정말 그리워." 호크스빌 원장이 동경하듯 말했다.

"그래도 원장님은 동생 분을 가끔 보시잖아요." 내가 말했다.

"맞아. 그건 좋은 일이지. 하지만 이곳에 있는 나의 루프를 폐쇄하고 박제 머리를 챙겨서 런던에 있는 너희 임브린과 합류할 생각을 하고 있거든. 이제 너희 일곱이 모였으니, 이 루프에 무슨 쓰임새가 더 남아 있을까 싶구나."

"하지만 원장님 루프를 폐쇄하면 동생 분을 다시 만나기가 더 어려워지지 않겠어요?"

"깨져버린 동생의 파편에 내가 너무 오래 매달려 있었어. 이젠 보내줄 때가 되었다."

호크스빌 원장은 나한테만 이야기를 하고 있는 게 아니라, 우리 모두에게 속마음을 털어놓았다는 사실을 새삼 깨달은 듯 몸을 굳히며 화제를 바꾸었다. "어쨌거나 이 음식은 낭비하지 말자꾸나." 호크스빌 원장은 긴 식탁으로 다가가 먹지 않은 바게트 빵을 우리 각자에게 나눠주었다. "짐 가방에 챙겨 넣거라. 기차에서 배가 고플지도 모르는데, 식당 칸 음식은 끔찍하게 비싸단다."

호크스빌 원장을 보고 있으려니 마음이 아플 정도로 슬퍼졌다. 부분적으로는 노인이 느끼는 고통이 너무도 눈에 잘 보이기 때문이었다. 구부정한 어깨와 눈가의 주름이 확연했다. 그러나 슬

픔의 주원인은 내가 그 마음을 이해하기 때문이었다. 얼마나 많은 사람들이 그림자와 유령 속에서 인생을 보내고 있을까, 그들은 제대로 살 수나 있을까? 아이를 잃어버린 모든 부모, 짝을 잃은 모든 연인. 그들에게 다시 기회가 주어진다면 대부분 똑같은 선택을 할까? 인간 모두의 인생에 구멍이 뚫려 있게 마련인데, 잠깐이라도 내 인생에 뚫린 구멍을 막을 수만 있다면 무슨 짓이든 하겠다고 생각했던 시절이 있었다. 선택의 기회가 없는 것이 다행스러웠다. 나에게 임브린의 능력이 없다는 건 더욱 반가운 일이었다. 가진 능력과 힘을 잘못된 용도로 쓰고 싶은 유혹은 정말 어마어마할 것 같았다.

우리는 짐을 싸며, 페트렐 원장의 명령에 따라 식탁에 남은 음식을 더 많이 챙겨 꾸역꾸역 넣어야 했다. 브로닌은 넓적한 대형 트렁크를 꽉 채워서 밧줄로 등에 짊어졌다. 그러고는 모두 다시 아래층으로 내려가 턴 원장을 기다렸다. 짚이 깔렸던 드넓은 거실은 이제 거의 비어 있었는데, 동물들이 모두 밖에 나가 아까 줄리어스가 하늘에 남겨둔 암흑 줄무늬가 서서히 다시 빛으로 채워지는 광경을 올려다보며 감탄하고 있기 때문이었다. 다른 친구들이 대화를 나누는 사이, 나는 앞으로 다가올 순간에 대비해 마음을 다잡았다. 말을 타본 지가 여러 달 지났던 데다가 승마는 내 주특기가 아니었다. **전속력으로 달리지만 않으면 괜찮을 거야,** 라고 나는 생각했다.

괜찮을 거야, 라는 생각이 마지막으로 머리를 스친 순간 밖에서 예리한 비명과 겁에 질린 고함이 들렸다. 우리는 그을음이 가득한 창문으로 모두 달려갔다. 작은 별채 건물이 화염에 휩싸여 있고, 동물들이 사방으로 흩어져 달아나고 있었다. 호크스빌 원장과 페트렐 원장이 돌아서서 문을 향해 달려갔지만, 두 사람이 문에 채 당도하기도 전에 벌컥 현관문이 열리며 경첩에서 떨어져 나온 문이 호크스빌을 바닥에 쓰러뜨렸다. 페트렐 원장은 얼어붙었다가 이내 한 걸음 뒤로 물러났다.

뱃속에서 끔찍한 경련이 느껴졌다. 문으로 들어오는 게 무엇인지 눈으로 보기도 전에 나는 알 수 있었다. 눈에선 검은 눈물을, 잇새로는 검은 피를 줄줄 흘리며 네 발을 짚고 서서 미친개처럼 으르렁거리는 할로개스트였다. 목에는 끈이 달린 목걸이가 채워져 있었다. 독일군 복장을 한 남자가 줄을 잡고서 실내로 할로우를 몰고 들어왔다.

남자의 눈은 텅 비어 있었다.

할로우가 나를 보더니 와이트의 팔을 확 잡아당겼다.

"앉아라!" 와이트가 줄을 확 낚아채며 소리치자 할로우가 떨리는 근육을 진정시키며 쭈그려 앉았다.

남자의 억양은 독일식이 아니라 영국식이었다.

"와이트야." 엠마가 낮게 속삭였다.

"너도 할로우가 보여?" 내가 물었다.

엠마가 겁에 질린 얼굴로 빠르게 한 번 고개를 끄덕였다. 대답을 이미 알고 있었으면서도 심장이 툭 떨어졌다. 이 녀석도 새로운 종류의 할로우였다. 내가 통제할 수 없고 아주 가까이 가지 않고서는 존재를 느낄 수 없는 종류.

"집 밖으로 나가는 뒷문이 있어요?" 브로닌이 작게 물었다.

신호라도 받은 듯이 우리 뒤쪽에서 총성이 울렸다. 홱 돌아보니 독일군복을 입은 또 다른 남자가 계단으로 이어지는 뒷문을 가로막고 서 있었다. 한 손엔 현대적인 무기로 보이는 권총을 들고, 다른 손엔 장총 같이 생긴 물건을 들고 있었는데 총구 끝에서 화염이 일렁거리고 있고 긴 총신은 남자가 짊어지고 있는 배낭과 튜브로 연결되어 있었다.

장총이 아니었다. **화염방사기**였다.

"이봐!" 남자가 소리를 지르더니 우리 머리 위로 불꽃을 쏘아 댔다. 우리는 몸을 수그렸지만 뜨거운 열기가 목덜미를 태우는 것 같았다. 세비는 불이 붙은 줄리어스의 모자를 탁 쳐서 떨어뜨렸고, 줄리어스가 무릎을 꿇고서 모자를 바닥에 쳐 불을 껐다.

"빛을 없애기만 해라, 그럼 저 친구가 너희들을 모두 통닭처럼 튀겨줄 거야." 줄을 잡고 있는 남자가 경고했다.

"안, 안 그럴게요." 줄리어스가 말을 더듬었다.

호크스빌 원장이 바닥에서 신음을 흘렸다.

"우리한테 원하는 게 뭐냐?" 페트렐 원장이 발끈해서 물었다.

"그냥 죽어주는 거다." 남자가 말했다. "우린 여기 협상하러 온 게 아니고, 말을 섞을 필요도 없다." 남자가 허리춤에서 권총을 꺼냈다. "어서 해치우자, 바스티안. 이번 일만 잘 끝내면 카울이 우리를 불멸의 존재로 만들어줄 거야……."

미친 듯이 머리를 굴려보았지만 출구가 보이지 않았다. 모든 출입구는 봉쇄되었다.

"이러지 마시지." 엠마가 시간을 벌려는 듯 차분하고 통제된 목소리로 말했다. "뭐든 대화로 해결해볼 수도……."

할로우가 쭈그렸던 몸을 벌떡 일으켜 제 키를 전부 드러냈다.

남자는 전혀 귀담아듣고 있지 않았다. "바스티안, 너에게 영광을 줄게."

"기꺼이 해내겠다." 우리 뒤에 있던 남자가 권총을 들어 목표를 조준했다.

요란한 총성이 울렸다. 그러나 우리들 가운데 한 사람이 죽는 대신, 할로우 줄을 잡고 있던 와이트가 뒷걸음질을 치며 충격을 받은 표정으로 문설주에 몸을 기댔고, 그러는 사이 그의 목에 뚫린 구멍에서 피가 뿜어져 나왔다. 남자는 할로우 줄을 놓친 채 캑캑거리다가 바닥에 축 늘어졌다.

할로우가 거대한 턱을 크게 벌리며 귀가 찢어질 듯 요란한 소리로 울어댔다. 대체 무슨 일인지 알지 못했지만 본능적으로 내가 할로우를 막고 다른 누군가가 화염방사기 남자를 맡아야 한다는 판단이 섰다. 나는 호러스와 에녹을 옆으로 밀치며 할로우를 향해 달려들었다. 혀 두 가닥이 우리 사이의 바닥으로 날아오더니 내 다리를 휘감아 나를 바닥에 쓰러뜨렸다. 세 번째 혓바닥은 누어의 목을 휘감았고, 네 번째 혀는 줄리어스가 실내에서 빛을 훔치기 전에 재빨리 수갑처럼 손을 묶었다.

나는 벌어진 할로의 입으로 끌려가고 있었다.

누군가 할로우 언어로 고함을 질렀다.

할로우의 아가리로 막 끌려들어가려던 순간, 나를 붙들고 있던 혀에서 힘이 빠지며 나는 풀려났다. 그러자 화염방사기를 든 남자가 여전히 내가 제대로 알아들을 수 없는 기묘한 방언 같은 할로개스트 언어로 고함을 지르며 나를 지나 할로개스트에게 다가갔다. 할로우는 힘을 뺀 채 입을 헤벌리고서 남자를 쳐다보고 있었다. 놈은 혀를 모두 입안으로 끌어들인 뒤 죽은 주인 옆 바닥에 몸을 눕혔다.

남자가 화염방사기를 내려놓고 우리를 향해 돌아섰다. "난 너희를 도우러 왔다." 남자가 말했다. "내 이름은 허레이쇼다. 포트먼 군, 프라데시 양, 우린 전에 만난 적이 있지."

"저 사람이 무슨 말을 하는 거야?" 줄리어스가 할로우한테 묶였던 손목을 문지르면서 말했다. "너희 저 사람 알아?"

"응." 머리가 팽글팽글 돌아가는 것을 느끼며 내가 말했다. 나를 죽이고 싶어 하는 할로개스트의 욕망이 느껴졌지만 허레이쇼가 누우라는 명령을 내려 억제하고 있었다. "와이트야."

허레이쇼는 반박하지 않았다. "나는 너희에게 H로 알려진 해럴드 프레이커 킹의 개인 할로개스트였다." 허레이쇼의 목소리는 명확했고 발음도 활기찼다. 얼굴도 더는 갓 태어나 생기다 만 흐물흐물한 살덩어리가 아니었고, 눈동자가 없다는 것만 빼면 평범한 사람처럼 보였다. "나는 예전 동료들에게 다시 찾아가서 여전히 같은 일당이라고 믿게 만들었다. 놈들은 당신을 찾아내서 추적했다." 허레이쇼가 페트렐 원장에게 말했다.

"뭐라고? 하지만 어떻게?" 페트렐 원장이 말했다.

"그건 나중에 설명하겠다. 지금 당장은 당신들 모두 나를 믿어야 한다. 더 올 놈들이 있고, 상황은 더 나빠질 거다."

"어떻게 **더 나빠질** 수가 있죠?" 세비가 물었다.

곧이어 밖에서 포효하는 소리가 들려왔다. 문득 고질라나 영화 〈쥬라기 공원〉에 나오는 공룡의 울부짖음 같았다.

"무르나우다. 그자는 할로개스트도 몇 마리 더 데려올 거야." 허레이쇼가 말했다.

"무르나우?" 방금 듣고도 믿어지지가 않는지 누어가 말했다.

이내 앞마당에서 깊게 포효하는 놈의 목소리가 들려왔다. "얘들아! 어디에 있는지 모르겠지만 어서 나와라!" 천둥치는 소리를 내며 진입로를 걸어 올라오는 거대하고 끔찍한 공포가 눈에 들어왔다. 키가 6미터는 되는 것 같은 악몽 같은 괴물의 절반 아래쪽은 형태가 없는 검은색 슬라임 같았고, 상반신은 초대형으로 확대된 무르나우를 닮은 인물이 녹아내리고 있었다.

그는 여전히 고함을 질러대고 있었다. "주인님께서 나에게 새로운 몸과 끝없는 식욕을 축복으로 내리셨도다……."

그의 뒤에서 달려오고 있는 건 눈으로 보고서야 이제 겨우 존재가 느껴지는 할로우 세 마리였다. 역시나 옛날 할로우들보다 몸집이 더 크고 모두의 눈에 보이는 새로운 종류였다.

"뛰어!" 브로닌의 도움을 받아서 바닥에서 일어난 호크스빌 원장이 외쳤다. "어서 뛰어가서 말을 잡아 타거라……."

"소피를 데려가렴!" 페트렐 원장이 소녀를 내 쪽으로 밀며 말했다. "소피는 이 루프의 일부가 아니란다……. 떠날 수도 없긴 하지만……."

그제야 우리는 달려가며 넘어지기도 하고 서로가 서로를 이끌어주며 뒷문으로 집을 빠져나갔다. 밖으로 나가자 채소를 심은 텃밭 옆에 안장을 얹은 말 다섯 마리가 기다리고 있었다. 말들은 수줍어서 몸을 뒤치기는 했지만 페트렐 원장이 약간 달래주자 결국 친구들을 등에 태워주었다.

나는 독일군복 재킷을 벗고 중립군 셔츠를 내보이고 있는 허레이쇼에게 달려갔다. 그의 뒤쪽에서 토마토 넝쿨에 검은색 침을 질질 흘리고 있는 할로우를 나는 흘끔 쳐다보았다. "다른 할로우들도 통제할 수 있겠어?" 내가 물었다.

허레이쇼는 재킷을 던져버렸다. "아닐걸. 장시간 내가 가까이 갈 수 있었던 건 이 녀석뿐이다. 놈들의 언어도 바뀌었고, 정신도 더 단단해졌어."

허레이쇼는 화염방사기를 짊어지고서 집을 조준하더니 방아쇠를 길게 당겨 우리가 방금 빠져나온 거실을 불바다로 만들었다.

"놈들을 약간이나마 지체시켜주겠지." 그가 설명했다. 허레이쇼가 화염방사기를 내려놓으려는 찰나 내가 그의 팔을 잡았다. 반사적으로 폭력적인 반응을 보이려는 듯 그가 고개를 홱 쳐들었지만 결국 진정했다.

"진정해." 이렇게 말한 뒤 내가 할로우를 향해 고갯짓을 했다. "저 녀석도 불태워야 하는 거 아냐?"

이젠 거의 모두가 말에 올라 있었다. 엠마가 나를 불렀다. "제이콥! 어서 와!"

"그럴 필요 없다." 허레이쇼가 말했다.

나는 눈을 가늘게 뜨고 그를 쳐다보았다.

"우리는 저주받은 존재지만 갱생이 불가능한 건 아니거든." 허레이쇼는 이렇게 말한 뒤 몸을 틀어 할로우에게 무언가 웅얼거렸다. 할로우는 고양이처럼 얌전해져서 숲을 향해 쏜살같이 뛰어갔다. "다시는 우릴 괴롭히지 않을 거다." 허레이쇼는 말에 올라 손을 뻗어 소피가 말에 오르는 걸 도와주었다.

집 안은 와장창 부서지는 소리와 성난 할로우 울음으로 가득했다. 무르나우가 아이들을 닥치는 대로 죽여도 좋지만 제이콥 포트먼은 자기를 위해 남겨두라고 고함치는 소리가 우리 귀에까지 들렸다.

나는 엠마와 함께 말을 탔다. 엠마의 승마 실력이 가장 뛰어나기 때문이었다. 누어는 에녹과 함께 말에 올랐고, 호러스는 줄리어스와, 브로닌은 세비와 짝이었는데 세비는 브로닌이 등에 짊어지고 있는 트렁크에 어색하게 매달려 있었다.

"호크스빌 원장과 내가 너희를 루프 경계선의 틈새로 안내할 거다." 페트렐 원장이 우리 뒤에서 소리를 질렀다. "하늘을 잘 살피렴!"

페트렐 원장과 호크스빌 원장은 공중으로 뛰어올라 새로 변신한 뒤 마당 뒤쪽의 숲을 향해 날아갔는데, 그곳에선 턴 원장이 이미 원을 그리며 날고 있는 게 시야에 포착되었다.

우리가 탄 말도 속보를 시작해 새들을 따라갔다.

"잠깐만! 애디슨은 어떡해?" 브로닌이 소리를 질렀다.

애디슨은 우리 옆에서 여전히 땅바닥을 달리고 있었다.

"나는 달릴 수 있잖아!" 자랑스레 애디슨이 말했다.

"우리만큼 빠르진 못하지." 내가 탄 말이 평이하고 깔끔한 영어로 말했다.

브로닌은 안장에 탄 채로 몸을 수그려 한 손으로 애디슨을 들어 올리더니 그대로 옆구리에 낀 채 한 손으로 고삐를 잡았다.

"이랴!" 브로닌이 고함을 질러 말이 앞으로 빠르게 튀어나가자 애디슨이 공포에 떨며 울부짖었다.

우리 뒤쪽에서 괴물의 포효가 울려 퍼지는 사이 말발굽 소리가 허공을 채웠다. 위험을 무릅쓰고 뒤를 돌아본 나는 저택의 절반쯤에 달하는 키로 높이 선 거대한 슬라임 괴물, 무르나우가 지붕에서 굴뚝을 떼어내 우리에게 던지는 광경을 포착했다. 포물선을 그리며 날아온 굴뚝이 떨어지며 폭탄이 터지듯 벽돌이 튕겨 구름처럼 먼지를 일으키면서 시야가 잠시 가로막혔다.

놀란 말이 몸부림을 치며 벗어나려 했으므로 나는 엠마의 허리에 감았던 팔에 힘을 주었다. 말에서 날아가듯 떨어지지 않으려고 다리에도 힘을 꽉 주어 버텼다. 엠마는 고삐를 다잡았다. 말에겐 사실 안내할 필요가 없었다. 말은 그 지역을 속속들이 알고 있었고 우리만큼이나 달아나고 싶어 했다.

우리를 태운 말 다섯 필이 언덕을 내리달렸다. 우리는 한 덩어리가 되어 앞다투어 달리다 급기야 숲이 시작되면서 길이 좁아져 말들도 한 줄로 달려야 하는 순간이 찾아왔다. 우리가 맨 앞장에 섰고 줄리어스와 호러스가 맨 끝에서 달렸다. 뒤를 돌아보니 줄리어스가 고삐에서 한 손을 떼고 공중에서 빛을 움켜쥐고 있었다. 우리 뒤를 쫓아오는 사람들에게 암흑을 남겨 앞이 보이지 않게 하다니, **똑똑하군,** 생각했지만 길이 너무 험해 줄리어스는 거의 말에서 떨어질 뻔했다. 호러스가 비명을 지르며 떨어지기 직전에 줄리어스를 다시 안장으로 끌어당겼다.

임브린을 찾아 하늘을 올려다본 나는 나무 사이로 도저히 헷갈릴 리가 없을 만큼 날개 끝에 검은색 무늬가 확연한 페트렐 원장을 발견했다. 길을 제대로 가고 있었지만, 뒤쪽에서 울부짖는 할로우 소리도 들려왔다. 놈들이 너무 빨리 거리를 따라잡고 있었다.

우리는 공터를 만나 달려갔다. 앞쪽에서 길이 왼쪽과 오른쪽으로 갈라졌다. 엠마와 내가 탄 말이 선두에서 달리고 있었으므로 우리가 결정을 내려야 했다. 머리 위에서 울음소리가 들려와 올려다보니 두 임브린이 왼쪽으로 하강했다. 그러나 지상의 왼쪽 길에서 나는 할로우의 울부짖음을 들었다. 왼쪽 길로는 갈 수 없었다.

"오른쪽이야!" 내가 고함치자 엠마가 고삐를 당겼다.

"그쪽 길이 아니야!" 말이 소리쳤다.

왼쪽 길에서 또 한 번 울부짖음이 들려오자 말도 충분히 납득한 것 같았다. 우리는 오른쪽 길로 접어들었고, 다른 친구들도 뒤를 따랐다.

"할로우들이 **더 빨라진** 건가?" 엠마의 물음에, 나는 눈을 절반쯤 감은 채로 턱을 엠마의 등에 파묻고 고개를 끄덕였다. 말이 넘어진다거나 누구 하나 떨어지기라도 하면 우린 곧장 할로우의 밥이 될 신세였다.

잠시나마 놈들을 따돌린 것 같았다. 빽빽했던 나무가 성글어졌다. 숲을 벗어난 우리는 드넓게 펼쳐져 시야가 확 뚫린 휴경지로 접어들었다. 넓은 밭 오른쪽 저 멀리에서 검은 연기를 구름처럼 피워 올리며 트럭과 탱크가 지나가고 있었다. 그 너머에 무엇이 있을지 나는 즉각 알아차렸다. 이젠 총소리가 들렸기 때문이다.

"오 맙소사, 설마, 저거 그거야?" 엠마라 물었다.

젠장. 참호다.

우리가 있는 곳은 호크스빌 원장의 루프보다 2년 이른 턴 원장의 루프이고 1916년이었다. 전쟁이 다시 재개되어 최전선이 그만큼 밀려난 상황이라 우리는 영국군 전선 뒤쪽으로 넘어와 있는 상태였다. **또다시.**

"왼쪽으로!" 내가 고함쳤지만 즉각 머리 위쪽에서 반박의 울음소리가 들려왔다. 임브린들은 우리를 직선으로 달리도록 안내하고 있었다. 격전지를 외곽으로 돌아가는 길이었지만, 그 길이 유일했다. "아니다! 곧장 가!"

그러자 등골이 오싹해지는 포효가 두 번째로 들려왔다. 할로우들도 이젠 숲을 벗어나, 풍차처럼 혀를 돌리며 형체가 보이지 않을 만큼 빠른 속도로 우리를 향해 달려오고 있었다.

내가 탄 말은 방향을 지시할 필요도 없었다. 말은 오른쪽으로 방향을 틀었고 다른 말들도 따라왔다. 할로우는 우리를 최전선 쪽으로 몰고 있었다. 그리고 엠마의 짐작이 맞았다, 놈들은 더 빨라졌다. 악마의 영토에서 내가 맞서 싸웠던 할로우가 버전 2.0이었다면 이 녀석들은 버전 2.1의 신형이었다. 점점 더 치명적으로 변해갈 뿐이었다.

누군가 프랑스어로 외치는 소리가 들려왔다. **"알레, 알레!** (Allez, allez! '가자, 가자!'-옮긴이)" 다른 말들을 독려하며 말 한 마리가 외친 소리였다. 어찌된 영문인지는 몰라도 땀으로 뒤덮여 피부가 반짝거리고 지쳤으면서도 말들은 아직 속도를 더 높일 수 있었다. 최전선을 향해 달려가는 우릴 보고 놀란 임브린들이 끽끽 울기 시작했지만, 할로우와 이길 수 없는 싸움에 휩쓸리지 않으려면 우리도 어쩔 수가 없었다. 모든 상황이 동일하다면 나도 전쟁터에서 놈들과 맞서 싸울 기회를 노렸을 것이다.

말발굽 소리와 괴물의 포효 너머로 줄리어스가 호러스에게 외치는 소리가 들렸다. "나 좀 꽉 잡아줘." 고개를 돌려보니 줄리어스가 아예 고삐를 놓고 양팔을 들어 올리고 있었다. 이번에는 무릎을 조여 말이 달리는 리듬을 타고 있는지 훨씬 더 안정적이었다. 그가 허공에서 빛을 끌어당겨 우리 뒤쪽을 드넓은 암흑으로 만들기 시작했다. 우리가 어디로 갔는지 할로우가 보지 못하는 사이에 최전선을 벗어날 수 있을 만큼 차폐막이 되어주면 좋겠다는 생각이 들었다.

우리는 외투 자락을 펄럭이듯 어둠을 이끌며 그렇게 달려갔다. 폭탄과 기관총 소리가 점점 더 커졌다. 우리는 또다시 트럭과 작은 탱크와 충격을 받은 병사들을 지나쳐 달려갔다. 우리가 그들에게 어둠을 남기지 않았더라면 아마 병사들은 우리에게 닥치는 대로 총을 쏘아댔을 것이다.

"이젠 왼쪽으로!" 계속 똑바로 전진해 무인 지대로 접어들면, 어둠의 카펫처럼 날아다니는 광경이 눈길을 끌어 총알이 우리에게 비 오듯 쏟아질 것이 분명했으므로, 뒤쪽에 드리워진 어둠이 우리가 방향을 바꾸는 모습을 충분히 가려주기를 바라며 내가 엠마에게 소리쳤다.

엠마와 내가 왼쪽으로 방향을 틀었지만 바로 다음 순간 줄지어 주차된 탱크 행렬 앞에서 말이 미끄러지듯 멈춰서고 말았고, 우리는 거의 말에서 떨어질 뻔했다. 다른 말들도 우리 뒤에 멈춰섰다.

"뒤로 돌아가자." 엠마가 소리쳤지만, 줄리어스가 검은 어둠을 약간 몰아내고 나자 후방 어둠 속에서 이제 막 나타난 탱크 두 대와 이동 중이던 군대가 퇴로를 차단한 것이 보였다.

"더 어두워져야 해!" 세비가 윙윙 울리는 불의 여인 목소리로 외쳤다. "빛을 모두 없애!" 빛을 먹는 자들이 함께 힘을 모아 주변 모든 빛의 입자를 빨아들이자 우리는 졸지에 암흑에 휩싸였다.

겁에 질린 병사들이 서로에게 고함을 질러댔다. 어둠 속에서 허둥거리는 할로우들의 소리도 들렸다. 너무 가깝지도 않았지만 안심할 만큼 아주 멀지도 않은 거리였다. 앞이 보이지 않는 가운데 놈들은 잠시 혼란스러워 했다. 화약과 경유, 죽음의 냄새가 뒤섞인 전쟁터의 강렬한 악취 때문에 놈들이 우리를 추적하는 단서가 되는 이상한 종족의 체취가 흐려진 것 같았다.

이어 누어의 손에서 빛이 피어올라 누어의 매부리코가 보이면서 우리 주변도 환해졌다.

"어서 꺼!" 에녹이 말했다. "할로우가 우릴 보겠어."

"이런 정도는 멀리서 보이지 않아." 줄리어스가 에녹을 안심시켰다. "내 어둠은 완두콩 수프처럼 진하거든."

군복을 입은 젊은 남자 하나가 누어가 밝혀놓은 깔때기 같은 빛 안으로 비틀비틀 걸어 들어왔다. 말을 타고 있는 누어를 올려다보는 병사의 눈이 휘둥그레지면서 입술이 덜덜 떨렸다. "나 죽은 거야? 여긴 천국이야, 지옥이야?"

"저 할로우들은 오래 헷갈리지 않을 거야." 병사를 무시하며 내가 말했다. 뱃속에서 나침판이 통증을 전하고 있는 것으로 보아 할로우들이 방황을 끝내고 점점 더 가까워지고 있었다. "놈들이

다시 우리 체취를 맡기 시작했어."

"그렇다면 나갈 방법이 없잖아." 호러스가 소리쳤다.

"있을지도 모르지." 누어가 말했다. 누어는 시선을 돌려 일렁거리는 빛의 가장자리에서 가장 가까운 곳에 모습을 드러낸 탱크의 원시적인 금속과 넓은 바퀴를 살펴보았다. 누어는 젊은 병사와 눈을 마주쳤다. "저거 운전할 수 있어요?"

병사는 말을 하려 애를 썼지만 목소리가 나오지 않았다. 대신에 고개를 끄덕였다.

"좋아요." 누어는 안장에서 한쪽 다리를 들어 올리며 말에서 뛰어내렸다. "우릴 태워줘야겠어요."

에녹이 입을 떡 벌렸다. "저걸 탄다고?"

"훌륭한 아이디어야, 누어." 엠마도 말에서 내리며 이렇게 말하고는 에녹을 흘끔 돌아보았다. "총알을 막아줄 호러스의 스웨터를 입고 무인 지대를 맨발로 달려가는 게 차라리 낫다고 여기지 않는다면 말이야."

우리는 모두 말에서 내렸다.

"우린 어쩌고?" 내가 타고 왔던 말이 물었다.

"우리가 할로우를 유인할 때까지 기다렸다가 달아나!" 누어가 말했다.

젊은 병사는 이미 탱크에 기어오르고 있었다. 우리는 그를 따라 달려갔다. 우리를 둘러싼 어둠의 가장자리에서 방독면을 쓴 병사들이 모여들어 지켜보았다. 그들은 꿈을 꾸고 있다고 생각하는 것 같았다.

"가장 몸집이 작은 사람부터 타!" 누어가 세비를 탱크 위로 올려주며 말했다. "그 문을 열어!"

젊은 병사는 죔쇠를 풀어 탱크 해치를 들어 열었다.

"확실히 우리가 다 저 안에 탈 수 있을까?" 브로닌이 물었다.

"최대한 웅크려야지." 호러스가 말했다. "다른 방법이 없잖아."

젊은 병사는 우리가 한 사람씩 탱크에 타는 걸 도와주었다. 누어와 내가 마지막이었는데, 누어가 탱크에 오르자 병사가 물었다. "천사들이에요?"

"당연하지." 누어가 대답한 순간 인간이 아닌 할로우가 내지른 울부짖음이 들려왔다. 놈들은 가까이에서 빠르게 다가오고 있었다. 병사의 뺨에 남아 있던 혈색이 완전히 다 사라졌다. "그리고 저건 악마들이야."

우리 머리 위에서 해치가 쾅 닫혔다.

역설적이게도 제1차 세계대전 당시 탱크의 외부는 적을 죽일 목적으로 설계된 것과 마찬가지로 내부는 아군을 죽이려고 설계된 것 같았다. 비록 통조림에 든 정어리처럼 차곡차곡 들어앉기는 했지만 공간은 우리 모두가 타기에 충분했는데, 엔진에서 뿜는 매연 때문에 숨을 쉬기가 어렵고 역시나 엔진 소음 때문에 말소리를 듣기가 어려웠으며, 시야 확보를 위해 장갑차 같은 차체에 뚫은 구멍으로는 길쭉한 틈새뿐이라 앞을 보기가 어려웠다.

젊은 병사는 운전석으로 기어들어갔다. 나머지 우리들은 병

사 주변의 비좁은 차체에 끼어 타고 있었는데, 그 말은 곧 사수 자리와 포탄 적재병 자리를 여럿이 차지하고 앉아 서로 모순되는 명령을 소리치기 시작했다는 뜻이었다.

"우리가 왔던 길로 돌아가!"

"할로우가 없는 곳으로 어디로든 가!"

"아니야, 임브린들을 따라가야지!"

"어떻게? 여기선 보이지도 않는데!"

마침내 브로닌이 소리를 질러 조용히시킨 다음 말했다. "제이콥! 기관총 총알은 할로우를 죽일 수 있지 않아?"

"머리를 쏘면 죽일 수 있을걸. 가슴 쪽은 방탄이야."

"그래도 놈들이 탱크를 부수지는 못하겠지?" 이 질문은 운전석에 앉은 젊은 병사에게 향한 것이었다.

에녹이 병사의 팔을 찔렀다. "빤히 쳐다보지만 말고. 얘가 댁한테 질문하잖아."

"어, 못해요." 병사는 손마디로 머리 위 해치를 두들겼고 둔중한 소리가 울렸다. "장갑이 너무 두껍거든요."

브로닌이 고개를 끄덕했다. "그럼 우리가 놈들을 총알의 폭풍 속으로 유인해버리자. 영국군과 독일군이 우리 대신 할로우를 죽이게 한 **다음에** 임브린을 따라가는 거야."

"그건 완전히 미친 짓이야." 줄리어스가 중얼거리더니 어깨를 으쓱했다. "숙녀 분 말씀 들었잖아." 병사에게 그가 윽박지르듯 말했다. "총알을 맞도록 합시다."

병사는 차체의 틈으로 밖을 내다보았다. "너무 어두워서 어디로 탱크를 몰아야 하는지 보이지 않아요."

"으악, 맞다." 줄리어스가 중얼거렸다. "내가 다시 빛을 토해 낼게."

병사의 도움을 받은 줄리어스가 가장 큰 포탄을 장착하는 포문을 열었다. 포문에 입을 바짝 가져다 댄 줄리어스는 눈을 꽉 감고 토하는 것 같은 소리를 냈다. 탱크의 다른 정찰구로 내다보니, 탱크 포구에서 뿜어져 나온 빛이 지평선을 채우는 광경이 보였다. 우리가 탄 탱크에서 햇빛을 하늘로 쏘아 보내는 광경이라니 구경하기에 대단한 장관일 것 같아서, 지금 우리 주변 바깥에서 입을 벌리고 구경하고 있을 병사들이 부러워졌다.

시야가 확보되자 병사도 재빨리 방향을 잡을 수 있게 되었다. 병사는 발로 클러치를 밟고 탱크에 전진 기어를 넣었다. 우리는 요란한 금속성과 함께 앞으로 돌진했다.

그러다가 돌연 요란한 충돌음이 들려왔다. 할로우 한 마리가 탱크에 뛰어든 것이었다. 혀로 육중한 탱크 차체를 두들겼지만 아무런 소용이 없자 좌절한 할로우가 귀를 찢을 듯 울부짖었다.

병사는 앉은 자리에서 몸을 움츠렸다. "놀래라, 뭐였지?"

"그냥 운전이나 하게, 젊은이!" 엔진 소음 때문에 밀라드가 거의 고함을 지르듯 말했다.

병사는 전방에 나란히 튀어나와 있는 레버 두 개를 반대 방향으로 확 잡아당겼다. 그게 탱크의 방향을 조준하는 장치인 모양이었는데, 장애물을 피해 요동치며 움직였다. 두 번째 할로개스트가 탱크 상부로 뛰어올랐고, 세 번째 할로개스트는 혀로 탱크를 옭아매려다 실패하자 뒤에서 잡아당겨 탱크를 멈추려고 용을 썼다. 그러나 그들의 이빨과 혀는 쇠와 강철로 만든 괴물에겐 무용

지물이었다.

꿈속을 헤매는 것 같았던 병사의 표정이 사라지고 정신을 차리면서 전선이 가까워지자 공포로 돌변했지만, 밀라드의 격려와 에녹의 협박에 힘입어 탱크는 계속해서 격전지를 향해 움직이고 있었다.

"안면 보강 마스크를 쓰고 뭐든 꽉 잡아요!" 병사가 소리쳤다. 그는 좌석 밑에서 무섭게 생긴 철제 마스크를 꺼내더니 얼굴에 썼다. 양쪽 눈을 가리는 부분은 금속으로 틀이 짜여 있고 아래쪽 절반은 사슬 갑옷으로 만든 수염처럼 하악과 목을 가리게 되어 있었다. 좌석마다 똑같은 마스크가 놓여 있었으므로 우리는 각자 마스크를 착용했다. 묵직한 가면 탓에 시계가 거의 제로에 가까워졌지만 그 유용성에 의문을 던질 마음은 없었다.

탱크는 극적으로 속도를 높여 앞으로 달려가다가 무언가에 부딪쳐 오른쪽으로 방향을 틀었다. 우리는 참호를 건너 무인 지대로 들어가고 있었다. 잠시 사방이 조용해지면서 할로우마저도 숨을 죽여, 요란한 엔진 소음과 탱크 바퀴가 굴러가는 삐걱거림 외에는 아무런 소리도 들리지 않았다.

그러다가 총소리가 깨어났다. 분화구로 뒤덮인 땅을 갈퀴로 긁는 것처럼 낮은 천둥소리가 울리더니 우박이 떨어지는 것 같은 소리가 귀를 찢을 듯 머리를 울렸다. 탱크를 뚫고 들어오는 총알은 없었지만 작은 금속 조각이 떨어지거나 날아다녔으므로 중세시대 가면 같은 마스크의 용도가 무엇인지 깨달을 수 있었다.

할로우 한 마리가 죽었다는 것이 느껴졌다. 녀석은 비명을 지를 시간조차 없었다. 그러나 다른 할로우들은 비명을 질러댔다.

놈들은 총에 맞았지만, 탱크 옆면에 매달려 노출되었다가 굴러떨어지는 녀석부터 마침 영국군 쪽에서 있어서 총알을 피할 수 있었던 녀석까지 모든 걸 느낄 수 있었다.

나는 병사에게 방향을 틀어 완전히 반대 방향으로 운전하라고 소리쳤다. 약간 망설이는 낯빛이 보였지만, 어차피 병사는 워낙 제정신이 아니라 내가 시키는 대로 했다. 병사는 오른쪽 레버를 몸 쪽으로 당기면서 왼쪽 레버를 뒤로 젖혔고 우리는 180도 회전하기 시작했다. 폭풍처럼 밀려들던 총알이 탱크의 반대편 옆구리로 쏟아졌다. 남아 있던 할로우 두 마리 중에서 하나는 빠르게 몸을 피하지 못해 산산조각이 나고 말았다. 다른 한 마리는 거미처럼 매달렸다가 탱크 후면으로 들어가 캐터필러 바퀴의 공간으로 숨어들었다. 놈은 탱크 바닥을 긁고 두들기며, 필사적으로 뚫고 들어오려고 우리 발밑에서 금속성을 울려댔다. 혹시 이 새로운 종류의 할로우는 타액도 산성이라 강철을 뚫는 건 아닐까 궁금해졌다. 그런 생각을 머리에서 떨쳐버리며 나는 병사에게 다시 방향을 되돌리라고 소리쳤고, 병사는 레버를 조작했다.

결렬한 탱크의 진동 속에서도 균형을 잡고 자리에서 일어난 나는 가장 가까운 조준경으로 밖을 내다보았다. 폐허가 되어 연기만 피어오르는 땅에서 나는 뒤엉킨 철조망이 가득 들어차 있는 구덩이 하나를 발견했다.

나는 병사에게 그곳으로 직진하라고 말했다.

"거기선 바퀴가 걸릴 수도 있어요!" 병사가 말했다. "그럼 절대 못 나와요!"

바닥을 긁어대던 할로우의 움직임이 발밑에서 걱정스러울

정도로 **탕탕** 울리는 타격음으로 바뀌었다. 탱크의 차체를 감싼 철판을 뜯어내고 있는 할로우의 모습이 그려졌다.

"이런 깡통 안에서 죽으려고 우리가 여기까지 온 게 아니야." 엠마가 소리쳤다. "재가 시키는 대로 운전해!"

병사가 발로 페달을 꽉 밟았다. 탱크는 속도를 높였지만, 여전히 슬로모션으로 움직이는 느낌이었다. 과부하가 걸린 엔진이 공기를 덥혀 탱크 내부는 지옥 불처럼 뜨거운 데다, 매연이 쌓여 숨이 막히는 것 같았다.

마침내 우리는 웅덩이로 들어갔다. 철조망에 몸이 찢긴 할로개스트가 괴성을 질러대기 시작했다. 병사는 구덩이 반대편으로 빠져나갈 생각에 있는 힘껏 페달을 밟고 속도를 높였지만, 왼쪽 바퀴가 철조망에 뒤엉켜 오른쪽 바퀴만 계속 돌자 차체가 서서히 회전했다. 총알이 다시 쏟아지다가 곧이어 무언가 딱 끊어지는 소리가 나더니 탱크가 속박에서 풀려났다. 잠시 후 탱크는 위쪽으로 약간 기울어지더니 구덩이를 빠져나왔다.

환호성과 함께 주먹치기가 이어졌다. 그러나 다음 순간 박격포탄이 떨어졌고 우리는 막강한 폭발음과 함께 옆으로 뒤집혔다.

사방이 깜깜했다. 시간이 얼마나 지난 건지 알 수 없었다. 1, 2분 지났을 수도 있고, 불과 몇 초가 흘렀을 수도 있지만, 내가 정신을 차렸을 때 끔찍하게 생긴 마스크가 나를 내려다보고 있었으므로 나는 비명을 삼켜야 했다.

엠마였다. "우리 박격포탄에 맞았어!" 엠마가 고함을 지르고 있었다.

옆으로 뒤집힌 탱크 탓에 실내가 직각으로 회전되어 있었다.

병사는 숨을 거두었다. 박격포가 떨어지기 직전 철제 마스크가 벗겨져 얼굴에서 피가 흐르고 있었다. 이젠 할로우도 세 마리 모두 죽었다는 게 몸으로 느껴졌다. 그러나 탱크를 벗어나려 한다면 우리도 죽은 목숨이었다. 우리가 탄 탱크가 뒤집혀 있는데도 우릴 향해 쏟아지는 총소리는 전혀 잦아들지 않았다.

폭발음과 친구들이 한꺼번에 떠들어대는 목소리에 정신이 아득해진 나는 주변을 둘러보았다. 호러스는 외투 소맷자락 밑으로 피를 흘리고 있는 에녹을 돌보는 중이었다. 밀라드와 브로닌은 무언가를 찾아 트렁크를 미친 듯이 뒤적이고 있었다. 세비는 심한 충격을 받은 듯 흐느껴 울었다. "난 여기에서 죽고 싶지 않아!" 세비가 울부짖었다.

나머지는 아무도 울고 있지 않았다. 박격포탄이 더 날아오기 전에 탱크를 빠져나가야 하겠지만…… 탱크 해치로 머리를 내미는 순간 할로우들처럼 우리도 죽게 될 것이 틀림없었다.

"내가 다시 하늘에서 빛을 먹어버릴 순 있어." 줄리어스가 말했다.

"그런다고 별 차이가 있을 것 같진 않다." 허레이쇼가 말했다. "담요를 허공에 뒤덮듯이 총알을 쏟아부을걸."

다른 의견이 좀 더 나왔지만 하나도 쓸모가 없었다. 모두들 공황 상태에 빠져들기 시작했다. 그러나 곧 밀라드가 소리쳤다. "애들아, 이것 좀 봐!" 우리 모두 고개를 돌렸다. 밀라드와 브로닌은 트렁크를 활짝 열어놓고 조심스럽게 클라우스의 뼈 시계를 들어 올렸다. 나는 시계에 대해 까맣게 잊고 있었다. "도움이 될 만한 게 있기는 한데, 어쩌면 잘 안 될 수도……."

"뭐든 시도해봐야지!" 호러스가 말했다.

"약간 표면이 파이긴 했지만 만약에 아직 작동이 된다면, 클라우스가 말했던 대로 작동을 한다면……." 밀라드가 손가락뼈가 매달린 열쇠고리를 들어 올렸다. "그런데 시계 뚜껑을 여는 게 검지였던가, 집게손가락이었던가?"

탱크를 뒤흔드는 또 다른 폭발음에 밀라드의 말이 끊겼다. 폭탄이 또 한 번 가까운 곳에 떨어져 귀가 멍멍했다.

"그냥 아무거나 **해봐**, 밀라드!" 누어가 소리쳤다.

밀라드는 뼈 열쇠를 바닥에 내려놓고 다시 이것저것 뒤적이다가 하나를 골라 시계에 꽂았다. 고맙게도 첫 시도에 뚜껑이 열렸다. "이게 정확하게 어떻게 작동이 된다는 건지는 나도 몰라!" 소음 속에서 밀라드가 소리를 지르며 또 다른 손가락뼈를 집어 시계태엽을 감았다. "하지만 어떤 효력이 나타나든 아마 오래 지속되지는 않을 거야……."

밀라드가 마지막으로 힘을 주어 태엽을 감자, 시계 정면에 달린 앙상한 뼈로 된 시침 분침이 어찌나 빠르게 돌아가는지 그 움직임이 흐릿하게 보일 정도였다. 이윽고 요란하게 **땡** 소리가 울리며 시침 분침이 모두 12시를 가리켰다. 시계 종소리가 희미해지면서 끊임없이 망치를 두들기는 듯 탱크 차체에 쏟아지던 총소리도 잠잠해졌다. 탱크가 지금 막 절벽에서 떨어진 것처럼 갑자기 낙하하며 뱃속이 뒤집힐 것 같은 느낌이 들었다. 그게 바로 시간이 변하는 감각이라는 깨달음이 들면서, 어느덧 마법에 걸린 듯 바깥세상이 정적에 휩싸였다.

아주 찰나의 순간이었지만 나는 이런 생각이 들었다. **우리가**

죽은 건가?

밀라드가 죽은 병사의 위로 기어올라 해치 쥠쇠를 돌려 풀었다. 겁에 질린 내가 밀라드의 자리를 잡으려 했지만 놓치고 말았고, 이미 밀라드는 해치를 열고 머리를 내밀었다.

바깥세상 역시 탱크 실내만큼이나 조용했다.

잠시 후 밀라드가 머리를 안으로 들이밀었다. "이젠 꽤나 안전해!" 흥분해서 밀라드가 말했다.

우리는 탱크에 탄 순서 그대로 탱크를 벗어났다. 몸집이 작은 아이들이 먼저고 누어와 내가 마지막이었다. 나는 발부터 내밀었다. 우리 주변은 온통 뒤집힌 진흙 더미와 철조망과 터져버린 할로개스트의 잔해뿐이었다.

세상은 우리가 탱크로 들어갔을 때와 달랐다. 탱크의 엔진은 꺼졌고 총성은 멈추었다. 하지만 경이로움에 사로잡힌 친구들의 중얼거림 이외엔 이렇게 새롭고 심오한 정적을 설명하기가 역부족이어서 처음엔 귀가 멀었나 하는 생각까지 들었다. 마법의 힘으로 병사들이 모두 다른 차원으로 이동한 걸까?

누어가 공중에 멈춰 서 있는 물체를 살펴보고 있는 게 내 눈에 띄었다. 날아오던 총알이 허공에 얼어붙은 듯 떠 있었다. 카메라가 포착하기에 너무 빠르게 움직이는 물체가 사진에 찍힌 것처럼 총알은 앞뒤가 약간 흐릿하게 변해 늘어져 있었다. 우리 주변에 멈춰 서 있는 총알이 바글바글했다. 먼 곳에선 박격포탄이 폭파 도중에 멈춰 있고, 솟아오른 흙더미가 우산 모양으로 허공에 떠 있었다.

누어가 총알을 만져보려고 손을 뻗었다.

"기다려, 누어, 나 같으면……." 내가 말문을 열었지만, 이내 누어는 총알을 건드렸고 총알은 아무 해도 끼치지 않고 진흙 바닥으로 떨어졌다.

"날개 달린 선조들 덕분이야." 소피가 페니를 가슴에 꼭 껴안으며 중얼거렸다.

에녹은 잇새로 휘파람을 불었다.

애디슨이 주변을 좀 더 잘 살피려고 불에 탄 그루터기에 올라갔다. "'내가 죽음을 위해 멈춰 설 수 없기에, 죽음이 친절하게도 나를 위해 멈추었다네.'" 애디슨이 에밀리 디킨슨의 시를 암송했다.

"시나 읊고 있을 때가 아니야." 엠마는 철조망 사이로 길을 뚫기 시작했다. "오래된 시계가 효력을 중단하기 전에 여기서 벗어나자."

"격하게 동감한다." 호러스가 말했다.

브로닌은 뼈 시계를 등에 묶어 짊어졌다. 시계는 카운트다운처럼 불길한 소리를 내며 요란하게 째깍거리고 있었다. 나는 우리 주변을 둘러싼 진흙 바닥의 절반을 뒤덮고 있는 아무 시신에라도 가까이 가면 망자의 속삭임을 들을 수 있을지 궁금했다.

우리는 엠마를 따라 구덩이를 빠져나온 뒤에 무인 지대를 지나 영국군 진영으로 향하는 가장 직선 코스로 보이는 길을 선택했다. 우리 앞에 저 멀리 펼쳐진 곳이 혹시 독일군 진영일까? 나는 이제 방향감각을 완전히 상실한 상태였던 데다, 매연과 폭탄 폭발로 머리가 멍했고 어디에나 폐허와 철조망이 뒤엉켜 있어 어느 방향이든 똑같아 보였다. 더는 어디가 어딘지 구분할 자신이 없었다.

나는 구름처럼 모여 있는 총알을 피해 걸어가며 생각했다. **임브린들은 어디에 있을까?**

"아무도 뒤처지는 사람 없게 인간 사슬을 만들자." 브로닌이 이렇게 말한 뒤 줄지어 선 친구들 앞과 뒤로 뛰어다니며 우리가 손을 다 잡고 있는지 확인했다. 한 팔로는 소피를 안아들었고, 다른 팔로는 애디슨을 안았다.

"시계는 함부로 다루면 안 돼!" 밀라드가 브로닌에게 잔소리를 했다.

"호크스빌 원장님 말씀을 기억해!" 엠마가 소리쳤다. 주변 소음이 없으니 엠마의 목소리는 쩌렁쩌렁 명확했다. "앞만 보고 각자 본인만 생각해, 안 그러면 인생이 악몽으로 변할 거야!"

바로 그때 우리 뒤쪽에서 무시무시한 괴성이 들려와 우리 모두 얼어붙었다가 고개를 돌려 무슨 일인지 확인했다.

"맙소사, **이제 와서** 저건 또 뭐지?" 누어가 말했다.

허레이쇼가 무언가를 막 떠올린 듯 고개를 끄덕이며 말했다. "저건 퍼시벌 무르나우일 수밖에 없을 것 같다."

이내 그자가 모습을 드러냈다. 집 두 채만큼 거대한 키에 몸이 절반씩 둘로 나뉘어, 상반신은 그럭저럭 인간의 형상이지만 꿈틀거리는 받침대 같은 하반신은 우리가 밟고 있는 것 같은 냄새 고약한 퇴비와 검은 진흙과 온갖 파편과 사체가 뒤엉켜 있는 무르나우였다. 놈이 내 이름을 외치자, 너무 길게 쭉 찢어진 입에서 파편들이 튀어나왔다.

뻐 시계는 무르나우에게 영향을 미치지 않았다. 그는 이 루프에 속하지 않았다.

누군가 소리쳤다. **뛰어.**

우리는 파헤쳐진 울퉁불퉁한 땅과 구름처럼 흩어져 있는 총알을 피해가며 최대한 빨리 달릴 수 있는 만큼 다리를 놀렸다. 무르나우는 다리가 없이 움직이느라, 바닥에 걸리는 온갖 장애물들을 토네이도로 휩쓸며 전진해야 했기에 우리보다 빠르게 움직일 수가 없었다.

잠시 후 우리 뒤쪽에서 울부짖는 괴성에 이어 머리 위쪽에서도 새 우는 소리가 들려왔다.

"페트렐 원장님이야!" 줄리어스가 외쳤다.

"호크스빌 원장님도 계셔!" 브로닌이 소리쳤다.

두 임브린은 다시 우리를 찾아내 머리 위 상공에서 원을 그리며 날고 있었다. 턴 원장은 이 루프에 **매여 있으니**, 날아오다 어딘가 중간쯤에서 얼어붙어 있을 것으로 짐작되었다.

페트렐 원장과 호크스빌 원장이 수직으로 하강해 무르나우를 괴롭히기 시작했다. 우리가 무인 지대 가장자리를 벗어나 참호까지 안전하게 달려갈 수 있도록 놈을 지연시켜 시간을 벌어주려는 심산이었다.

무르나우는 이동을 멈추고 서서 새들을 후려치려 팔을 휘저었으나 헛손질했다. 우리는 철조망이 끊어진 장벽 아래로 몸을 수그리고 들어가 참호 구역에 당도했다. 호크스빌 원장이 우리 앞쪽으로 낮게 하강해, 참호 위쪽으로 놓인 다리로 우리를 인도했다. 이곳엔 총알 구름의 간격이 비처럼 촘촘해서 우리 몸에 부딪쳐 와르르 떨어지는 소리가 마치 슬롯머신에서 백만 달러에 당첨되어 코인이 쏟아지는 것 같았다.

다리를 건너며 나는 참호를 내려다보았다. 병사 수십 명이 암울한 표정의 동상처럼, 얼굴엔 흙과 피를 묻힌 채 얼어붙어 있고, 총은 불을 뿜는 중이었다.

병사들은 영국군이 아니라 독일군이었다. 이곳은 독일군 진영이었다.

뒤에서 요란하게 쿵 소리가 들려왔다. 무르나우가 어느 틈에 거리를 좁혀 약 50미터 후방까지 와 있었다. 울퉁불퉁한 바닥과 참호도 놈의 발길을 많이 지연시키지는 못한 모양이었다.

하늘에서 비명 소리가 들려왔다. 페트렐 원장이 무르나우에게 날아들어 부리로 얼굴을 공격했다. 놈은 투덜거리며 몸을 피했다가 방향을 틀며 팔을 올렸다. 무르나우는 한 손으로 페트렐 원장을 잡아 으스러뜨린 뒤 퇴비로 뒤덮인 바닥에 던져버렸다.

줄리어스가 비명을 질렀다. 세비와 에녹이 무릎을 꿇으며 주저앉은 그를 부축해 데려갔다.

페트렐 원장이 죽었다. 임브린이 살해당하는 것을 한 번도 본 적이 없었던 나는 달리다 말고 거의 다리가 얼어붙는 듯했지만 억지로 힘을 내 친구들을 따라 바깥 참호 진영으로 건너갔다. 페트렐 원장이 우리에게 준 선물을 낭비할 여유는 없었다. 페트렐 원장의 희생으로 무르나우가 느려졌고, 무인 지대를 둘러싼 마지막 철조망 담장을 지나느라 놈이 씨름을 하고 있는 사이 우리는 단숨에 참호 구역을 벗어났다.

줄리어스는 정신이 나간 사람처럼 고함을 지르더니 세비와 에녹의 팔을 뿌리치고 브로닌에게 달려들었다. '**부셔버려, 부셔버**

려'처럼 들리는 말을 되뇌고 있었는데, 우리들 중 누구도 줄리어스가 하려는 행동을 알아차리기 전에 브로닌의 등에서 뻐 시계를 낚아챈 줄리어스는 머리 위로 들어 올렸다가 바위에 시계를 내려쳤다.

뱃속이 갑자기 크게 울렁거리며 양쪽 귀 사이에서도 압력의 변화가 느껴졌다. 그리고 줄리어스에게 고함을 지르는 밀라드의 목소리는 시간이 다시 흐르기 시작하면서 돌아온 온갖 소음에 막혀 들리지 않았다.

수천 발의 총격이 재개되었다. 우리가 지나온 참호에 있던 군인들의 움직임도 다시 살아났다. 그러자 무르나우는 허리케인처럼 한꺼번에 날아오는 금속 폭풍에 갇혔다. 놈의 몸이, 아니 괴물의 형체가 갈가리 찢겼다. 내 눈앞에서 무르나우가 분해되었다.

임브린이 비명을 지르며 우리를 앞으로 나아가도록 독려했다. 이젠 모습이 잘 보이지도 않았지만 호크스빌 원장이 틀림없었다. 세비와 누어는 빛을 지워 달려가는 우리 모습을 감추었다. 줄리어스는 쓰러져서 누가 안고 가야 했는데, 이번엔 브로닌이 맡았다.

우리는 각종 장비와 병원 막사가 줄지어 서 있는 곳을 뚫고 달려가 드디어 허공이 흐릿하게 일렁이고 있는 곳으로 들어섰다. 루프의 경계선을 지난 우리는 방향을 알 수 없는 평범한 세계로 뛰어들었다.

제 17 장
chapter seventeen

우리가 있는 곳은 더 이상 전쟁터가 아니었다. 아니 아예 들판도 아니었고, 프랑스 소도시의 작고 푸르른 공원에 와 있었다. 호크스빌 원장은 우리를 따라 루프 경계선을 넘지 않았다. 어쩌면 그것이 불가능하거나, 참호 구역으로 되돌아가 페트렐 원장의 남은 시신이라도 가져오려 했을 것 같았다. 그러나 허공에 뚫린 틈새로 호크스빌 원장의 목소리가 메아리처럼 우리를 따라왔다. "얘들아, 난 너희와 함께 갈 수 없단다. 지금은 빨리 가도록 하고, 얘도는 이 일이 끝나면 하자꾸나."

작은 상점과 주택이 공원을 둘러싸고 있었다. 교회 종소리가 평화롭게 울려 퍼졌다. 우리는 세상을 통과한 것이 아니라 시간만 통과했을 뿐인데도, 전혀 다른 나라에 와 있었다. 허레이쇼가 텅 빈 동공을 가리느라 선글라스를 끼더니, 흠잡을 데 없는 발음의 프랑스어로 행인에게 어디에서 기차를 타야 하는지 물었다.

"따라와라." 허레이쇼가 우리에게 말했다. "생각하지도 말고, 말도 하지 마라. 그냥 걸어."

우리는 누구도 따지지 않고 그 말을 따랐다. 예전에 와이트였을지는 몰라도 그는 내가 알고 있는 그 어느 이상한 종족에 못지않게 신의를 입증했다. 우리는 상점이 줄지어 선 거리를 서둘러 걸어갔다. 날씨가 더워서 우리는 걸어가며 무거운 외투를 벗어 바닥에 던져버렸다. 사람들이 빤히 쳐다보았지만 시선은 오래가지 않았다. 어쩌면 제1차 세계대전을 배경으로 영화를 찍는 배우들을 보는 게 여기선 흔한 일일 것이다. 나도 평범한 사람들에게는 더 관심이 없었다.

"놈이 정말로 죽었을 거라고 생각해?" 허레이쇼가 우리 뒤쪽을 초조하게 흘끔거리며 물었다.

"백억 개의 조각으로 갈가리 찢겼잖아. 독일군들이 놈을 만두소로 만들어버렸다고." 에녹이 말했다.

"총알이 할로개스트를 죽일 수 있다면, 논리적으로 무르나우도 총을 맞아 죽을 수 있겠지." 엠마가 말했다.

무르나우가 갈가리 찢겨 죽는 걸 목격했지만 무언가 내 마음에 걸리는 게 있었다. 놈은 할로개스트가 아니었다. 죽을 수 있는 존재인지도 더는 확신할 수 없었다. 그러나 내 의구심으로 다른 친구들에게 마음의 짐을 안겨줄 이유는 없었다. 우리에겐 걱정거리가 이미 충분했다.

우리는 기차역으로 가서 런던행 기차표를 산 뒤(허레이쇼에게 돈이 있었다), 인적이 거의 없는 대합실에서 기차가 오기를 기다렸다. 줄리어스는 돌아가신 임브린에 대하여 슬퍼하며 앉아 있었고, 호러스가 옆에 앉아 줄리어스의 무릎에 한 손을 올리고 위로의 말을 중얼거렸다. 엠마가 카페에서 냅킨을 가져와 에녹의 팔 상처를 닦아주자, 에녹은 움찔거리며 불평을 쏟아냈다. 애디슨은 혹시 문제가 생길 것을 대비해 코를 킁킁거리며 긴장을 늦추지 않으려 했지만, 자꾸만 작은 눈이 감겼다.

"이 일에 우리가 실패하면 어떻게 될까?" 세비가 조용히 물었다.

에녹이 숨을 들이마신 뒤 대꾸했다. "별일 아닐 거야. 카울이 이상한 세계를 손아귀에 넣고 우리를 노예로 부리다가 온 세상을 도살장으로 만들겠지."

"카울이 기분이 좋다면 말이지." 엠마가 덧붙였다.

호러스가 엠마의 어깨를 두드렸다. "우린 실패하지 않을 거야."

"왜? 네가 그런 꿈을 꾸었기 때문에?"

"실패할 수 없기 때문이야, 그뿐이야."

우리는 말도 할 수 없을 정도로 지쳐 있었다. 우리가 겪은 일들이 현실로 다가오기 시작했다. 주로 공포와 트라우마를 남길 만한 사건이었지만 나는 이런 생각으로 위안을 삼았다. 우리는 떠나올 때보다 더 강해져서 런던으로 돌아가고 있다. 우리에겐 일곱 명 중 세 사람이 있고, 필요한 인원은 그것으로 충분했다. 게다가 우리에겐 허레이쇼가 있었다. 그는 딱딱한 자세로 나무 벤치에 앉아, 몇 초마다 한 번씩 고개를 홱홱 돌리며 역 입구와 플랫폼을 번갈아 살피고 있었다. 허레이쇼는 우리에게 우호적인 터미네이터 같았다.

기차가 윙윙 소리를 내며 역으로 들어왔다. 우리가 열차에 올라 개인 특실로 몰려 들어가자 승객들의 의아한 시선이 쏟아졌다. 의아한 표정을 워낙 흔하게 겪었던 터라 나도 이제 거의 무신경해졌다. 자리를 잡고 앉으며, 엠마는 임브린들과 악마의 영토에 대한 걱정을 토로했다. 애보셋 원장님은 마지막으로 봤을 때 예전보다 엄청 약해져 있었는데, 방어망은 열두 명의 임브린들이 모두 무사해야 그대로 유지될 수 있었다. 페트렐 원장의 말로는 카울의 군대가 이미 집결해 있다고 했다.

"놈들이 무얼 기다리고 있는 걸까 궁금해." 브로닌이 말했다.

"카울의 할로우 군대가 탄생되기를 기다리는 걸 거다." 허레이쇼가 대답했다. "카울은 어베이턴에서 군대를 만들고 있다. 모든 할로개스트가 영혼 단지에서 훔친 영혼을 지니고 있다."

"카울이 영혼 단지를 악용할 수 있을 것이라고는 생각 못 했어." 내가 말했다.

"카울이 부활한 형태로는 그게 가능했던 모양이다. 게다가 어느 정도는 할로개스트의 성질을 변형시킬 수 있었다."

"그래서 우리 눈에 할로개스트가 보이는 건가?" 호러스가 물었다.

"맞다." 허레이쇼가 대답했다. "놈들이 더 외피가 단단해지고 몸집도 커지고……." 허레이쇼의 시선이 흘끔 나를 향했다. "통제하기 더 어려워진 이유도 그 때문이지."

나는 열패감을 느꼈다. 허레이쇼가 그런 의미로 한 말은 아니란 걸 알면서도 심지어 비난을 받은 기분이었다.

"당신은 한 마리 통제할 수 있었잖아. 말도 하고." 내가 말했다.

"그래, 오랜 시간 공을 들였으니까. 그 할로우 옆에 가까이 가서 몇날 며칠을 보내며 차츰 그들의 새로운 언어를 배울 수가 있었다. 하지만 그러면서도 예전 우리보다 저들을 길들이기가 훨씬 더 어렵더군."

'우리'는 허레이쇼의 과거 정체를 의미했다.

엠마가 앞으로 몸을 수그리고 낮은 목소리로 말했다. "할로개스트가 되는 건 어떤 느낌이야?"

허레이쇼는 잠시 생각에 잠겼다. "고문." 한참 뒤에 그가 말했다. "모든 게 절반만 형성된 느낌이지. 몸도, 마음도, 생각도. 너무 배가 고파서 **온몸의 뼈**가 텅 비어 있는 느낌이다. 유일하게 느끼는 안도감은 먹을 때뿐이야. 이왕이면 인간과 이상한 종족을 선호하지. 하지만 그것도 효력이 아주 짧다."

"그런데도 H가 밉지 않았어?" 누어가 물었다. "그토록 오랜 세월 당신을 그런 식으로 데리고 있었는데?"

허레이쇼는 즉각 대답했다. "응." 그가 고개를 갸웃했다. "그리고 아니기도 하다. 모든 할로우는 주인을 미워하지. 하지만 H는 내가 정신을 개발하는 걸 도와주었다. 영어로 읽고 쓰고 이해하는 법과 단순한 허기 이상의 것을 생각하도록 가르쳐주었다. 그렇게 세월이 흐르면서 나는 H를 미워하는 만큼 사랑하게 되었다."

기차가 흔들리며 서서히 움직이기 시작했다. 창문 밖으로 나무 의자와 역 매표소가 서서히 지나치기 시작했다.

"새로운 할로우 언어를 나한테 가르쳐줄 수 있어?" 내가 허레이쇼에게 물었다.

"시도는 해볼 수 있겠지. 하지만 그건 지적인 학습 과정이 아니라 직관적인 능력이다. **파고들기**가 관건이지."

"뭐든 노력해볼게." 내가 말했다.

"둘이 어휘 공부를 시작하기 전에 한 가지만 더 질문할게." 누어가 말했다. "자꾸 할로우 **군대**라고 얘기하는데, 놈들의 수가 얼마나 돼?"

"확실히 십여 마리는 될 거다." 허레이쇼가 대답했다. "아마 더 많을 수도 있다." 그는 생각에 잠긴 듯 잠시 입을 다물었다. 창밖으로 보이던 역 대신 드넓은 꽃밭이 나타났다. "지금쯤은 거의 모두 태어날 거다. **문제의 시간이 코앞으로 다가왔다**."

에녹이 코웃음을 쳤다. "문제의 시간이 코앞으로 다가왔다." 엄숙한 목소리로 그가 되풀이해 말했다. "와이트들은 전부 공포 영화의 악당처럼 말하나?"

허레이쇼가 에녹을 보며 한쪽 눈썹을 들어 올렸다. "나에게 아직도 혀가 있었다면 모든 가닥으로 너를 후려쳤을 거다."

에녹이 약간 창백해져서 좌석으로 물러나 앉았다.

잠시 후 호러스가 벌떡 일어났다. "친구들?" 코를 유리창에 박으며 호러스가 흥분한 목소리로 물었다. "저게 뭐지?"

우리는 호러스의 등 뒤로 모여들어 창밖을 내다보았다. 들판 한가운데 상반신을 벌거벗은 채 빠르게 달려오는 사람이 있었는데, 밀과 노란 꽃으로 만들어진 거대한 기둥을 타고 움직이고 있는 것 같았다.

"**놈이야**." 엠마가 속삭였다.

"와, 미치겠네." 브로닌이 말했다.

무르나우가 들판을 미끄러지듯 달려 우리를 향해 달려오고 있는데, 우리가 탄 기차는 이제 막 속도를 올리는 중이었다.

"이거 **고속** 열차라며!" 에녹이 소리쳤다. 그러고는 유리창을 두들겼다. "어서, 빨리 좀 가!"

무르나우는 점점 가까워지고 있고, 우리가 탄 기차의 속도는 조금씩 빨라질 뿐이었다. 기차가 도로를 가로지르는 교차로와 주차장을 덜컹거리며 지나자 무르나우도 따라 왔다. 토네이도 같은 하반신은 아스팔트를 뒤엎어 이동 자국을 남기며 색깔이 회색으로 변했는데, 이어 자동차를 짓밟은 뒤엔 차체마저 몸통에 뒤섞였다.

"난 여기 못 있겠어." 에녹이 말했다. "기관사한테 가서 뒤통수를 때려서라도 정신 차리게 해야겠어……."

에녹이 객실에서 달려 나갔다. 우리는 에녹의 뒤를 따라 좁은 통로를 달리며 무르나우와 최대한 거리를 벌이려는 헛된 시도를 했다. 우리가 객차 사이를 뛰어 건너며 어리둥절한 승객들을 지나쳤지만, 사람들 대부분은 창밖에서 점점 더 몸집을 키우며 달려오는 악몽 같은 존재를 전혀 알아차리지 못하는 것 같았다.

기차가 덜컹하더니 마침내 속도를 높이기 시작했다.

"**하느님** 감사합니다." 호러스가 외쳤다.

우리는 달리기를 멈추고 식당 칸 창문에 바짝 매달렸다. 무르나우는 뒤로 처지고 있었다. 놈이 마지막 몸부림으로 막판 스퍼트를 올려 우리를 향해 몸을 날렸다. 무르나우는 허공에서 분해되어 기차에 꽃과 흙과 작은 자동차 부품을 파편처럼 끼얹었다. 그 무렵 우리는 시속 80, 90킬로미터로 달리고 있었으므로 무르나우의 잔해는 뒤쪽으로 흩어져버렸다.

우리는 쓰러지듯 자리로 돌아와 앉은 뒤 개별 객실의 문을 쾅 닫고는 침착함을 되찾으려 노력했다. 카울은 우리한테 던질 게 아무것도 없다고, 적어도 악마의 영토 근처에 가기 전까지는 괜찮다고 내가 친구들을 안심시켰다. 에녹은 셔츠를 벌리고 식당 칸에서 훔쳐 온 샌드위치 열 몇 개를 쏟아냈다. 아무도 반대하지 않았다. 턴 원장이 싸주었던 빵을 무거운 배낭과 함께 전쟁터에 버려두고 왔던 터라 우리는 엄청 게걸스럽게 먹어댔다. 지속적인 공포는 사람들에게 허기를 남겼다.

공포로 말할 것 같으면, 나는 우리한테 벌어진 일들을 찬찬히 따져보려는 시도조차 중단한 상태였다. 끝없이 몰아치는 파도처럼 끔찍한 사건들이 연이어 우리를 강타했을 따름이었다. 이번 시련에서 살아남는다 해도 아마 나는 발작이나 평생 나를 따라다닐 괴로운 악몽에 시달릴 것이다. 어쩌면 언젠가 심리상담사가 그 모든 사연을 털어놓도록 도와줄 수도 있으리라. 이상한 종족 심리상담사라면. 친구들에게 혹시 정신을 고쳐주는 사람 같은 게 있는지 묻자 모두들 나를 이상하게 쳐다보았으므로, 내가 왜 그런 질문을 했는지 설명하고 싶은 마음은 들지 않았다.

런던까지는 두 시간 거리였다. 애디슨과 브로닌은 잠들었다. 다른 친구들은 너무 흥분한 상태라 대화를 나누어야 했는데, 모두들 과거에 겪었던 괴상망측한 사건들을 털어놓으며 끊임없이 수다가 이어졌다. 소피는 펜세부스를 껴안고 창문에 기대어 계속해서 펼쳐지는 목가적인 풍경을 감상했다. 줄리어스와 호러스는 나란히 앉아 신발을 벗고 접어 올린 무릎에 가슴을 기댄 채 이따금씩 머리를 맞대기도 하며 낮은 목소리로 이야기를 나누었다.

누어와 나는 허레이쇼와 더 이야기 나눌 기회를 누렸다. 우리 둘 다 마지막으로 허레이쇼를 봤을 땐 절반만 변신한 할로우여서 거의 대화를 나눌 수가 없었던 데다, 뉴욕에 있는 H의 아파트 6층 창밖으로 뛰어내렸기 때문에 죽었다고 생각하고 있었다. 어떻게 프랑스에 있는 붕괴된 루프까지 찾아올 수 있었으며, 어떻게 이제는 완벽하게 변신한 와이트의 모습으로, 심지어 잘생긴 외모를 갖추고 신뢰를 얻어 카울의 부하로 잠입할 수 있었는지?

"맞아." 누어가 허레이쇼를 반히 쳐다보며 고개를 까딱거렸다. "대체 무슨 일이 있었던 거야?"

허레이쇼는 기묘한 미소를 지어 보였다. 얼굴 표정은 아직 완벽하게 습득하지 못한 게 분명했다. "그래, 상당히…… 다사다난했지. 창문에서 뛰어내린 다음에는 하수구에 숨어 있었다. 할로우에서 와이트로 변신이 마무리되는 동안 그곳에서 며칠간 머물렀지. 해럴드 프레이커 킹과 함께 보낸 오랜 세월 동안 나는 정신을 다스리는 법을 확실히 익혔기 때문에 대다수의 할로우들이 잃어버리고 마는 기억을 유지할 수 있었다." 허레이쇼가 쓰는 언어는 교과서 같았지만, 발음은 정확했다. 미묘하게 뉴욕식 억양을 갖춘 데다 문법적으로 완벽한 영어를 구사하다 보니, 어쩐지 택시기사의 말을 따라 하는 인공지능 로봇처럼 들리기는 했다. "해럴드 프레이커 킹이나 그가 나에게 보여주었던 관대함을 나는 절대 잊지 않았다. 나는 누어 프라데시를 보호하고 일곱 명에 대한 예언의 실현을 도우려던 H의 임무를 계속하기로 결심했다."

"흠, 고마워." 누어가 말했다.

"좀 더 일찍 왔더라면 좋았을 텐데." 에녹이 끼어들었다.

"늦어서 더 심각한 상황이 올 수도 있었어." 엠마가 덧붙였다.

"적어도 조준은 정확했잖아." 세비는 허레이쇼가 와이트를 총으로 쏘았던 지점 근처의 목을 어루만졌다.

이젠 모두가 우리 대화에 합류했다.

"질문 하나 할게." 밀라드가 말했다. "예언에 대해서 그렇게 많이 알고 있었다면, 왜 카울을 부활시키기 위한 필수 재료 목록에 V의 심장이 있다는 걸 우리한테 얘기해주지 않았어?"

"벨야 양이 이야기해주지 않았기 때문에 킹 주인님은 모르고 있었다."

"V가 말을 해줬더라면 H는 절대로 V를 찾으라고 우릴 보내지 않았을 거야." 내가 말했다.

"자기가 임브린이라는 사실을 굳이 인정하지 않았어도 될 텐데. 그것도 아마 밝히기 싫어했을 거야." 엠마가 말했다.

"그건 정말 되게 따분한 미스터리다." 에녹이 조바심을 내며 손을 휘저었다. "나는 허레이쇼가 어떻게 와이트들 틈으로 잠입했는지 알고 싶어. 당신의 정체를 놈들이 몰랐나?"

"내가 스스로 변장을 했기 때문에 저들은 몰랐다. 변신 후 원래 얼굴에 다른 얼굴을 덮어썼다." 허레이쇼가 말했다.

엠마가 넌더리를 내며 입술을 비틀었고 누어는 입 모양으로만 '**뭐라고?**'라고 외쳤다.

"나의 변신이 완료되었을 때, 나는 와이트를 하나 죽이고 그 자의 얼굴을 벗겨 언터처블 일당의 유명한 피부 재단사인 엘스워스 엘스워스에게 가져갔다. 그리고 그 결과가 이 얼굴이지." 허레이쇼는 피부 미용 광고 모델처럼 뺨을 돌려 보이며 손등으로 얼굴을 스쳤다. 그러자 금발 머리의 경계선 바로 아래에 감추어진 희미한 바느질 자국을 볼 수 있었다.

"나는 그자의 신분도 훔쳤다." 허레이쇼가 설명을 계속했다. "그자의 말투도 흉내 내면서 미국 땅에 마지막으로 남아 있는 뉴욕 지부 와이트 무리에 합류했다. 그때는 퍼시벌 무르나우와 그자의 동료들을 악마의 영토 감옥에서 빼내려는 와이트의 계획을 멈추기엔 너무 늦은 시점이었고, 그들이 카울을 부활시키는 걸 막기에도 역시나 늦은 상황이었다. 하지만 놈들이 너희들의 전화 통화를 도청했다는 건 나도 알게 되었다." 이 대목에서 허레이쇼는 소피를 가리켰고, 소피는 부끄러운 듯 얼굴을 가렸다. "프라데시 양이 만남의 장소를 알아내려 시도하는 과정에서 놈들이 뒤를 쫓아가 프라데시 양을 잡을 계획이었지."

"그럼 카울이 일곱 명에 대해서 알고 있다는 거네." 금세 잠에서 깨어나 여전히 졸린 듯 눈을 껌벅거리며 브로닌이 말했다. "예언에 대해서도."

"당연하지." 엠마가 말했다. "처음부터 카울이 누어에게 와이트를 보낸 것도 그 때문이겠지, 아주 어렸을 때라잖아."

"『경외성경』에 다 나와 있잖아." 호러스가 말했다.

"카울은 바보가 아니야." 밀라드가 말했다. 밀라드는 빛을 먹는 자들을 돌아보았다. "기분 나쁘게 듣지는 않았으면 좋겠는데, 카울이 단지 너희들 셋 때문에 잠에서 깨어났다는 게 난 믿어지지가 않아. 보험이나 다름없는 너희를 죽이지 않고 스스로 부활하

MINISTRY OF PECU
AFFAIRS
PROPERTY OF AR IVES
Ellsworth
Ellsworth

느라 그 모든 고통과 괴로움을 견뎌낼 존재는 아니거든."

"그렇다면 우리가 덫으로 걸어 들어간 거네." 누어가 허레이쇼에게 말했다. "당신은 우리를 구하려고 그 먼 길을 달려와준 거고."

"그렇다." 허레이쇼는 겸손함이나 자부심의 흔적 없이 대답했다.

누어가 양 손바닥을 마주댔다. "고마워."

"카울은 계속해서 우리를 죽이려고 할 거야." 줄리어스가 말했다. 이제는 차분함을 되찾은 표정이었는데 나는 줄리어스와 호러스의 손이 깍지를 낀 채 둘의 좌석 사이에 놓여 있는 것을 알아차렸다. "우리는 놈의 덫을 빠져나오며 할로우들을 죽였고, 최고의 심복인 괴물에게 모욕을 안겼어. **내가** 그자였다면 우릴 죽이려고 눈에 불을 켤 거야. 너희 같으면 안 그러겠어?"

제 18 장

chapter eighteen

기차가 속력을 늦춰 세인트 판크라스 역으로 들어서자 나는 막연한 공포감에 떨었다. 이제 우리는 사람들도 너무 많고, 보는 눈도 너무 많고, 부딪힐 몸도 너무 많은 현대 런던의 한복판에 들어와 있었다. 그렇다고 우리가 쉽사리 모습을 감출 만큼 인파가 많은 것도 아니었다. 비좁은 열차 화장실에 들어가 전쟁터에서 얼굴과 옷에 묻혀 온 진흙을 최대한 닦아내느라 장시간을 보내긴 했어도, 우리는 아무리 잘 봐줘도 눈에 확 띄는 일행이었다.

카울과 그의 부하들은 어디에든 있을 수 있고, 지금도 그들이 우리를 찾고 있을 거라고 짐작하는 게 옳았다. 무르나우가 카울에게 우리의 목적지를 이야기했을 것이라고도 추측해야 했다. 혹은 어쩌면 이젠 상상을 뛰어넘는 힘을 지닌 카울이 그냥 저절로 알고 있는지도 몰랐다.

우리는 방어적인 태도로 기차에서 줄지어 내렸다. 21세기의 복잡한 도심에 갑자기 내던져진 느낌은 엄청 혼란스러웠다. 사방에서 요란한 광고판이 번쩍거리고 우리 주변을 바삐 오가는 사람들은 거의 모두가 걸어가며 휴대전화를 보고 있었다. 적어도 사람들이 우리를 쳐다보지는 않았다. 공공장소에서 동물을 동반할 때 지켜야 하는 법규가 있었으므로 엠마는 대충 끈을 꼬아 수치스러워 하는 애디슨에게 목줄을 채웠다. 법규를 어긴다는 건 문제를 일으킬 소지가 있었으므로, 다른 시대에서 온 것처럼 진흙으로 얼룩진 옷을 입은 이상하게 생긴 아이들인 우리로선 최대한 조용히 모습을 감추어야 했다.

"전화가 필요해." 밀라드가 하는 말이 들렸다. 밀라드는 머리에 스카프를 두르고 큼지막한 선글라스를 썼다. 재키 케네디를 찍은 옛날 사진에서 본 것 같은 모습이었다.

에녹이 지나가는 사람의 휴대전화를 소매치기하려 다가가자, 밀라드가 팔을 잡았다. "그런 전화기 말고. 공중전화 부스에 들어 있는 **진짜** 전화 말이야. 악마의 영토로 전화를 걸어야 해."

우리는 플랫폼을 벗어나, 공상과학소설에서 사람들이 패스트푸드를 숭배하려고 찾아오는 대성당처럼 보이는 대합실과 매표소 구역으로 들어섰다. 우리는 이리저리 고개를 돌리며 혹시 모를 공격자들과 이전 세대에서 사용하던 아날로그형 유선전화를 찾고 있는 단체 여행객이었다. 런던을 상징하는 유명한 관광자원인 새빨간 공중전화 부스는 알고 보니 안에 더 이상 전화가 없었고, 휴대전화 충전소로 바뀌었거나 사람들이 조용히 통화할 수 있는 사적인 공간을 제공하고 있었다. 몇 분이나 성과 없이 전화기를 찾아 헤매던 우리는 마침내 으슥한 화장실 옆 구석에서 전화기가 갖추어져 있는 오래된 공중전화 부스를 발견했다.

우리는 공간이 허락하는 한도 내에서 최대한 많은 인원이 부스로 들어갔으나 그래 봤자 수가 절반도 되지 않았다. 내 얼굴이 불편하게 브로닌의 겨드랑이에 밀착되었다. 밀라드는 줄에 매달려 있는 두툼한 전화번호부를 뒤적였다. "대부분 페이지가 찢겨나갔네." 밀라드가 투덜거렸다.

내 시선이 문득 유리문 너머로 향했다. 바깥에선 대형 평면 TV 앞으로 많은 사람들이 모여들고 있었지만, 그들이 무얼 보고 있는 건지는 보이지 않았다.

"재 뭐하는 거야?" 누어가 내 귀에 속삭였다.

"임브린들은 가명으로 전화번호를 등록해놓거든. 밀라드가 휘파람으로 제대로 새소리를 내면 루프로 연결될 수가 있어." 내가 설명해주었다.

누어가 뒤에서 내 허리에 팔을 둘렀으므로, 본능적으로 나도 누어의 손을 꼭 잡았다. 이렇게 단순한 행동이 얼마나 깊은 위안을 주는지는 아무리 생각해도 미스터리이자 기적이었다.

"네가 그리웠어." 누어의 속삭임에 나도 고개를 끄덕였다. 며칠 동안 누어의 곁을 거의 떠나지 않았지만, 우리 둘만 있을 시간은 거의 없었기 때문에 누어가 멀게 느껴지기 시작했다. 우리 둘 사이는 아직 유대를 쌓아가기 시작하는 단계였으므로, 지금 서먹해졌다간 도저히 되살릴 길 없이 시들어버릴 것이다. 하지만 저녁을 먹고 영화를 보러 갈 시간은 없었다. 둘이 놀러 다니는 것은 고사하고, 서로 대화를 나누는 시간이 1분도 채 되지 않았다. 언제나 더 중요한 일이 있어서 계획을 세우거나 달아나거나 싸움을 하거나, 드물게 짬을 내 쪽잠을 자거나 하는 일이 우선시되었다. 하지만 언젠가 이 싸움이 결국 끝이 난다면, 나는 누어 프라데시가 사랑받아 마땅한 방식으로 사랑해줄 수 있을 것이다.

밀라드가 흥분해서 전화번호부를 두들겼다. "아이고 다행이다, 여기 있네." 눈을 가늘게 뜨고서 번호를 확인한 밀라드는 수화기를 집어 들고 스카프를 풀더니 보이지 않는 귀에 가져다 댔다. 몇 번 연습을 한 뒤에 진짜처럼 들리는 높고 기묘한 새소리를 휘파람으로 만들어냈다. "연결되고 있어." 밀라드가 말했다.

수화기 반대편에서 말하는 작은 목소리가 내 귀에도 들렸다. "어이."

"여기도 어이, 저는 밀라드 널링스인데요. **지금 당장** 알마 페러그린 원장님과 통화를 해야 합니다."

전화기가 갖추어져 있는 벤담의 저택 어느 방 근처에서 기다리고 있었던 듯 거의 즉각 원장이 전화를 받았다. 우리들 몇몇은 머리를 서로 들이밀며 페러그린의 목소리를 들으려고 기를 썼다.

"밀라드, 너 맞니?" 연결 상태가 좋지 않아 찌글거리는 데다 소리도 작았지만, 페러그린 원장의 다급한 목소리에 담긴 염려가 내 귀에도 전달되었다.

"네, 저예요, 원장님."

그 뒤로는 한동안 페러그인 원장의 말소리는 들을 수가 없었고 대화를 이어가는 밀라드 쪽의 이야기만 알 수 있을 뿐이었다. "저흰 다 무사해요. 네, 일곱 명은 만났어요. 흠, 전부는 아니고요. 전보다 두 명은 많아졌으니 전부 다해서 셋이에요. 맞아요. 하지만 그래도 괜찮대요……. 알고 보니 일곱 명이 모두 필요한 건 아니었어요. 나머지 둘은 스페어래요." 이 말에 줄리어스가 얼굴을 찌푸렸다. "네, 맞아요. 무르나우와 할로개스트가 우릴 따라오긴 했어요……. 네, 네……. 저희도 꼭 그래야 하는 건지 고민 중이었어요. 그게, **카울의 영혼을 먹으라**는 얘기가 있었거든요……. 네? 알겠어요, 그렇게 전할게요." 밀라드는 수화기를 귀에서 떼고 한 손으로 아래쪽 구멍을 막았다. "원장님이 어떤 경우에도 우리끼리 카울을 공격하는 건 안 된다고 하셔. 당장 악마의 영토로 돌아가야 한대."

브로닌이 밀라드의 손에서 수화기를 낚아챘다. "원장님, 저 브로닌이에요. 제발 부탁인데요, 악마의 영토에서 어린아이들은 전부 피신시켜야 해요. 카울이 할로우 군대 전체를 이끌고 올 거라는데, 진짜 끈질기고 제이콥은 그놈들을 통제도 못해요. 팬루프티콘 루프 중에서 한동안 아이들이 안전하게 지낼 곳이 분명 있겠죠, 그게 뭔데요?" 브로닌의 이마가 깊이 파였다. "아." 충격을 받은 듯 브로닌의 목소리가 가라앉았다. "아, 안 돼."

"우리도 같이 **듣자**." 에녹이 이렇게 말하며 브로닌의 귀에서 수화기를 멀리 떼어 옹기종기 모여든 우리 쪽으로 들어 올렸다. 가장 가까이에 있는 몇몇은 페러그린 원장의 목소리를 알아들을 수 있었다.

"……너희가 호크스빌 원장의 루프로 떠난 직후에, 우리가 팬루프티콘을 다시 닫기 이전에 그 얼마 안 되는 순간을 틈타서 괴물로 변한 카울의 와이트 하나가 2층 루프 문을 통해서 저택으로 숨어들었단다. 그래서 대혼돈이 벌어졌지. 민병대원 둘이 죽고 플로버 원장님과 바백스 원장이 중상을 입었지만, 선조들의 보살핌 덕분으로 목숨을 잃거나 우리가 작동시킨 시간 방어망이 즉각 붕괴되지는 않았다. 우린 많은 주민들을 독려해 놈과 싸우게 만들었고 결국엔 무찌를 수 있었지만 그 과정에서 엄청난 피해를 입었단다. 안타깝지만 팬루프티콘은 작동이 불가능하고, 혹시 그렇지 않은 상황이더라도 너무 위험해서 다시 사용할 수는 없을 것 같구나."

"그렇다면 우린 여기 갇힌 신세야. 도망칠 곳도 없이." 엠마가 말했다.

"어차피 우리는 도망치는 데 관심 없어."

"그렇다면 원장님한테 가려면 루프 입구를 통과하는 것 말고는 다른 방법이 없네요." 에녹이 말했다. "거긴 아마 지금쯤 포위되어 있을 테고요……."

"아무래도 항복해야 하지 않을까?" 애디슨이 말했다. "훨씬 더 월등하고 압도적인 군대와 맞서야 하는 게 확실하니까 목숨을 보존해야지."

우리는 애디슨이 미쳐버리기라도 한 듯 쳐다보았다.

"절대 안 돼! 카울에게는 절대 항복하지 않을 거야." 엠마가 말했다.

"죽음을 의미한다고 해도? 네가 사랑하는 모든 이들이 죽게 된다는데?"

엠마의 얼굴에 살짝 망설임이 지나갔다. 그러나 곧 카울의 포로나 노예가 되느니 죽음이 더 낫겠다는 의견을 고수했고, 나머지 우리들도 동감했다.

"좋아." 애디슨이 말했다. "그냥 너희를 한 번 시험해본 거야."

우리는 페러그린 원장과 작전을 의논했다. 악마의 영토 내부에서 습격에 대비하는 동안 외부에서 카울의 군대를 '약화'시키자는 이야기가 오갔다. 밀라드는 카울과 그의 군대가 방어망을 뚫고 들어올 때까지 기다렸다가 놈들이 정신이 팔려 있을 때 뒤쪽에서 공격해 들어가자는 제안을 했다. 그러려면 어느 시점에서 임브린들이 방어망을 걷어야 공격이 가능했다.

"고전적인 협공 작전이죠." 밀라드가 말했다.

"혹은 우리 빛을 먹는 자들 셋이 카울을 찾아 공격을 할 수도 있잖아. 너희는 상황을 너무 복잡하게 만드는 것 같아." 줄리어스가 말했다.

페러그린 원장은 우리끼리 카울과 싸우는 건 안 될 말이라고 다시 한 번 강조했다. "너희는 **아무런** 시도도 하지 마라. 너희는 반드시 이리로 돌아오는 게 안전해졌을 때 모두 함께 돌아오기 바란다. 그때까지 너희는 악마의 영토 루프 입구 근처의 안전 가옥에 숨어 있다가 **우리**가 **너희**를 데리러 갈 때까지 기다리거라."

"하지만 원장님, 새로 만난 빛을 먹는 자들과 소피는 루프에 매여 있잖아요." 브로닌이 말했다. "걔들은 안전 가옥에서 하루 이상 머물지 못 해요, 안 그러면 확 나이를 먹을 텐데……."

"우리가 그런 일이 벌어지지 않게 할 거다." 페러그린 원장이 말하는 게 들렸다. "적당한 때가 되면 우리가 갈 거야. 그 사이 너희는 카울의 군대를 괴롭힐 만한 일들을 해주면 돼. 우리도 우리만의 붕괴 작전을 펼칠 수 있지 않겠니."

나는 전화 통화에 너무 집중하고 있던 나머지 전화 부스 밖에서 무슨 일이 일어나고 있는지 눈치를 채지 못하고 있었다. 대형 TV 앞에 모여 있던 군중이 수십 명으로 불어나 있고, 모두들 제자리에 얼어붙어 있는 것 같았다. 선팅이 되어 있는 전화 부스 유리창으로 화면을 보려고 고개를 쭉 내밀던 나는 눈구멍에서 빛을 뿜어내고 있는 남자의 모습을 포착했다.

"맙소사." 나는 더 가까이 보려고 친구들을 밀치고 밖으로 빠져나갔다. 어깨를 밀쳐 사람들 틈으로 파고들며 피가 싸늘하게 식었다. 화면에선 겁에 질려 도심 거리를 달려가는 사람들의 영상이 나오고 있었다. 이내 장면이 바뀌어 헬리콥터나 드론으로 촬영한 항공 샷으로 이어지면서, 앰브로시아를 엄청나게 마신 게 틀림없는 남녀의 모습이 방영되었다. 그들은 다리 위에서 눈으로 광선을 쏘며 고개를 좌우로 마구 흔들어 콘크리트를 검게 그을고 있었다. 여자가 버려진 자동차 문짝을 뜯어내, 배달 트럭 뒤에 웅크리고 숨어 있던 두세 명의 사람들에게 던졌다. 그러자 한 남자가 트럭 뒤에서 양손을 들어 올린 채 튀어나왔는데, 문짝이 떼어진 자동차가 갑자기 다리 난간 쪽으로 미끄러지면서 여자도 함께 밀어버렸다. 여자는 자동차가 강물로 떨어지기 직전에 몸을 피해 빠져나왔다.

우리는 TV 생방송으로 이상한 종족들 간의 싸움을 보고 있었다. "서로 싸우고 있어!" 브로닌이 내 뒤에서 달려 나오며 외쳤다. "모든 사람들이 다 **볼 수** 있는데!" 친구들도 수화기를 대롱거리게 내버려둔 채 전화 부스에서 나왔다. 친구들은 믿어지지 않는 듯 입을 벌린 채 내 주변으로 모여들었다.

화면에 자막이 한 줄 지나갔다. **기형 인간 런던 도심 공격.**

"한 명은 나도 알아보겠어." 엠마가 말했다. "자동차 뜯어서 던진 사람. 그 끔찍한 여자잖아……." 나도 아는 사람이라는 깨달음이 찾아왔다. 이상한 정육 시장의 소유주로 줄담배를 피워대던 그 여자는 우리가 와이트에 대한 정보를 알아내느라 심문한 적도 있었다. 로레인. 여자는 임브린들이 체포 작전을 시작하기 전에 악마의 영토를 탈출했던 게 틀림없었다. 로레인은 한때 충성심이라곤 없는 용병이었다. 이제는 더욱 타락한 존재였다. 카울을 위해 싸우는 앰브로시아 중독자였으니.

"나는 트럭 뒤에 숨어 있는 사람을 알아." 밀라드가 말했다. "카울한테 잡혀 있던 인질들을 구출하러 보냈던 구조대 중 한 분이야."

로레인 옆에 있던 남자가 방금 당도한 경찰차를 향해 방향을 틀더니 경찰차를 향해 무언가를 토하듯 발사했다. 뜨겁게 녹인 액체 금속처럼 은빛으로 빛나는 물체가 경찰차 보닛 상판을 녹여 구멍을 내자, 경관 두 명이 차에서 내려 목숨을 건지려고 달아났다.

"이건 너무 끔찍하고 지독하다, 우리가 다 노출되기 전에 누군가 TV를 꺼야 해!" 호러스가 소리쳤다.

"그러기엔 너무 늦었어, 친구." 에녹이 똑같은 동영상을 보여주고 있는 근처의 TV를 세 대나 더 가리켰다.

그러나 아직까지도 우리 주변에 있던 사람들은 겁에 질렸다기보다는 회의적인 태도를 취했다. "이건 장난일 거야." 우리 옆에 있던 남자가 돌아서며 말했다.

"영화 홍보물이겠지." 누군가 맞장구를 쳤다.

사람들은 그게 현실이라는 걸 도저히 믿을 수가 없었다.

바로 그때 누군가의 목소리가 들려왔다. "**기형 인간**의 공격? 에이, 되게 시시하네! 다음엔 어떻게 나오는지 일단 지켜봐야겠군!"

나는 고개를 돌려 군중 속에서 바로 내 옆에 서 있는 남자를 보았다. 평범해 보이는 셔츠에 넥타이를 매고 다리로 보이는 하체로 땅을 짚고 서 있는 평범한 체구의 남자였는데, 나는 너무 충격을 받아 순간적으로 얼어붙었다.

그건 카울이었다. 새 부리 같은 코와 튀어나온 턱. 동공이 텅 비어 있는데도 악의 어린 웃음을 짓고 있는 새하얀 눈자위. 남자는 뾰족한 송곳니를 드러내며 씩 웃었다. "또 만나 반갑구나, 제이콥."

그러자 언제나 행동이 재빠르고 판단력도 앞선 엠마가 불길을 활활 일으킨 손으로 남자의 얼굴을 후려쳤고, 카울은 빙글 몸을 돌리며 바닥으로 쓰러졌다.

주변에서 공포 어린 비명이 들리며 군중이 파도처럼 밀려갔다. 카울은 바닥에서 몸부림을 치며 울부짖고 있었다. "기형 인간들이 여기도 있다! 놈들이 여기 있어!" 그는 바닥에서 몸이 녹아 검은 웅덩이로 변해가는 중이었다. "내가 녹아내리고 있다!" 그가 비명을 질렀다. "**녹고 있다고!!!**"

순식간에 바닥엔 텅 빈 그의 옷가지만 남았다. 웅덩이가 빠르게 번져 우리 발 쪽으로 향했으므로 우리는 비틀비틀 뒷걸음질을 쳤다.

"뭐라도 좀 해!" 세비가 누어와 줄리어스에게 소리쳤다. "이젠 우리가 활약할 기회야."

"**무얼** 하라고?" 누어가 물었다.

마치 대답이라도 하듯 검은색 웅덩이가 심장박동에 맞춰 펄떡거리며 푸른빛을 내기 시작했다. 줄리어스가 감을 잡았다. "이렇게." 줄리어스는 이렇게 말하며 양팔을 넓게 벌리고 앞으로 나섰다. 줄리어스가 웅덩이에서 뿜어져 나온 빛을 지워버리려고 다가선 순간 도저히 불가능할 정도로 길어진 팔이 웅덩이에서 솟아나와 갈퀴 같은 손가락이 달린 손으로 줄리어스의 목을 휘감았다.

검은색 웅덩이에서 요란하게 껄껄 웃는 웃음소리가 들려왔다. 줄리어스는 숨을 헐떡이며 안색이 잿빛으로 변해 바닥에 무릎을 꿇었다.

"줄리어스!" 세비가 소리쳤다.

내가 팔을 붙잡으려 했지만 누어가 내 옆에서 튀어나갔다. 팔을 앞으로 뻗은 채 웅덩이를 향해 달려갔지만, 누어가 빛을 훔쳐내기도 전에 푸른빛이 사라졌다. 두 번째 팔이 웅덩이에서 튀어나와 누어를 향했다. 나는 태클을 걸듯 누어를 바닥으로 쓰러뜨렸고 손은 반 뼘 차이로 빗나갔다.

엠마가 손바닥에 불꽃을 피워 공격하자 팔뚝은 성난 뱀처럼 움츠러들었다. 다른 사람 그 누구도 팔에 손을 대지 말라고 밀라드가 고함을 지르자, 줄리어스의 목을 조르고 있는 팔을 힘으로 풀어보려고 달려들던 브로닌이 멈칫했다. 그러자 소피가 펜세부스를 높이 쳐들고 앞으로 달려갔다. 인형의 얼굴이 갑자기 살아나 분노로 눈을 부라리며 입을 딱딱 맞부딪치고 있었다. 소피가 펜세부스를 팔에 집어던졌다. 인형은 면도날처럼 날카로운 이빨로 카울의 살갗을 뚫고 한 입에 뼈까지 파고들었다. 귀를 찢을 듯한 비명과 함께 너덜거리는 팔이 줄리어스의 목에서 떨어져 나갔다. 줄리어스가 호러스의 품 안에서 축 늘어지자, 브로닌이 둘을 한꺼번에 끌고 갔다.

이어 무언가 웅덩이에서 일어나기 시작하며 형체가 합쳐졌다. 그것은 할로개스트처럼 검은색 액체를 뚝뚝 흘리며 상반신까지 벌거벗은 카울이었는데 이번엔 몸집이 더 컸다. 우리가 공포로 경악하며 지켜보는 가운데 그가 서서히 몸을 일으켰다. 어렴풋이 인간의 형상을 하고 있기는 했지만 모든 것이 엉망이었다. 머리는 세로로 길게 늘어졌고 목은 있을까 말까 하는 정도였으며, 가슴은 움푹 파였고 등은 감전을 당한 것처럼 휘었다. 팔은 할로개스트의 혓바닥처럼 너무 길고 두꺼웠는데, 인형에게 물려 잘려 나갔던 오른팔도 다시 빠르게 자라나고 있었다. 상반신은 명목상 인간이었지만 하반신은 나무가 아니라 얼룩덜룩한 회색 살덩어리 같은 것으로 만든 나무둥치에 불과했고 뿌리는 웅덩이 안쪽 깊은 곳 어딘가에 있는 것 같았다. 키가 점점 자라나 5미터 높이의 천장에 머리가 닿을 정도가 된 카울은 탑처럼 우리를 굽어보았다. 이것이 바로 공포 자체가 된 카울의 본 모습이었다.

"우린 싸울 필요가 없다." 카울이 부드럽게 달랬다. 아이와 남자가 하나의 영혼에 들어간 것처럼 높고 낮은 목소리가 이중으로 울려 퍼졌다. "그저 내 앞에 무릎을 꿇고 새 주인님에게 기도를 올리면 되는 거란다, 얘들아."

우리는 달아나고 싶지는 않지만 아직은 카울과 싸울 방법을 몰랐기에 계속해서 뒷걸음질을 쳤다.

"딱하구나. 그렇다면 너희 방식대로 해라."

카울이 긴 팔을 휘둘렀으나 아슬아슬하게 우리를 빗나가 꽃집 진열장을 박살냈다. 유리가 산산조각 나면서 사방으로 튕겨나간 꽃들이 그의 손길에 닿은 즉시 새까맣게 변했다. 나는 호러스에게 몸을 기댄 채 숨을 쉬려고 애쓰고 있는 줄리어스를 흘끔 돌아보았다.

엠마는 양손으로 새로이 커다란 불덩이를 만들어 카울에게 던졌다. 놈의 목과 척추가 기괴하게 일그러지면서 불덩이를 피했다. 카울이 우리를 거의 쓰러뜨릴 정도로 세차게 썩은 공기를 내뿜으며 포효한 뒤, 검은 웅덩이 자국을 바닥에 남기면서 우리에게 다가왔다.

그것은 의논을 하지 않고도 의견이 통일되어 내려진 결론이었다. 우리는 동시에 몸을 돌려 달아났다. 카울과 싸울 방법을 알게 되거나, 뭐라도 약점을 찾아내기 전까지는 달아나는 것만이 유일한 선택이었다.

카울의 팔이 우리를 향해 날아왔지만 맞히진 못했다. 우리는 커피를 주문하는 키오스크 기계를 지나쳐 빠르게 달려갔는데, 잠시 뒤 그 기계가 넘어가 부서지는 소리가 들려왔다. 우리는 상점이 늘어서 있는 좁은 통로를 숨가쁘게 달려가며, 뒤쪽에서 폭포처럼 유리가 깨져 나가는 소리를 들었다. 재빨리 방향을 튼 우리는 출구와 건물 밖 도로가 있는 쪽으로 달려갔다. 충격을 받은 구경꾼들이 목숨을 건지려고 몸을 피했다.

출입구로 튀어나온 우리는 짐 가방을 끌며 지나가는 여행객들과 택시를 기다리고 있는 사람들 사이로 이리저리 몸을 피해가며 달렸다. 뒤쪽에서 엄청난 충격음이 들려왔다. 내가 위험을 무릅쓰고 뒤를 돌아보니, 카울은 건물 대형 유리창에 몸을 날렸고 사람들이 사방으로 흩어졌다. 브로닌은 잠시 달리기를 멈추고 누군가 버리고 간 짐 가방을 들어 카울에게 던졌다. 날아간 가방은 카울의 가슴에 맞았지만 아무런 해도 입히지 못한 채 튕겨져 나왔다. 우리는 도로와 연결되는 아래층 계단을 달려 내려왔다. 카울의 육중한 하반신은 운신에 아무런 어려움 없이 우리를 따라 달렸다. 농산물 직거래 장터가 열려 도로가 막혀 있자, 카울은 줄지어 선 좌판을 양손으로 질질 끌었고 피부가 괴사 중인 것 같은 그의 손길이 닿은 과일과 채소는 전부 즉각 썩어버렸다.

카울이 기묘한 이중 목소리로 우리 뒤에서 고함을 지르기 시작했다. "저들이 달아나는 꼴 좀 보아라! 저들이 얼마나 우리를 두려워하는지 보아라! 그러나 공포는 빠르게 증오로 돌변하고 증오는 살인과 정화로 이어지는 법. 틀림없이 저들은 우리를 치러 올 것이다, **너희** 같은 젊은이들을 잡으러 오겠지. 저들은 늘 그래왔듯이 너희들의 손으로 말뚝을 세우게 한 뒤 너희를 불태우고 목을 매달 것이다!"

우리 앞쪽으로 폭이 넓고 물이 얕은 분수대가 나타났고, 장을 보러 나왔다가 겁에 질린 사람들이 그 양옆에 모여 통로를 꽉 막고 서 있었다. 우리는 낮은 분수대로 뛰어올라 첨벙거리며 물을 가로지른 다음 바리케이드를 지나 직거래 장터를 벗어났는데, 그곳엔 겁에 질린 경찰관 하나가 총을 뽑아들고 카울을 겨누고 있었다. "쏘지 마세요!" 엠마가 소리쳤다. "그냥 달아나요!" 우리가 옆을 스쳐 달려가는 사이 경관은 세 발을 연달아 쏘았다. 몇 초 뒤 그의 비명이 들려왔다. 돌아보니 경찰관이 바닥에 쓰러져 몸부림을 치고 있었다. 카울의 검은색 웅덩이에서 잠깐 선명한 푸른빛이 뿜어져 나오다가 이내 사라졌다.

우리는 갑자기 방향을 바꾸어 길모퉁이를 돌아 이면도로로 접어들었다. 카울은 아직도 설교 중이었다. "우리끼리 서로 벌이는 전쟁은 끝났다! 너희는 이미 싸움에서 졌다. 너희에게 남은 건 목숨을 잃는 것뿐이지. 하지만 **저들**과 우리의 전쟁은 이제 막 시작이다!" 카울이 잠시 멈춰 버스 정류장에 모여 있던 구경꾼들의 머리 위로 양팔을 휘저었다. 사람들은 동시에 신음을 흘리며 모두 납빛으로 변색되더니 바닥에 축 늘어졌다.

나는 곧 죽음이니, 세상의 파괴자가 되리라.

"누군가 놈을 좀 **막아!**" 세비가 소리쳤다.

"우리가 그냥 스스로 놈에게 몸을 던질 순 없어." 헐떡거리며 이렇게 말한 누어의 시선이 줄리어스에게 날아갔다. "우린 준비가 되지 않았어."

"그리고 줄리어스는 어서 빼 치료사에게 데려가야 해." 호러스가 말했다.

카울은 길을 돌아왔는지, 박쥐 날개처럼 양팔을 들어 올린 채 우리가 달려가고 있는 이면도로의 반대편 끝에 나타났다. 어쩔 수 없다면 또 달아날 준비가 되어 있었지만, 놈을 관찰하지 않고는 절대 이길 수도 없으리라.

"나에게 충성을 맹세하면 너희도 내 병사로 만들어주겠다!" 카울이 악을 썼다. 그가 등을 활처럼 굽히자 검은색 웅덩이에서 또다시 푸른빛이 솟아났다. 빛을 먹는 자들이 훔쳐야 한다는 게 바로 저 불빛, 영혼이라는 걸까? "나를 거역하면 너희는 상상 가능한 최악의 고통에 시달리며 죽어갈 것이다. 나는 은혜로운 신이지만, 너희가 구원을 얻을 기회는 이번이 마지막이다!"

"내 생각엔 카울이 물을 못 건너는 것 같아." 달려오는 사이 옷을 모두 벗어던져 이젠 눈에 보이지 않게 된 밀라드가 말했다. "우리가 질러왔던 그 분수 말이야, 카울은 분수를 피해 먼 길로 돌아서 왔어."

"리젠츠 운하가 그리 멀지 않아." 애디슨이 말했다. "어쩌면 거기서 따돌릴 수도 있겠다!"

카울은 우리 눈앞에서 다시 몸집을 불리고 있었다. 하늘에서 정기를 받기라도 하듯 양팔을 뻗고 고개를 뒤로 젖힌 자세라 이제는 나무둥치 같은 몸통이 더욱 두툼해져 잉크 같은 검은 웅덩이에서 높이 솟아 있었다. "아이들이여! 나에게 오라!" 카울이 포효했다.

"카울이 더는 우리한테 말을 하는 것 같지가 않아." 잔뜩 겁에 질린 얼굴로 엠마가 말했다.

카울의 몸통 주변에 작게 토네이도 같은 소용돌이가 치기 시작하면서 뱃속에서 지긋지긋한 욕지기가 치미는 것이 느껴졌다.

"부하들을 부르고 있어." 내가 말했다.

"할로우를 더 부른다고?" 누어가 물었다.

"또 뭐가 있을지는 하늘만 아시겠지."

우리는 방향을 틀어 달아났다. 카울이 우리 뒤에서 울부짖었다. 나는 뒤돌아보기를 단념했다. 위태로운 목숨을 지키려면 달아나는 데만 집중해야 했다.

운하는 무너져 내리는 벽돌 담장에 갇힌 채 시커멓고 탁한 강물이 흘러가는 물길이었다. 폭은 10미터에서 12미터쯤 되어 보였다. 그러나 지옥 같은 괴물이 뒤따라오고 있지만 않았다면, 나는 절대 그런 물에 뛰어들 생각도 하지 않았을 것이다.

물은 차갑고 더러웠다. 우리가 헤엄을 치기 시작해 운하를 반쯤 건넜을 때 반대편 둔치에서 누군가 외치는 소리가 들려와 고개를 들어보니 방금 전까지 TV에 나왔던 앰브로시아 중독자 하나가 눈에 들어왔다. 남자는 우리에게 무언가를 요구하거나 목숨을 구걸할 기회를 주겠다는 말을 하지 않았다. 대뜸 입을 벌리더니 은빛 금속 액체를 우리에게 토해내기 시작했다.

"잠수해!" 에녹이 물속으로 자맥질을 하며 소리쳤다.

중독자의 첫 번째 조준은 빗나갔다. 뜨거운 금속이 우리 근처의 물에 떨어지며 거대한 수증기 기둥을 피워 올렸다. 우리는 그것을 엄호 삼아 운하 가운데로 헤엄쳐 그 남자와 거리를 벌렸다. 브로닌은 작은 아이들을 양팔로 안고 힘차게 발차기를 했다. 또 한 번 금속 액체 줄기가 우리 머리 쪽으로 날아와 강물을 강타하면서 고통스러울 정도로 뜨거운 물방울이 우리에게 튕겼다. 엠마가 수증기 속에서 불덩이를 일으켜 중독자가 있는 방향으로 던졌다. 세비가 공중에서 빛을 제거해 우리의 시야는 더욱 어두워진 반면 엠마는 어둠 속에서 행동하는 데 거침이 없었다. 근처 어딘가에서 카울이 울부짖는 소리가 들렸지만, 수증기와 세비의 어둠 사이로 놈의 모습을 볼 수는 없었다. 밀라드의 말이 옳았다. 카울은 물을 회피하고 있었다.

한편 나는 아직 콕 짚어낼 수는 없지만 어딘가 가까운 곳에 있는 할로개스트 한 마리의 존재를 감지할 수 있었다.

우리는 미친 듯이 팔다리를 놀려 운하 위 덮개가 덮인 터널로 들어갔다. 물로 뛰어들지 않는 한 중독자가 우리를 따라올 방법은 없어진 셈인데, 그러면 불리해진다는 걸 놈도 알고 있는 것 같았다. 일단 터널 안으로 들어가자 브로닌이 우리를 모두 벽 쪽으로 밀어붙였고, 세비는 삼켰던 햇빛을 조금 뱉어내 빛을 밝혀주었다. 터널 벽엔 좁게 받침대 같은 것이 튀어나와 있고 그 위로 녹슨 문이 보였다. 복개 터널을 반대편 끝까지 헤엄쳐 갈 수는 없었다. 적들이 거기서 우릴 기다리고 있을 테니까. 우리가 모습을 드러내지 않는 편이 나았다.

우리는 각자 받침대 위로 올라갔다. 브로닌이 문에 몇 번 발길질을 했다. 우린 좁은 터널에서 행동하는 데 점점 더 익숙해졌다. 철판이 움푹하게 파이다가 결국 안쪽으로 벌컥 열린 문틈으로 비좁은 통로가 드러났다. "너희들 중에 폐소공포증이 있는 사람은 아무도 없길 바란다." 브로닌이 이렇게 말했지만, 누구든 폐소공포증이 있었더라도 카울에 대한 공포가 더 컸다.

세비가 얇게 빛을 뱉어내 새롭게 조명을 만들어주며 맨 먼저 들어갔다. 줄리어스는 호러스의 팔에 기대어 절뚝거리며 그 뒤를 이었다. 브로닌이 소피의 손을 잡아 이끌어주었고, 이어 밀라드, 에녹, 애디슨, 엠마와 누어가 따라갔다. 허레이쇼와 내가 후방을 맡았다.

"할로우가 느껴져?" 내가 허레이쇼에게 물었다.

"아니. 하지만 냄새는 맡을 수 있다."

"그럼 놈도 우리 냄새를 맡을 수 있다는 뜻이네."

통로는 천장이 낮고 길었으며 지린내를 풍겼다.

"이러다 막다른 길 나오면 나 진짜 화날 것 같아." 호러스의 말소리가 들려왔다.

막다른 길이 아니었다. 통로의 끝엔 사다리가 달려 있고, 원형 콘크리트 기둥 내부에 달려 있는 긴 사다리를 올라가면 끝에 뚜껑 문이 달려 있었다. 사다리에 발을 올리고 등으로 벽을 지탱하며 꼭대기까지 올라간 브로닌은 밖에서 문이 잠겨 있다는 걸 확인했다. 거의 절대로 욕을 하지 않는 브로닌이 욕설을 중얼거리더니, 우리가 바닥에서 기다리고 있는 사이 주먹으로 문을 두들기기 시작했다.

바로 그때 나는 그 느낌을 감지했다. 항상 그렇듯 놈은 가장 시기가 좋지 못하고 장소도 최악인 곳에서 나타났다. 할로개스트가 우리와 함께 통로에 들어와 있다는 뜻이었다.

"서둘러, 어서 열어야 해!" 내가 소리쳤다. **"할로우**가 왔어!"

브로닌의 주먹질이 더욱 급박해졌다. 나는 친구들을 사다리 쪽으로 밀치며 어서 올라가라고 말했다. 괴물이 우리를 향해 달려오는 소리가 들려왔다. 두 발과 혀로 바닥을 짚는 세 단계 발소리가 틀림없었다.

요란하게 부딪치는 금속성이 울렸다. 햇빛이 사다리 위로 쏟아져 내렸다. 브로닌이 문을 연 것이었다. 친구들은 자유를 향해, 혹은 그곳에 있을 무언지 모를 것을 향해 올라가기 시작했다. 그러나 올라가야 할 사다리는 길었고 발판은 미끄러웠으며 할로우는 이제 가까이 접근했다. 다른 친구들이 탈출하는 동안 우리 중 몇 명은 놈을 상대해 시간을 벌어야 했다.

엠마는 누어가 반항을 보이기도 전에 사다리 위로 올려 보낸 뒤 양손에 불을 일으키며 내 옆에서 싸울 태세를 갖추었다. 허레이쇼는 허리띠에서 큼지막한 손전등만 한 물건을 꺼냈다. 날렵한 손목의 움직임으로 그가 안에서 길게 반짝이는 칼을 뽑아 들었다. "킹 주인님의 무기 중 하나다." 허레이쇼는 이렇게 말한 뒤, 내가 알아들을 수 없는 새로운 할로우 방언으로 명령어를 소리치기 시작했다. 나의 언어는 더 이상 할로우에게 통하지 않았다. 무기도 없었다. 그러나 할로우를 죽이는 것이 내 일이었으므로, 나는 갈비뼈 안에서 미친 듯이 두근거리는 심장 소리를 들으며 바닥을 버티고 섰다.

어둠 속에서 새하얀 이빨이 번쩍였다. 우리가 서 있는 곳에서 보면 할로우는 입안 가득 면도날을 물고 우리를 향해 달려오고 있는 괴물이었다. 허레이쇼가 무기를 들어 올렸다. 엠마가 허레이쇼 앞쪽으로 한 걸음 나서 통로를 가득 채울 만한 불의 벽을 만들었다. 화염 공격에 할로우가 잠시 느려졌다. 그러자 허레이쇼가 담장처럼 불타오르고 있는 불길 사이로 칼을 힘껏 던졌다. 할로우의 비명 소리가 들렸다.

사다리를 중간쯤 올라간 친구 하나가 고함을 질렀다. 이젠 우리가 올라갈 차례였다. 엠마는 또 한 번 불덩이를 던지고는 등으로 나를 사다리 쪽으로 밀며 말했다. "**어서 가.**" 이런 시점에 말싸움을 벌이는 건 상황을 지연시킬 뿐이었으므로 나는 돌아서서, 사다리 끝에 매달려 우리를 굽어보고 있던 애디슨을 안아 한 팔에 끼고서 사다리를 오르기 시작했다.

아래쪽에서 허레이쇼의 외침과 할로우의 으르렁거림이 뒤섞여 들려왔는데, 벽돌담에 부딪친 메아리가 예리한 칼날처럼 귀를 울렸다. 엠마가 내 뒤를 이어 사다리를 오르기 시작했다. 브로닌이 열린 문가에서 손을 뻗어 애디슨을 잡아당긴 다음 나도 끌어올려주었다. 우리는 브로닌에게 부딪쳐 셋이 한꺼번에 데굴데굴 굴렀다. 잠시 후 통근 열차가 폭풍 소리를 내며 지나가며, 너무 가까운 곳에서 바람을 일으킨 탓에 우리는 다시 뒤로 나뒹굴었다. 우리는 기차가 바삐 오가는 철로 한가운데 있었고, 금속 뚜껑문은 여러 갈래로 놓인 철로 한가운데 점처럼 놓여 있었다.

기차가 지나간 뒤 우리는 다시 문을 향해 달려갔다. 나는 사다리를 내려다보며 엠마의 이름을 외쳤다. 어둠 속에서 튀어나온 할로개스트의 혀가 내 얼굴을 아슬아슬하게 비껴갔다. 우리는 몸을 웅크려 피했다. 잠시 후 할로개스트가 통로를 기어 나오며, 혀 두 가닥을 뻗어 계속해서 브로닌과 나를 위협했다. 놈의 세 번째 혀는 엠마의 허리에 감겨 있었다. 허공에서 축 늘어져 있는 엠마의 이마에서 피가 흘러내렸다.

나는 고함을 지르며 놈에게 달려들었다. 혀 한 가닥이 날아와 내 목을 치며 나를 쓰러뜨려, 잠시 숨을 쉴 수가 없었다. 브로닌이 양손으로 혀를 잡고 뽑으려 했지만, 너무 미끄러워 잘 잡히지 않아 순식간에 손아귀에서 빠져나갔다. 그러자 허레이쇼가 사다리를 올라왔다. 그는 셔츠 앞자락이 완전히 찢어지고 가슴에서 피를 흘리고 있었다. 할로개스트는 허레이쇼를 감지하고 방향을 틀었으나, 허레이쇼는 발레 같은 동작으로 단숨에 칼을 휘둘러 자신의 목을 향해 날아오는 혀를 잘라버렸다. 잘린 혀는 검은 피를 흘리며 허레이쇼를 피해 날아갔다. 할로개스트가 놀라 멈칫하는 사이 허레이쇼는 양손으로 칼을 치켜들고 엠마를 붙잡고 있는 혀에 칼날을 힘껏 꽂았다. 뜨겁게 달군 칼로 버터를 자르듯 칼날은 혀를 잘라냈고 엠마는 선로 위로 떨어졌다. 허레이쇼가 다시 공격하기 전에 할로우는 남아 있는 두 혀로 허레이쇼가 쥐고 있던 칼을 쳐 떨어뜨리고 목을 휘감아 벌린 아가리로 잡아당겼다.

놈의 턱이 닫혔다. 허레이쇼의 얼굴이 고통으로 일그러졌다. 나는 일어서려고 애를 써보았지만 기도로 숨을 넘길 수가 없었다. 브로닌이 앞으로 달려가 선로에서 엠마를 안아 들었다. 또 다른 기차가 빠르게 다가오고 있었다. 할로우는 쭈그려 앉아서 먹이를 씹기 시작했다. 놈이 먹고 있는 건 자신의 끈끈한 피와 뒤섞인 허레이쇼의 발이었다.

허레이쇼가 우리를 살리려고 자신을 희생했음을 받아들이며, 그가 죽도록 내버려둔 채 가버린다고 해도 용서를 받을 수는 있을 것이다. 그러나 나는 그럴 수가 없었고, 나의 친구들도 그럴 수가 없었다. 특히 이 와이트가 우릴 위해 한 일을 모두 알고 있는 누어는 그럴 수가 없었다. 누어가 할로우를 향해 빠르게 달려갔다. 나는 멈추라고 소리쳤지만 소용없었다. 빛을 빨아들여 양쪽 뺨이 불룩해진 것으로 보아 누어는 아주 가까이 다가가 할로우의 얼굴에 빛을 토해낼 작정인 듯했다. 그러나 그럴 기회는 없었다. 할로우의 혀 두 가닥이 누어의 발목을 휘감아 잡아당긴 탓에 누어는 자갈 위로 쓰러졌다. 그러나 공격 시도로 균형을 잃은 할로우가 잠시 딴눈을 판 사이, 죽은 척 하고 있었을 뿐 여전히 할로우의 턱을 단단히 붙잡고 있던 허레이쇼가 팔을 뻗어 할로우의 눈에 무언가를 찔러 넣었다. 할로우는 비명을 지르며 엉덩방아를 찧었다. 다음 기차가 다가오고 있는 가운데, 몸을 움직이는 것만으로도 엄청난 고통에 시달릴 게 틀림없을 텐데도 허레이쇼가 몸을 일으켜 아가리에서 빠져나왔고 그러느라 할로우의 머리가 땅으로 향하며 선로 위로 늘어졌다.

기차가 경적을 울렸다. 기차가 로켓처럼 지나가면서 검은 피가 구름처럼 허공을 채웠다. 기차가 지나간 뒤, 할로우는 머리와 상반신이 사라져버렸고 허레이쇼는 가슴이 너덜너덜 찢어지고 왼팔은 팔꿈치에서 잘려 나간 상태로 죽은 할로우 시체 위로 축 늘어지듯 누웠다.

누어와 내가 함께 허레이쇼를 안아 올려 드넓은 기찻길을 빠져나가는 사이, 허레이쇼가 내 귀에 신음했다. **"놈이 나에게 보여주었다."** 분명하지 않은 발음이 새어 나왔다. **"놈이 나에게 모든 걸…… 보여주었다."**

우리는 허파가 터질 때까지 서로를 부축한 채 절뚝거리며 달려갔고, 드디어 기차가 정차되어 있는 드넓은 차량기지를 가로질러 철망 울타리를 기어올라 콘크리트 제방을 내려갔다. 마침내 근육에서 모든 힘이 빠져나갔으므로 우리는 오래되어 인적이 드문 공원처럼 보이는 공터 가장자리에 차례로 쓰러져, 우아하고 넓게 가지를 뻗은 고목 주변에 둥글게 차곡차곡 쌓아둔 돌에 등을 기

댔다.

허레이쇼는 아예 정신을 잃은 상태였다. 피가 그의 셔츠를 물들였다. 엠마는 의식을 차리고는 있었지만 몸을 가누지 못하고 있었으므로, 어딜 다쳤는지 부상이 얼마나 심한지 알아보느라 친구들이 부산을 떨었다. 그러나 다행히도 떨어지며 머리를 부딪친 것 이외엔 많이 다치지 않은 것 같았다.

"내 주머니에." 엠마가 움찔하며 주머니에 손을 넣었다. 끈으로 묶인 작은 헝겊 꾸러미를 꺼낸 엠마는 손가락으로 끈을 풀 수 없는 상황이라 마구 흔들어댔다. 수십 년간 바느질에 힘써온 호러스가 재빨리 꾸러미를 받아 끈을 풀었다. 안에서 새끼손가락과 새끼발가락이 하나씩 굴러떨어졌다.

"가루 어머니가 주신 거야?" 밀라드가 물었다.

엠마가 고개를 끄덕였다. "우리가 떠나오기 직전에 벤담의 저택으로 찾아와서 거의 강제로 가져가라고 하셨어."

브로닌이 조심스럽게 손바닥 위에서 손가락과 발가락을 굴리다가 세게 문질러서 가루로 만들었다. 브로닌은 빻은 가루를 엠마의 찢어진 이마에 조금 뿌렸다. 이번엔 심하게 벌어진 몸의 상처에 대해서 조금도 거리낌이 없는 에녹이 나서서 허레이쇼의 잘려 나간 팔과 가슴의 깊은 상처에 뼛가루를 뿌렸고, 피는 즉각 멈추었다. 다음으론 호러스가 웅덩이에서 퍼온 물과 뼛가루를 섞어 연고로 만든 다음 줄리어스의 목에 바른 뒤 자기 셔츠를 찢어 대충 만든 붕대로 감아주었다. 줄리어스의 피부는 평소 색깔로 많이 돌아오긴 했어도 여전히 창백했고, 카울이 움켜잡았던 목과 쇄골 부분에 손가락 모양대로 멍 자국이 남았다. 연고가 스며들면서 줄리어스의 눈이 바르르 떨리더니 긴장을 풀기 시작했다.

호러스는 다시 줄리어스를 돌에 기대주었다. "그래도 안색이 좀 나아졌다." 친절하게 말도 걸어주었다.

줄리어스는 눈을 감은 채로 천천히 고개를 저었다. "놈의 독이 퍼져나가는 게 느껴져." 차분하게 줄리어스가 말했다.

호러스는 입술을 깨물며 고개를 외면했다.

우리는 한동안 그대로 앉아 심장박동이 차츰 느려지기를 기다렸다. 나무 사이로 부는 바람 소리에 귀를 기울였다. 극단적인 피로가 낳은 증상인지 머리가 완전히 멍해지면서 상쾌한 느낌이 들었다. 반쯤 잠에 빠져들던 나는 퍼뜩 무언가 떠올라 정신을 차리며 몸을 떨었다.

"무슨 일 있어?" 누어가 나에게 물었다.

"허레이쇼가 정신을 잃기 전에 내 귀에 대고 무언가 말했어. '**놈이 나에게 모든 걸 보여주었다.**' 이렇게 말했어."

엠마는 얼굴을 찡그렸다. "누가 보여줬다는 거지? 카울이?"

"아니, 할로우일 거야."

"그럼 깨워봐." 에녹이 어깨를 으쓱하며 말했다.

"조금 전에 거의 죽을 뻔한 사람이잖아." 브로닌이 말했다.

허레이쇼의 입술은 새파랬고 가슴은 천천히 낮게 오르내리고 있었다. "버틸 수 있을지도 몰라. 가루가 효력이 있기를 1분만 더 기다려보자." 내가 말했다.

"카울의 끈적끈적한 웅덩이에서 솟아나는 빛을 너희도 봤지?" 세비가 물었다. "줄리어스, 내 말 들려?"

"들려." 이를 악 문채로 줄리어스가 대답했다. "보기도 했고."

"카울이 누군가를 죽일 때마다 빛이 났어. 죽은 사람들의 영혼을 삼킬 때, 그 영혼이 몸으로 내려가면서 빛을 뿜는 것처럼 말이야." 세비의 말이 빨라졌다. 세비는 민감한 눈을 보호하느라 자기 얼굴 주변의 빛을 지워버렸으므로 나는 세비의 표정을 제대로 볼 수가 없었다.

"아마도 그 빛이 카울을 움직이는 원동력일 거야." 밀라드가 의견을 제시했다. "영혼의 도서관에 갔을 때 모든 영혼 단지에서 그런 비슷한 빛이 뿜어져 나왔던 게 기억나."

"카울한테서 우리가 그걸 빼앗을 방법을 찾아야 해." 누어가 말했다. "그걸 훔쳐서 먹어버리게."

세비가 멍한 표정으로 먼 곳을 응시하고 있던 소피 쪽으로 몸을 수그리며 펜세부스에게 큰 소리로 말을 걸었다. "그게 맞아, 페니? 우리가 카울이 삼킨 영혼의 빛을 먹어야 해?"

소피의 눈이 움직였다. 소피의 멍한 시선이 세비에게 향했다. "페니는 잠들었어. 어쩌면 영원히." 중얼거리듯 소피가 말했다.

누어가 소피 쪽으로 고개를 확 돌렸다. "뭐라고? 왜?"

펜세부스를 가슴에 꼭 껴안고 있던 소피는 마지못해 손을 내밀어 인형이 찢겨 나가 안을 채웠던 톱밥이 절반 이상 사라진 걸 우리에게 보여주었다.

누어는 이맛살을 찌푸리며 더 가까이 다가갔다. "고칠 수 있겠지?" 누어가 나직이 물었다. 옛날 자기 소유였던 그 인형에 대해 누어가 처음으로 내보인 관심이었다.

소피가 머리를 흔들었다. "모르겠어."

"자." 에녹이 풀을 한 줌 집어 소피에게 내밀었다. "이걸로 채워. 그럼 고쳐질 거야."

"페니는 그런 식으로 되는 게 아니야. 안에 무언가 오래되고 특별한 걸 간직하고 있었는데 이젠 그게 사라졌어."

"임브린들 중에서 도와주실 분이 분명 있을 거야." 엠마가 온전히 정신을 되찾기 시작한 듯 말했다.

"맙소사, 그건 그냥 빌어먹을 장난감이야." 애디슨이 말했다.

"내가 하고 싶던 말을 대신 해줘서 **고마워.**" 에녹까지 장단을 맞추자 여자애들이 모두 둘을 노려보았다. "자, 우리 이제 어떻게 해야 빛을 먹는 자들이 카울한테 가까이 갈 수 있을지 그거나 걱정하면 안 될까? 카울이 너희한테 오늘처럼 쉽사리 손을 댄다면……."

에녹의 시선이 흘끔 줄리어스를 향했다.

"이 일이 쉬울 거라고 장담한 사람은 아무도 없어." 세비가 말했다.

"내 말이. 너희가 일곱 명이나 되는 이유도 그 때문이겠지."

"우린 소모품이야." 줄리어스가 중얼거렸다.

호러스가 에녹을 험상궂게 째려보았다. "그렇지 **않아.**"

엠마가 있는 쪽에서 이상한 소리가 들려왔다. 엠마한테서 내가 이제껏 단 한 번도 들어본 적 없는 소리였다. 엠마가 울기 시작했다.

"오, 엠마 양." 브로닌이 가까이 다가가 엠마의 어깨에 한 팔을 둘렀다.

엠마는 훌쩍거리다가 화가 난 듯 눈물을 닦았다. "싸우는 게 지긋지긋해졌어. 정말 너무 지겨워."

"나도 그래." 밀라드가 등 뒤에 줄 지어 놓인 돌무더기에 몸을 기대며 말했다. "우리의 시련은 절대 끝나지 않는 것 같아."

"끝날 거야." 호러스가 말했다. "좋게 끝나든 나쁘게 끝나든, 승리하든 죽음을 맞든…… 머잖아 곧 끝나긴 할 거야."

"우리가 흘려보낸 모든 시간엔 죽음이 가까이 있었던 것 같아." 에녹이 말했다. "미국에서 편히 살던 네 인생도 우리를 만나면서 나쁜 방향으로 돌변했지. 넌 우리 곁에 계속 남아 있으면 절대 안 되는 거였어. 그러다 네가 손에 쥔 게 뭔지 보라고. 무덤으로 가는 편도 티켓이잖아." 에녹이 우리 뒤쪽에 있는 돌무더기를 향해 고갯짓을 하자, 그제야 나는 그 돌들이 평범한 석판이 아니라 풍파에 깎여 나간 수십 개의 묘비였다는 사실을 깨달았다. 나무둥치 쪽으로 비스듬히 차곡차곡 세워둔 비석엔 초록색 이끼가 뒤덮여 있고 오래된 이름들은 다 닳아서 사라지고 없었다. "카울이 마음먹은 대로 하면 우리도 저들처럼 곧 잊힐 거야. 그래서 우리가 도맡아야 했던 모든 노고와 끔찍한 싸움이 전부 소용없는 짓거리가 될 거라고."

에녹이 그토록 절망하는 모습을 보자 나도 겁이 덜컥 났다. 에녹은 거의 항상 가장 불평이 많은 친구였지만 좀처럼 낙담하는 일도 없었기 때문에, 굴하지 않는 에녹의 의지에 내가 얼마나 많이 기대고 있었는지 이제껏 깨닫지 못하고 있었다.

누어는 세월에 닳아버린 돌들을 쓰다듬었다. "아무도 네 이름을 기억해주지 않는다고 해서 네 인생이 아무런 가치가 없다는 의미는 아니야."

"하지만 카울이 승리를 거두어 이상한 세계의 지배자가 되면, 모든 게 빌어먹을 낭비가 되는 거잖아." 에녹이 말했다.

"그래서 네가 하려는 말이 뭐야?" 엠마가 날카롭게 지적했다. "우리도 포기해야 한다는 거야? 목숨을 구하겠다고 가서 항복하라고?"

"아니야! 우리 다 **죽은 목숨**이라는 말을 하는 것뿐이야."

"그렇다 하더라도 낭비는 아니지." 밀라드가 말했다. "바로 우리가 그런 장렬한 싸움을 한 장본인일 테니까. 세월이 흘러서, 카울이 충성 맹세를 강제로 시킨 다음에 살려두기로 마음먹은 이상한 종족들이 과연 누가 될지는 모르겠지만, 결국엔 사람들을 모아 놓고 누가 자기를 막으려고 싸웠는지 은밀하게 이야기를 들려줄 거란 말이지. 어쩌면 그 이야기를 듣고 사람들이 영감을 받아서 다시 시도할지도 몰라."

에녹이 한숨을 쉬었다. "그거참 싸늘하게 위로가 되는 말이다, 널링스."

"'한 번도 싸워보지 않는 것보다는 싸우다가 지는 편이 낫다.'" 애디슨이 시구절을 인용했다.

"시시하게 사라지느니 활활 타버리는 게 나아." 엠마가 말했다.

"그럼, 그럼." 내가 말했다.

"아무렴, 아무렴." 엠마가 대꾸했다.

"여기서 더 오래 머물 순 없어." 내가 말했다. "카울이 그렇게 번잡한 기차역에서 우리를 찾아낼 수 있었다면 여기도 찾아올 거야."

"하지만 줄리어스랑 허레이쇼가……." 호러스가 반기를 들었다.

"난 걸을 수 있어." 줄리어스가 말했다. 그러나 줄리어스는 아직도 기운이 없어 보였다. 게다가 허레이쇼는 아예 의식이 없었다.

"와이트는 내가 등에 짊어지고 갈 수 있어." 브로닌이 말했다.

"우린 아직 어디로 가야 하는지도 몰라." 애디슨이 말했다.

"안전 가옥으로 가야지. 페러그린 원장님 지시대로." 호러스가 말했다.

"너 말투가 꼭 클레어 같다." 에녹이 말했다. "하지만 안 돼, 내 생각엔 안 그러는 게 좋을 거야. 페러그린 원장님은 우리를 보호하는 데는 뛰어나시지만, 전투를 계획하는 데는 젬병이야. 병사들을 험한 길로 내보내는 걸 거부해서는 절대로 전쟁에서 승리할 수 없어."

돌연 비명과 함께 허레이쇼가 깨어났다. 눈을 번쩍 뜬 그는 몇 분이나 숨을 참았던 사람처럼 헐떡거렸다. 엠마와 내가 그의 곁으로 다가갔다. 허레이쇼는 판자처럼 경직된 몸으로 똑바로 일어나 앉았다. 빠르게 무언가를 중얼거리고 있었지만 다 할로우 언어인 것 같았다.

"우린 당신 말 못 알아들어." 엠마가 말했다.

허레이쇼가 잠깐 입을 다물었다. 무언가에 홀린 듯 불안한 표정이었다. 이윽고 띄엄띄엄 영어로 말을 하기 시작했다. "할로우 입안에 들어갔을 때…… 나는 거의 죽은 거나 다름없었다." 허레이쇼가 눈을 가늘게 떴다. "**실제로** 죽었었지."

"생환을 축하해." 에녹이 한쪽 눈썹을 들어 올리며 말했다.

브로닌이 쉿 소리를 내 그의 입을 막았다.

"나의 마음과…… 그 할로우의…… 마음이 통합되었다." 허레이쇼는 눈으로 허공을 살폈다. 약간 혼란스러워하는 것 같았다. "저들은 모두가 하나다. 저들의 의식 모두가. 거대하게 꿈틀거리는 벌 떼처럼."

허레이쇼가 말을 멈추었다. 부드럽게 내가 그를 재촉했다. "당신 말로는 놈이 당신에게 무언가를 보여주었다던데."

허레이쇼의 눈이 다시 가늘어졌다가 이내 닫혔다. 그가 고개를 끄덕였다. "놈들이 어디에 있는지 안다. 카울의 할로우 군대. **저들은 가까이에 있다.**"

"얼마나 가까이? 어디에?" 내가 물었다.

허레이쇼는 얼굴을 찌푸리며 손가락 관절로 양쪽 관자놀이를 꾹 눌렀다. "그들은 영혼의 도서관에서 태어났다. 문을 통해 빠져나올 작정이었지만…… 문이 막혀 있었다. 그래서 그들은 발로 걸어 그곳을 떠났다. 걸어서 사막을 지나 바다에 이른 그들은 배에 올랐다. 지금 그들이 있는 곳이 바로 거기다."

"이곳으로 오고 있겠네. 배를 타고서?" 누어가 말했다.

허레이쇼가 고개를 끄덕였다. "오래지 않아 도착할 것이다. 우리가 이야기를 하고 있는 지금도 저들은 템스 강을 오가고 있다."

"맙소사." 밀라드가 말했다. "놈들은 팬루프티콘으로 침투하려 했던 게 틀림없어. 그런데 임브린들이 작동을 중지시켜서 그럴 수가 없었겠지."

엠마가 몸서리를 쳤다. "새들이 그런 결정을 내린 걸 감사해야 해. 팬루프티콘을 중단시키지 않았다면 이미 진 싸움이야. 놈들이 모든 걸 파괴해버렸을 거야."

"대신에 놈들은 먼 길로 돌아와야 했고, 정확한 위치는 모르지만 실제 루프 입구 바로 옆에 있는 영혼의 도서관을 떠나 배를 타고 이리로 오게 된 거야. 그 사이에 너희 빛을 먹는 자들을 데려올 시간이 우리에게 허락되었던 셈이고."

"배가 런던 중심부로 들어오기 전에 중간에 막아야 해. 그래서 침몰시켜야지." 내가 말했다.

"아주 멋진 계획이야." 에녹이 말했다. "템스 강에 떠다니는 배가 바글바글한데, 그걸 다 침몰시켜야겠네?"

"어쩔 수 없다면 그래야지."

갑자기 호러스가 벌떡 일어나더니 술에 취한 사람처럼 신음을 흘리며 비틀거렸다. 브로닌이 튕기듯 일어나 호러스가 넘어지기 전에 붙잡아주었다. "무슨 일이야, 호러스 군?"

호러스는 양손으로 머리를 쥐어짜듯 흔들었다. "엄청 **강렬한** 데자뷔가 느껴져. 이런 대화를 나누는 꿈을 꾸었어. 배, 할로우, 바닥에 쓰러져 있는 허레이쇼까지 모든 게 다 정확한 꿈이었어……." 예리한 눈빛으로 호러스가 고개를 들었다. "우리한테 필요한 건……."

"폭약을 잔뜩 실은 빠른 배겠지?"

난데없는 대꾸에 우리 모두 홱 고개를 돌리자, 바람에 기다란 검은색 망토를 펄럭거리며 샤론이 성큼성큼 우리를 향해 걸어오고 있었다. 순간적으로 나는 꿈을 꾸고 있다고 생각했다.

"샤론!" 엠마가 소리쳤다. "여기는 무슨 일이에요?"

샤론은 행군하듯 호러스에게 가서 깡마른 손으로 호러스의 어깨를 짚었다. "이 친구가 어제 엄청 흥분한 상태로 나를 찾아왔더군."

호러스는 충격을 받은 얼굴이었다. "내가요?"

"가장 빠른 배를 준비시키고 강력한 폭약을 가득 실어서 세인트 판크라스 교회 묘지에 있는 고목 옆에서 만나자고 네가 말했잖아."

"하지만 나는 전혀 그런 기억이 없어요!"

"호러스, 너 몽유병인가 보다." 엠마가 소리쳤다.

"그래서 그대로 했어요?" 호러스가 샤론의 망토 후드에 뚫린 검은 구멍을 쳐다보며 눈만 껌벅거리다 물었다. "내가 부탁한 대로 했느냐고요."

"그랬지. 네 부탁이 워낙 단호해서 말이다. 우리 모두의 목숨이 거기에 달렸고, 이 일은 반드시 비밀로 해야 한다고 하던데." 생쥐 한 마리가 소매 끝에서 고개를 내밀며 찍찍거리자 샤론이 대답했다. "아니지, 물론 아니란다, 아빠도 **너한테는** 아무런 비밀이 없어, 피시."

호러스가 감사의 눈물을 터뜨리자 브로닌이 친구를 덥석 포옹했다.

"그런데 어떻게 안 들키고 악마의 영토를 빠져나왔어요?" 엠마가 샤론에게 물었다.

"너희도 기억하는지 모르겠다만, 내 배는 은밀하게 이동하는 방법이 있잖니. 직업상 나는 평생 악마의 영토를 남몰래 드나들었다." 샤론이 있지도 않은 손목시계를 보는 척했다. "여기서 멀지 않은 곳에 고약한 이상한 종족들이 엄청 돌아다니고 있다는 걸 너희도 부디 알아야 한다. 분명 그놈들이 너희를 찾아다니고 있을 거야. 놈들이 이 도시도 완전 엉망으로 만들고 있지. 너희가 해야 하는 일이 뭔지는 몰라도 나와 함께 어서 해치워야 한다."

"템스 강에 떠 있는 배 한 척을 붙잡아서 침몰시켜야 해요." 내가 말했다.

"그리고 그 배의 대략적인 위치는 내가 안다." 허레이쇼가 말했다.

"맙소사, 대체 어떻게 생긴 배인데?" 샤론이 물었다.

허레이쇼가 말했다. "분홍색과 초록색이 칠해져 있고……." 허레이쇼는 허공에 대고 대문자 S를 그렸으나 정확한 단어를 떠올리느라 진을 빼고 있었다.

"어……." 에녹이 최대한 비아냥거리듯 허레이쇼의 손짓을 따라 했다. "아이스크림 트럭을 묘사하고 있는 건 아니겠지?"

허레이쇼가 에녹에게 눈을 부라렸다. "아니다. 분명 배야. 할로우의 눈을 통해서 직접 보았다."

"그렇게 주장한다면야 뭐." 에녹이 단념한다는 듯한 한숨을 쉬었다. "어떤 경우든 난 너희와 같이 가지 않을 거야."

"뭐라고? 왜 안 가?" 엠마가 물었다.

"나는 이곳 묘지에 남아서 죽은 자들의 군대를 일으키는 게 더 목적에 부합할 거야. 어떻게 됐든 소규모라도 살려낼 수 있겠지. 암튼 내가 성공하면 악마의 영토에서 만나. 게다가 나는 배라면 지긋지긋하거든."

"정신 나간 소리 하지 마. 이제 와서 헤어질 순 없어." 호러스가 말했다.

"내 보트는 꽤 작다." 샤론이 우리들을 못 미더운 듯 살피며 말했다.

"여럿이 움직이면 이번 임무를 더 어렵게 만들 뿐이야." 밀라드가 말했다. "너희는 단체 여행객처럼 떠들썩하게 다니지 말고 최대한 빠르고 조용히 움직여야 해."

"너희라니, 무슨 뜻이야?" 호러스가 물었다. "너도 갈라져서 움직이자고 생각하는 건 아니겠지?" 호러스는 밀라드의 팔이 있을 것으로 생각되는 부분을 붙잡았지만 허공이었다.

"미안하지만 그래야 할 것 같아. 난 크로이던에 모여 사는 투명인간들과 주기적으로 연락을 주고받고 있었어. 내가 연락을 하면 행동에 돌입하려고 기다리고 있었을 텐데, 가서 데려올 때가 된 것 같아."

"나도 이 근방에 사는 그림 곰들을 좀 아는데, 카울의 부하들에게 이빨을 박을 기회가 있다면 다들 반색할 거야." 애디슨이 말했다.

"너희들 몇 명은 곧장 안전 가옥으로 가야 해." 엠마가 말했다. "소피, 세비, 줄리어스. 배를 침몰시키고 나서 우리도 그리고 갈 거야. 허레이쇼는 우리랑 같이 갈 거지?" 엠마가 와이트를 쳐다보자, 그가 고개를 끄덕했다. 이어 엠마가 누어를 향해 돌아섰다. "그리고 누어, 너는……."

"어림없는 소리 마." 누어가 발끈했다. "나를 빼고 갈 생각은 꿈도 꾸지 마."

엠마도 반박은 소용없다는 걸 알고 있었다.

"아무래도 우리 빛을 먹는 자들은 한곳에 있지 않는 게 나을 것 같아." 세비가 말했다. "만일의 경우……."

"갈라져서 행동하는 건 조금도 마음에 안 들어." 브로닌이 한숨을 쉬며 말했다. "하지만 나도 가장 필요한 쪽에 합류할게."

브로닌을 우리와 함께 데려가고 싶은 마음은 나도 굴뚝 같았지만, 다른 빛을 먹는 아이들을 보호하는 것이 더 중요했으므로 브로닌에게 그렇게 말했다. "내 생각엔 네가 소피와 줄리어스와 세비를 안전 가옥으로 데려가서 나머지 우리들이 합류할 때까지 지켜줘야 할 것 같아."

"그럼 나는?" 호러스가 불쌍하게 물었다.

"나랑 같이 가는 게 어때?" 밀라드가 제안했다. "망보기에 뛰어난 사람이 있으면 좋을 것 같아."

호러스가 줄리어스에게 안타까운 시선을 보냈다.

"이건 작별 인사가 아니야." 내가 말했다. "'할로우 십여 마리를 해치운 뒤에 다시 만나'라고 하면 돼."

내 추측에 허레이쇼가 움찔하는 것이 보였다. 실제 수는 아무래도 그보다 훨씬 더 많은 듯했다.

"우리 걱정은 하지 마." 엠마가 말했다.

"그건 우리더러 숨을 쉬지 말라는 것과 같아." 브로닌이 말했다.

샤론이 고개를 옆으로 꺾어 보통 사람만큼 키를 낮추었다. "머뭇거리면 안 된다. 적들이 가까이 와 있어." 샤론이 낮고 급박한 말투로 말했다.

에녹이 주변을 돌아보며 말했다. "그렇다면 난 택시를 타고 하이게이트 묘지로 갈게. 우리 명분에 어울릴 만한 주민들을 최대한 많이 데려올게."

우리는 서둘러 작별 인사를 하고 흩어졌다. 밀라드와 호러스는 투명인간들을 찾으러 교외로 향했다. 브로닌은 두 빛을 먹는 자들과 소피를 데리고 안전 가옥으로 갔다. 에녹은 시내를 가로질러 하이게이트 묘지로 향했고, 애디슨은 그림 곰을 찾으러 떠났다. 그토록 긴 여정 동안 여럿이서 한꺼번에 움직이다가 갑자기 수가 절반으로 줄자, 사지가 잘려 나간 느낌이 들었다. 남은 인원은 샤론을 따라 달려가기 시작했다. 엠마와 누어, 허레이쇼와 나였다. 우리는 어둑한 담장에 찰싹 달라붙어 움직이며, 들어왔던 길과 다른 루트로 묘지를 빠져나갔다.

제 19 장
chapter nineteen

"배는 악마의 성전 옆에 정박해두었다." 나지막한 건물들이 모여 있는 곳으로 접근하는 동안 샤론이 말했다. 엠마가 헉 놀랐다.

"그래, 사람들은 내가 철저한 채식주의자라는 걸 알게 됐을 때도 종종 놀라더라."

"뭐라고요?"

우리는 선염 커튼이 달린 식당 옆을 달려가고 있었다. 차양에 적혀 있는 가게 상호가 '악마의 성전'이었다. "악마의 영토에 있는 보잘것없는 식당에서 파는 음식엔 전부 동물 피가 들어가지." 달려가며 샤론이 설명했다. "그래서 악마의 영토로 실어 나를 승객이 없을 땐 굶어 죽지 않으려고 빠른 보트를 타고 몰래 이리로 빠져나오곤 했단다. 안녕하신가, 스티븐!" 샤론은 머리를 하나로 묶은 채 문가에서 고개를 내밀고 있던 남자에게 손을 흔들었고,

놀랍게도 남자 역시 지나가는 우리에게 손을 흔들어주었다.

우리는 악마의 성전과 그 옆 건물 사이의 좁은 골목을 달려갔다. 골목 끝에 그간 보이지 않았던 운하의 곡선 구간이 나타났다. 우리는 강둑 끝에서 달리기를 멈췄다.

"그대들을 위한 전차가 대기되어 있습니다." 샤론이 말했다.

우리는 탁한 물을 내려다보았다. 배는 없었다.

"우릴 놀리는 거예요?" 엠마가 말했다.

"앗 나의 실수. 잠깐만." 샤론이 팔을 뻗으며 말했다. "내 무선조정 장치가 어디 갔지?" 생쥐가 소매 끝에서 입에 열쇠고리를 물고 나타나 샤론의 손바닥에 내려놓더니 다시 사라졌다. 열쇠고리에는 현대적인 자동차 리모컨 열쇠처럼 생긴 작은 검은색 물체가 달려 있었다. 샤론이 버튼을 누르자 운하에서 윙 하는 전기음이 들려왔다. 샤론의 배가 모습을 드러내더니 가까운 강둑에 정박했다.

예전에 샤론이 우리를 악마의 영토로 태워다 주었던 나룻배보다 약간 더 커진 낡은 나무배에 TV 드라마 〈마이애미 바이스〉에 나오는 쾌속정에나 어울릴 것 같은 엔진이 달려 있어, 어쩐지 공상과학 장르에나 나올 것 같은 기묘한 조합이었다. 배 뒤쪽엔 방수포 아래 커다란 나무 상자가 밧줄에 묶여 있었다. 내 짐작으로 그 안에 호러스가 부탁했다는 폭약이 들어 있을 듯했다.

우리는 강둑에 마련된 계단을 서둘러 내려가 샤론의 도움을 받으며 배에 올라 두 줄로 놓인 좌석에 미끄러지듯 앉았다. "이 보트에는 안전벨트도 있단다." 샤론이 선장 자리에 앉으며 말했다. "이왕이면 안전벨트를 매기 바란다." 그가 리모컨을 한 번 더 누르자, 또 한 번 윙 소리가 들리며 우리 주변의 공기가 물결쳤다. 우리 눈엔 여전히 배가 보였지만 샤론의 설명으론 다른 사람들 눈에 보이지 않게 되었다고 했다. 샤론은 열쇠를 돌려 엔진에 시동을 걸더니 우리 모두 머리가 뒤로 홱 꺾일 만큼 급격하게 방향타를 앞으로 밀었다. 우리는 정박지에서 총알처럼 앞으로 달려갔고 운하 담벼락엔 1.5미터 높이에 달하는 파도가 몰아쳤다.

이리저리 굽은 운하를 너무 빠르게 달리느라 세상이 흐릿하게 보였다. 내 왼쪽에 앉은 엠마는 이를 꽉 다문 채 표정이 창백해졌다. 애디슨은 좌석 밑에 몸을 숨겼다. 토할 것처럼 요동치는 몇 분간이 지난 뒤 좁은 운하를 빠져나가자 상대적으로 거의 바다처럼 느껴지는 넓은 강물이 나타났다. 템스 강이었다. 허레이쇼는 샤론 옆에 쭈그려 앉아 그의 귀에 방향을 소리쳐주었다. 심각한 부상을 감안하면 상당히 잘 견뎌내는 중이어서, 와이트는 부분적으로 로봇이 아닐까 새삼 궁금해졌다. 가루 어머니의 손가락 가루는 강력한 효험이 있었지만, 상처를 그렇게 **잘** 낫게 하진 못했다.

우리가 바지선과 화물선, 관광객을 태운 유람선, 요트들 사이로 날아가듯 강을 달리는 사이 허레이쇼는 앞쪽 강물을 살폈다. 뱃길이 직선으로 이어지자 내가 느끼던 멀미 증상도 사라졌다. 나는 악마의 영토에 두고 온 친구들을 생각했다. 클레어와 올리브는 아마 걱정에 피가 마를 것이다. 휴와 피오나는 악마의 영토를 빠져나가 자기네만 할 수 있는 방식대로 전투 병력을 구해 오겠다고 맹세했다. 두 사람이 맹공을 펼치는 벌 떼와 거대한 나무들을 거느리고 전투에 뛰어드는 모습이 상상되었다. 할로개스트를 가득 태운 선박이 악마의 영토에 침입하는 것을 막아낼 수 있을지 여부에 따라 친구들의 목숨이 우리 손에 달려 있었다. 나의 두뇌는 언제나 앞으로 달려가 미래에 벌어질 가능성이 없는 일까지도 고민하고 최악의 시나리오를 상상하는 편이었으나, 이번 임무는 너무도 기념비적이라 어떤 식으로든 도무지 상상이 되질 않았다.

이번엔 오래 기다릴 필요가 없었다. 불과 몇 분 뒤 허레이쇼가 경직되며 팔을 들어 무언가를 가리켰다. 제대로 보고 있는 게 맞는지 확인하느라 나는 몇 번이나 눈을 깜박거려야 했다. 배가 분홍색과 초록색이라는 허레이쇼의 말을 들었는데도, 어찌된 일인지 상세한 부분을 까먹고는 막연하게 너덜너덜한 해적선이나 녹이 잔뜩 슬어 있는 유령선 같은 바지선의 중간쯤 되는 모습을 마음대로 상상하고 있었던 것 같다. 어쨌거나 지금 샤론이 우리가 탄 배를 조종해 달려가고 있는 목표물의 모습은 너무도 뜻밖이었다. 주갑판에 거대한 나선형 워터슬라이드가 달려 있는 피냐 콜라다 칵테일 색깔의 유람선이라니. (허레이쇼가 허공에 대문자로 그렸던 S도 설명 그대로였다.) 선체 측면에는 배의 이름인 **루비 프린세스**가 화려한 글씨로 적혀 있었다.

"할로우가 **유람선**을 타고 여길 왔다고?" 누어가 말했다. 허레이쇼에게 질문을 하느라 누어가 앞으로 몸을 기울였다. "진짜 **확실해?**"

허레이쇼는 고개를 끄덕였다. "할로우의 의식 속에서 아주 똑똑히 봤다."

"당연히 그랬겠지!" 엠마가 싸늘하게 웃으며 말했다. "절대로 예상하지 못할 만한 곳이잖아."

"고전적인 와이트의 수법이야." 내가 맞장구를 쳤다.

루비 프린세스호에 점점 다가갈수록 배가 더 커 보였다. 높이는 5층이나 되었고 길이도 수백 미터였다. 그 의미는…… **망했군.**

"얘들아, 문제가 생겼어." 내가 선언했다. "저렇게 큰 배는 폭약으로 터뜨릴 수 없어. 그냥 침몰시키자."

"그래서?" 엠마가 물었다.

"할로우는 **수영을** 할 수 있어."

엠마가 실망한 표정을 지었다. "맞아."

"배에 올라타서 할로우가 숨어 있는 곳을 찾아가지고 **거기를** 폭파시켜야 해." 내가 말했다.

허레이쇼가 우리를 돌아보았다. "놈들은 어두운 곳에 있다. 모두 함께. 할로우의 머리가 박살나기 전에 저들의 모습을 잠깐 포착했다."

"화물칸인 것 같구나." 샤론이 말했다.

"맞아. 그런 것 같다." 허레이쇼가 대꾸했다.

우리는 계획을 의논했지만, 놀라울 정도로 단순하고 가능성과 행운에 너무 많은 것을 의존하는 전략이었다. 비상계단을 통해 배에 기어오른 다음 화물칸을 찾아, 폭약을 던져 넣고 나서 샤론의 배로 재빨리 돌아온다는 계획이었다. 아, 돌아오는 길에 중무장을 한 와이트들도 피해야 했다.

샤론은 현기증이 날 만큼 거대하게 솟은 초록색과 분홍색 건물 같은 대형 선박에 가까워지자 엔진을 끄고 노를 저었다. 선상에는 아무런 움직임도 없었고, 생명체가 아예 없는 것처럼 둥근 창이 달린 선실 창문에도 인적이 보이지 않았다. 선미를 돌아 선박의 엔진 주변을 지나가자 우리가 탄 배는 멀미를 일으킬 정도로 심하게 흔들렸지만, 비상용 사다리와 나란히 놓일 때까지 계속해서 접근했다. 사다리는 선체에 볼트로 고정되어 거의 수면까지 내려와 있었다. 사다리를 타고 여러 층 올라가면 곧 무너질 것 같은 계단참이 나타나고, 거기서부터는 철제 계단이 하부 갑판으로 이어졌다. 나는 눈으로 사다리를 따라가보기만 했는데도 현기증이 일었고, 평소처럼 최악의 타이밍에 고질적인 고소공포증이 고개를 내밀었다.

샤론은 폭약이 들어 있는 상자를 덮었던 방수포를 치우라고 우리에게 지시했다. 나는 만화에서 본 것 같은 막대기형 다이너마이트가 쌓여 있을 것이라고 예상했지만, 상자엔 우선 완충재로 넣은 짚이 가득 들었고 그 위에 덕트 테이프로 칭칭 감은 작은 노란색 벽돌 같은 폭약이 놓여 있었다. 형편없는 액션 영화를 많이도 보았던 나는 그게 플라스틱 폭탄이라는 걸 알 수 있었다. 폭탄 옆에는 잠금장치와 뇌관 작동 레버가 달린 작은 리모컨이 놓여 있었다. 기폭 장치였다. 모두 합해봐야 무게가 2킬로그램 정도나 될까, 별로 무겁지는 않았지만 폭탄을 넣을 만큼 충분히 큰 옷을 하나라도 입고 있는 사람은 허레이쇼뿐이었다. 한쪽 팔은 없고 피에 젖어 있기는 했지만 그는 제1차 세계대전 당시 군복을 아직 벗지 않고 있었다. 치명적인 고성능 폭약을 그에게 전달하며 나는 아주 미약한 정도의 망설임밖에 느껴지지 않았다.

그래도 허레이쇼는 그것을 눈치챘다. "나를 믿나?" 노란색 벽돌형 폭탄 다섯 개를 둘이 함께 들어 올리며 그가 물었다.

"믿어." 나는 이렇게 말하며 손을 뗐다. 그리고 정말로 그를 믿었다.

허레이쇼는 폭탄을 재킷 안주머니에 넣었다. 그는 잠시 멈칫했다가 기폭 장치를 나에게 건넸다. "이건 네가 보관해라."

나는 손으로 무게를 가늠해본 다음 바지 주머니에 찔러 넣었다.

기폭 장치가 없으면 폭탄은 성냥 한 통보다도 위험하지 않다고 샤론이 설명했다. "기폭 장치를 작동하려거든 레버를 당기기 전에 최소 100미터는 거리를 두는 게 좋을 거다. 사실 이 배로 돌아와서 반대 방향으로 빠르게 속도를 내면서 터뜨리는 게 최선이겠지."

그런 당부를 들었으니 이젠 가야 할 때였다. 샤론은 최대한 비상 사다리에 가깝게 배를 몰았으므로, 이제는 올라가는 것밖엔 할 일이 없었다. 엠마가 가장 먼저 일어나 사다리 맨 끄트머리 발판을 잡더니 쉽사리 몸을 당겨 올렸다. 누어가 뒤를 따랐다. 나는 누어에게 배에 남으라고 거의 부탁을 할 뻔했지만, 어떤 대답을 할지 알고 있었으므로 그냥 하고 싶은 말을 참았다. 허레이쇼는 **한 팔로도** 거뜬히 사다리를 올라갔고, 이젠 내 차례였다. 나는 바닥난 용기를 끌어모아 자리에서 일어났으나 흔들리는 배에서 하마터면 떨어질 뻔했다. 샤론이 내 팔을 잡아주며 혀를 차더니, 사다리 발판을 잡기 쉽게 내 허리를 잡고 들어 올려주었다. 여전히 내 다리는 허공에서 대롱거렸다. 간신히 다리를 끌어올려 몇 단 사다리를 오른 나는, 거친 파도에 흔들리고 있는 샤론을 내려다보았다.

"난 여기에서 기다리고 있을게." 푹 뒤집어 쓴 후드 사이로 씩 웃는 새하얀 치아를 드러내며 샤론이 소리쳤다. 그는 문고판 책한 권을 흔들어 보였다. “천천히 해. 난 소설책도 가져왔거든!”

나는 난간 너머로 다리를 올려 유람선의 갑판으로 내려섰으나, 힘주어 사다리를 오르느라 무릎이 아직도 얼얼했다. 맨 처음 눈에 들어온 것은 하와이식 연회에 승객들을 초대하는 축제 포스터였다. 포스터엔 보란 듯이 피가 흩뿌려져 있었다. 근처 갑판에는 빨간색 하이힐이 한 짝만 나뒹굴었다.

그건 상관없었다. 우리는 들키지 않고, 미끄러운 계단에서 떨어지지도 않고, 알람을 작동시키는 일도 없이 갑판에 무사히 당도했다. 나는 아직도 이 배에 정말 할로개스트가 잔뜩 타고 있는지 의심이 들었다. 우리 계획은 최근까지 본인도 할로개스트였던 와이트가 거의 죽어가며 환상으로 본 내용에 전적으로 의존하고 있었으므로, 베이비붐 세대의 나이 든 승객들이 마르가리타 칵테일을 마시고 있는 광경이나 목격하게 될 거라고 절반쯤 기대하고 있었다. 그러나 배에 타고 있는 사람이 아예 없는 것 같았다. 사다리에서 곧장 이어진 좁은 복도에도, 갑판을 따라 살금살금 걸어 또 다른 계단을 향해 가다가 마주친 세 개짜리 온수 욕조에도 사람 하나 보이지 않았다. 계단을 올라가자 좁은 보행로가 이어졌고 그곳에선 주갑판 전체가 내려다보여, 요란한 색깔로 만들어진 와인 따개 같은 워터슬라이드와 그 아래 펼쳐진 거대한 수영장을 확인할 수 있었는데…….

있다. 수영장의 얕은 물 쪽에 누군가 둥둥 떠 있었다. 검은색

LUAU
ON THE
LIDO DECK!
7PM!
Loudest shirt wins a prize!

칵테일 드레스를 입은 여자가. 엎드린 자세로.

또 다른 사람도 라운지 의자에 늘어져 있었는데, 높은 곳에서 떨어진 것처럼 팔다리가 뒤틀려 있었다. 폴리네시아풍으로 장식된 노천 바에도 몇 사람이 엎드려 있었으나, 주변에 넓게 피가 흘러나온 상태였다. 바로 그때 소름 끼치는 불편함이 느껴지면서 그것이 무엇을 의미하는지 알아차리자마자 강렬해지더니, 뱃속에서 백만 개의 바늘이 곤두서는 느낌이 들 때까지 그 존재감이 증폭되었다. 다른 친구들도 내가 움찔하는 것을 보며 어떤 의미인지 알아차렸다.

"**수그려!**" 인조 야자수가 심어져 있는 화분 위로 우리를 밀어내며 엠마가 속삭였다. 야자수 가지 사이로 검은색 특수부대 옷을 입은 남자가 하부 갑판을 순찰하는 것이 보였다. 가슴팍엔 기관총을 매고 있었다.

"와이트인가?" 내가 물었다.

"정신을 조종당한 일반인이다." 허레이쇼가 말했다. "하지만 분명 어딘가에 와이트들도 몇 명 있을 테고, 정신 조종을 맡은 이상한 종족 변절자도 있다."

엠마의 얼굴이 어두워졌다. "기분 나쁘게 듣지는 마, 허레이쇼. 나는 와이트도 혐오스럽지만, 그런 변절자들을 진짜 치가 떨리게 증오해. 그런 놈들은 발을 매달아서 껍질을 벗겨버려야 해."

"승리 이전에는 그런 정의를 바랄 수 없지." 호러스가 말했다.

"어서 할로우들을 찾아 폭파한 다음에 여기서 나가면 안 될까?" 누어가 말했다.

뱃속에서 전달되는 감각이 예리해져 한 방향을 가리켰다. 나는 다른 친구들에게 따라오라고 속삭였다. 보초가 지나가고 난 뒤에 나는 친구들을 이끌고 다시 계단을 내려갔다. 우리는 몸을 숨길 만한 지점에서 멈췄다가 다음 지점으로 이동했는데 다행히도 몸을 가려줄 만한 엄호물이 많았다. 내면의 나침반을 따라 우리는 식당을 지나갔다. 뒤집힌 테이블과 깨진 유리잔, 음식인지 피인지 모르겠으나 검게 얼룩진 자국이 선명한 카펫까지 혼돈의 도가니였다. 배에서 무슨 일이 있었는지 점점 확실해졌다. 와이트들이 배를 강제로 빼앗아 승객과 선원들은 할로우 먹이로 던져줬을 것이다.

"난 준비됐으니까 필요하면 말만 해." 누어가 걸어가며 허공에서 빛을 약간 빨아들였다.

"나도 준비됐어." 엠마가 양손을 비비며 말했다.

우리는 선실 사이 복도로 서둘러 이동해, 직원 외 출입 금지라고 적힌 육중한 문을 지나 계단을 내려갔고, 이번엔 장식이 없고 실용적으로 꾸며진 또 다른 공간을 만났다. 길쭉하고 드넓은 홀엔 숨어 있을 만한 문이 전혀 없었고 짧은 복도로 나가 모퉁이를 돌자 그 끝에 철망으로 된 문이 나타났다. 나침반이 틀림없이 가리키고 있는 곳도 바로 그 방향이었다.

바로 거기였다. 화물칸.

"저 안이야." 아무래도 내가 너무 큰 소리로 말을 한 듯, 우리가 문을 열려고 다가서기도 전에 한 남자가 걸어 나왔다. 그는 여행객처럼 피로 흩뿌려진 노란 바지에 하와이안 셔츠를 입고 있었다. 종이 타월로 손을 닦던 남자가 고개를 들고 우리를 보더니 얼어붙었다.

눈은 텅 비어 있었다.

"이봐, 무슨……."

허레이쇼가 내 팔을 붙잡고 거칠게 그 남자를 향해 밀쳤다. **"말라야, 에악슬 게스테알라**(Mallaya, eaxl gesteala)." 허레이쇼가 건넨 인사말을 이해할 순 없었지만, 고대 이상한 언어라는 것은 알 수 있었다. "이 녀석이 주방에 숨어 있는 걸 발견했다."

지금은 나와 허레이쇼뿐이었다. 엠마와 누어는 우리 뒤쪽 모퉁이 너머에 아직 숨어 있었다.

나는 부상을 입고 겁에 질린 연기를 하려고 했다. 와이트가 긴장을 풀었다. "방금 배불리 먹이고 왔지만, 하기야 녀석들은 만족을 모르니까."

허레이쇼가 고대 이상한 언어로 무언가를 더 말하자 두 남자가 함께 웃음을 터뜨렸다. 그러다 허레이쇼가 내 팔을 놓고 와이트의 목에 주먹을 날렸다. 놈은 헛구역질을 하며 무릎을 꿇었다.

"멈춰라!" 고함 소리가 들려 홱 고개를 돌리니, 누어와 엠마가 기관총을 든 두 남자에게 떠밀리며 복도를 걸어오고 있었다. 내 심장이 터질 듯 두근거렸다.

"그 안으로 들어가라!" 화물칸으로 들어가는 문을 가리키며 남자 하나가 소리쳤다. "어서!"

허레이쇼는 계속해서 연기를 해 무마하려 했다. 그는 성을 내며 고대 언어로 무언가를 말한 뒤 영어로도 덧붙였다. "루프의 고위직 인물을 왜 할로우 먹이로 주었는지 카울한테 설명하고 싶지 않으면 관둬!"

통하지 않았다. 한 남자가 바닥에 총을 쏘았다. 달아날 곳도 없고, 놈들이 들고 있는 총을 망가뜨릴 속임수를 쓸 이상한 종족도 없었다. 새장 같은 문으로 걸어 들어가 우리를 할로우 밥으로 넘겨준 뒤 놈들이 문을 잠그도록 내버려두는 수밖에 없었다.

남자가 두 번째로 바닥에 총을 쏘았는데, 이번엔 총알이 누어의 발 가까이로 날아와 누어가 비명을 질렀다. 우리는 허레이쇼를 포함해 모두 뒷걸음질을 해 철망 문 안쪽으로 들어갔다. 이번엔 다른 남자가 총을 쏘아 우리 머리 바로 위쪽으로 총알을 날렸다.

우리는 어둠 속으로 물러났다. 남자들이 문을 닫고 자물쇠를 채웠다. 그러고는 철망 문 위로 두 번째 덧문을 끌어내렸다. 단단하고 두툼한 철판으로 된 이번 문은 쾅하고 닫히며 빛까지 차단했다.

뱃속에서 연달아 번개가 내리치는 것 같은 느낌이 퍼져갔다. 멀리 화물칸 안쪽에서 할로우들이 움직이는 소리가 들렸다. 누어와 엠마를 함께 데려온 나를 속으로 저주했다. 희생은 허레이쇼와 나만으로도 족한데 이젠 두 사람도 쓸데없이 죽음을 맞이하게 될 터였다. 세상에 남은 마지막 할로우까지 없애버릴 수 있다면 나는 당장이라도 행복하게 목숨을 내놓을 수 있었다. 그러나 엠마의 목숨이나 누어의 목숨까지 바칠 만한 가치 있는 승리는 없었다.

맨 먼저 우리는 놈들의 냄새를 맡았다. 썩은 고기의 악취가 파도처럼 밀려와 숨이 막혔다. 이어서 뼈를 이빨로 으스러뜨려 씹어대는 소리와 함께 하와이안 셔츠를 입은 남자가 방금 배달해준 것이 무엇인지 모르지만 놈들이 식사를 마치는 듯 침을 질질 흘리다 후르릅 쩝쩝 하는 소리가 들렸다. 그런 다음 엠마가 불꽃을 일으켰으므로 우리는 화물칸 반대편 끝 쪽에 모두 모여 있는 놈들의 모습을 보았다. 놈들은 우리를 등진 채 녹슨 바닥에 쭈그려 앉아 잔치를 즐기고 있었다. 이용할 만한 출구나 탈출구를 살펴보았지만 그런 것은 없었다. 바닥은 이음새도 없이 통으로 이어진 넓은 철판이고, 쇠창살로 만들어진 담장은 높은 천장까지 뒤덮여 있었다. 우리가 방금 들어온 곳 말고는 다른 문도 없고, 화물창고 안엔 우리와 할로우들, 구석에 쌓인 철제 상자 몇 개뿐이었다.

"제이콥." 누어가 속삭였다. "제발 저것들을 통제하는 법을 알아냈다고 말해줘……."

"못 알아냈어." 겁에 질려 한심하다는 느낌을 받으며 내가 말했다. "게다가 방법을 알아냈다고 하더라도, 한 번에 한 마리씩밖에 못해. 그런데 저건……."

"수십 마리야." 엠마가 씹어뱉듯 말했다. 엠마의 눈에도 보였기 때문이다. 우리 모두 놈들을 볼 수 있었다.

"이젠 어떻게 하지? 폭탄을 사용하나?" 누어가 속삭였다.

"너무 강력한 폭탄이야. 우리 모두 죽을 거야." 내가 말했다.

"다른 기회는 없을 것 같은데." 허레이쇼가 말했다.

바로 그때 한 마리가 고개를 돌려 검은 눈으로 우리를 쳐다보며, 절반쯤 씹다 만 다리를 내뱉었다. 놈은 우리의 냄새를 맡았다. 우리를 **느꼈다.** 그러자 또 한 마리가 고개를 들었고, 연이어 차례로 한 마리씩, 금세 먹다 만 식사를 잊고 모두가 우리를 응시했다.

우리는 흔한 한입 거리 간식이 아니었다. 우린 이상한 종족이었다. 우리 영혼은 할로개스트들이 그 무엇보다도 열망하는 먹거리였다.

놈들이 우리를 향해 움직이기 시작했다. 우리에게 달아날 곳이 없다는 게 명확했기 때문에 서두르는 기색은 없었다.

"당신이 말 좀 걸어봐……." 누어가 허레이쇼의 팔꿈치를 잡으며 말했다.

"시도는 해보겠다." 허레이쇼가 무언가 놈들에게 부르짖었다. 할로우는 사람들이 횡단보도 앞에서 빨간색 신호등을 기다리는 것처럼 혼란스러운 태도로 잠시 멈췄다. "내가 놈들을 묶어둘 수 있는 시간은 고작해야 얼마 안 될 거다. 놈들에 대한 나의 지배력은 제이콥에 비하면 아무것도 아니야."

"말했잖아, 난 놈들에 대한 지배력을 **갖고 있지** 않다고! 나는 저들의 언어도 알지 못해!" 허레이쇼에게 짜증이 났다기보다는 나 자신에게 화가 나서 소리쳤다.

할로우가 기묘한 신음 소리를 내더니 다시 느리고 조심스럽게 우릴 향해 다가오기 시작했다.

"너의 연결력은 언어보다 깊다." 허레이쇼가 말했다. "어떻게든 놈들에게 접근할 수만 있다면 말이야." 허레이쇼가 할로우들에게 또다시 고함을 질렀지만, 이번엔 일부만 걸음을 멈추었다.

"제이콥." 엠마가 공포 때문에 딱딱하게 굳은 얼굴로 나를 돌아보았다. "와이트들의 요새에서, 네가 할로우 우리로 떨어졌을 때 동시에 모두를 통제해서 빠져나올 수 있었던 거 기억나?"

나는 머리를 흔들었다. "그때와는 달라. 그땐 잠 가루로 놈들을 다 기절시켰었잖아……."

엠마는 한 손에서 불을 끄고 바지 주머니를 미친 듯이 뒤졌다. "이건 가루 어머니의 마지막 손가락인데, 위급 상황을 대비해 남겨뒀었어." 엠마는 이렇게 말하며 헝겊에 반쯤 싸인 엄지손가락을 꺼내 나에게 내밀었다. "다시 해봐. 지난번처럼 똑같이 해."

나는 망설였다. "하지만 그때와는 다르다니까. 할로우들도 너무 많고, 가루를 뿌릴 방법도 없어서……."

"아니, 방법이 있다." 허레이쇼가 폭탄을 내 손에 들이밀었다. "그 엄지손가락을 이 벽돌에 묶어라. 그런 다음에 내 말을 따라 해라."

허레이쇼가 무슨 생각을 하는지 알았지만, 그건 미친 짓이었다. 폭탄이 너무 강력했다. 이 방법은 우리를 잠들게 하는 게 아니라 창고에 있는 모두를 죽일 것이다. 하지만 죽기를 기다리는 것 외엔 다른 대안이 없었으므로 명령대로 폭탄을 받아들 수밖에 없었다. 나는 엠마한테 엄지손가락을, 허레이쇼한테는 폭약을 받아 끈으로 묶었다. 내가 그 일을 하는 동안에도 허레이쇼는 할로우들에게 고함을 질러 놈들의 접근을 늦추려 애썼다. 이윽고 그가 할로우에게 고함을 지르는 사이 나를 보며 영어로 외쳤다. "내 말을 따라 해라!"

시도해보았다. 허레이쇼는 내 마음이 알아듣지 못하는 언어를 사용해 너무 빠르게 말하고 있었다.

"넌 생각이 너무 많아!" 허레이쇼가 소리쳤다.

나는 폭탄에 손가락을 묶는 과정을 끝냈으므로 모든 정신을 집중할 수 있었다. 내 입에서도 허레이쇼처럼 매끄럽게 말이 흘러나오기 시작했다. 우리가 무슨 말을 하고 있는지는 모르겠으나, 허레이쇼와 내가 이중으로 명령을 내리자 허레이쇼의 목소리만 들을 때보다 할로우들에게 효력이 더 큰 것 같았다.

고함을 지르는 동안 허레이쇼는 어깨로 엠마와 누어와 나를 밀쳐 둥글게 하나로 단단히 밀착시켰다. 그러고는 내 손에서 폭탄을 낚아채 팔을 뒤로 빼고 최대한 멀리 던졌다. 폭탄 꾸러미가 뒷벽에 부딪쳤다가 반대편 구석 어딘가로 떨어지는 소리가 들렸다.

할로우는 이제 가까이 다가와 있었다. 군침을 흘리며 굶주린 할로우 떼가 발을 질질 끌며 두툼한 벽처럼 우리에게 다가오고 있었고, 그 순간 놈들이 우리를 갈가리 찢지 못하게 막는 건 나와 허레이쇼의 외침뿐이었다. 그러나 놈들의 의지가 힘을 되찾으며 허레이쇼의 의지가 희미해져가는 것이 내게도 느껴졌다.

누어가 나와 엠마에게 바짝 몸을 기댔다. "너희를 사랑해." 울면서 누어가 말했다. "너희는 내 가족 같은 존재야. 알지?"

나는 내장과 허파가 터져 나갈 듯 고래고래 고함을 지르고 있었다. 그러나 고개를 끄덕이며 누어를 꼭 안아주었고, 손에 피운 불꽃 때문에 우리에게 팔을 두를 수 없었던 엠마는 손을 멀리 보내면서도 우리가 둥글게 뭉쳐 몸을 붙인 곳으로 등을 더 꾹 눌렀다.

"우리도 너 사랑해." 엠마가 말했다. "이건 분명 잘 먹힐 거야, 알겠지?"

"물론 잘 먹힐 거야." 친구들이 죽기 전에 마지막으로 느끼는 것이 절망이기를 원치 않았기 때문에 나도 그렇게 말했다.

"기폭 장치에 손을 올려라!" 허레이쇼가 할로우 언어 명령 사이에 외쳤다.

나는 허레이쇼가 하고 있는 말을 서서히 이해하기 시작했다. **멈춰, 잠들어, 물러나,** 같은 말이 아니라 **살살, 이제 힘을 빼고, 천천히,**

라는 명령이었다. 그러고 나서 나를 향해 돌아보며 우리가 어깨동무를 해 뭉쳐 있는 곳으로 자신도 합류했다. **살살, 팔을 펴서, 너의 팔로 나를 안아라.**

허레이쇼가 팔을 뻗어 엠마의 팔을 건드리더니 표정과 고갯짓으로 불을 끌 때가 되었다는 뜻을 전했다. 엠마가 불을 끄자 실내는 다시 어둠에 휩싸였고, 아직 따뜻한 엠마의 손이 내 등에 닿는 것이 느껴졌다.

바로 그때 허레이쇼의 외침이 아직 메아리로 울리고 있는 가운데 할로개스트의 팔과 혀가 우리를 감싸는 게 느껴졌다. 몹시 고약한 입 냄새가 우리를 뒤덮은 순간 나는 빠른 죽음을 기도했다.

그러나 할로우는 턱을 우리에게 대지도 않았고 깨물지도 않았고, 혀로 목을 휘감아 조이며 우리의 호흡과 목숨을 앗아가지도 않았다.

살살. 앞으로 와라. 살살. 너의 팔로 나를 안아.

또 한 마리가 시키는 대로 했고, 다른 할로우들도 차례로, 모두가 몸으로 우리를 감쌌다. 굶주린 인간의 절박함 같은 그들의 허기를 나는 느낄 수 있었고, 우리를 죽여 두개골을 으깨 열고 영혼을 마시는 그들의 꿈도 느낄 수 있었다. 그러나 한 마리 한 마리 차례대로, 놈들은 어깨동무한 우리를 겹겹이 에워싸기만 할 뿐이어서, 1분쯤 지나자 우리는 입을 벌리고 헉헉 내뱉는 놈들의 뜨거운 숨결에 구역질이 날 지경이었다.

그제야 비로소 나는 허레이쇼가 하려는 것이 무엇인지 깨달았다. 그는 막강한 할로우의 몸통으로 방패를 쌓고 있었다. 그러나 허레이쇼는 지쳐가는 중이었고 목소리가 점점 쉬었다. 내 어깨를 파고드는 이빨이 느껴지면서 깨물기 시작한 순간 예리한 통증에 나도 모르게 비명이 터져 나왔다. **멈춰, 멈춰, 멈추라고,** 나도 잘 알지 못하는 엉터리 할로우 방언으로 소리치자, 이빨이 파고드는 건 멈췄지만 더 물러나게 만들 수는 없었다.

"**지금?**" 내가 허레이쇼에게 소리쳤다.

"아직 아니다!" 할로우어로 명령을 내리는 사이 허레이쇼가 말했다. "네 자신을 놈들의 마음속으로 이어지는 다리라고…… 통로라고…… 혈관이라고 생각해라……."

우리를 둘러싼 혀가 갑자기 사악하게 조여들면서 누어가 헉 신음을 흘렸고, 뼈가 부러지는 소리와 함께 허레이쇼의 비명이 들리더니 이내 그의 목소리가 사라졌다. 빛이 없어도 허레이쇼가 심각한 부상을 입었다는 걸 알 수 있었고, 무엇을 해야 하는지 그의 지시를 받을 필요도 없었다.

나는 손에 들고 있던 장치의 레버를 당겼다. 그리고 모든 게 암흑으로 변했다.

오랜 시간 오로지 어둠과, 철썩이는 물소리와, 둥둥 떠 있다는 흐릿한 감각만 느껴졌다. 정신을 잃었던 모양인데 어떻게 그렇게 되었는지는 기억나지 않았다.

마이크에 연결되어 계속해서 피드백이 들어오는 것처럼 귀가 윙윙 울리며 삐 소리가 났다. 오랜 시간 귀에 거슬리는 소리와 어둠과 철썩거리는 물결만 있더니 다른 소리가 뒤섞였다. 여자 목소리였다.

팔 여러 개가 나를 끌어당겼다. 그러더니 누군가 내 뺨을 때려 어둠 속에서 번쩍 별이 보이는 것 같았는데, 그와 함께 새로운 감각이 찾아왔다.

춥다.

나는 차가운 물에 완전히 잠겨 있다.

시력이 돌아오기 시작했다. 나는 철썩거리는 물과 희미한 어둠이 가득한 공간에 있었다. 젖은 머리칼을 가닥가닥 늘어뜨린 채 겁에 질려 나를 굽어보고 있는 얼굴이 보였다. 검은 눈동자에서 불꽃 같은 섬광이 일었다. 내가 자신과 눈을 마주치고 있다는 사실을 안 여자의 눈이 커다래지더니 내 이름을 외쳤다. 나는 대답을 하려고 입을 열었다가 그 대신 짠물을 삼켰다.

시력이 돌아왔다 다시 사라졌다. 나는 구토를 했다. 또 한 번 내 이름을 부르는 소리가 들려왔다. 철썩이는 물결과 희미한 어둠과 손바닥에 이글거리는 불꽃을 피워 올린 여자의 모습이 잠깐씩 눈에 스쳤다.

누군가 내가 익사하는 걸 막으려고 등 뒤에서 붙잡고 있었다.

나는 여기에 있지만 다른 데도 있다.

나는 검은 피의 강물에 하반신을 떠내려 보낸 채, 귀가 멀고 겁에 질려 구석에 거미처럼 매달려 있다.

물속에서 조각조각 난 몸뚱이가 사라져가고 있다.

철썩거리는 물 위에 똑바로 누워 90킬로그램쯤 되는 성난 근육 덩어리가 되어 떠다니고 있다.

나는 동시에 그 모든 것이 되었다.

제이콥, 내 말 들려?

응, 나는 그렇게 말하려고 했지만, 마음이 오십 갈래로 갈라졌다. 내 목소리가 살고 있는 몸을 찾을 수가 없었다.

제이콥, 하느님, 제발.

우리는 배 안에 있었다. 조명도 없는 선박의 내부에 갇혀 있었다. 실내로 빠르게 물이 들어차고 있었다.

아. 내가 저기 있군.

제이콥, 우리 이러다 물에 빠져 죽겠어.

나는 혀를 되찾았다.

내가 말했다. **아니, 그렇지 않을 거야.**

나는 내 팔을 움직일 수 있었다. 내 다리도.

내 몸.

그러다가,

분열하면서

저들을

모두

움직일 수 있었다.

제 20 장
chapter twenty

그들은 모두 살아 있었다. 누어, 엠마, 그리고 허레이쇼. 갑옷 같은 할로우의 몸통에 둘러싸인 덕분에 우리는 기적처럼 폭발에서 살아남았다. 할로우 역시 외골격이 강철판처럼 단단해 가슴과 등의 외피가 제 몸을 보호했다. 많은 수가 죽었고, 쓸모가 전혀 없을 정도로 부상을 입은 놈들도 많았지만, 어지러운 내 마음을 뚫고 들어오는 갈래의 수로 판단컨대 내 명령에 따라 움직여줄 멀쩡한 할로우가 적어도 십여 마리는 되었다.

그 느낌이 완전히 이질적이지는 않았다. 전에도 한 번 겪었던 일이었다. 할로우 소굴에 갇혔을 때, 할로우들의 두뇌를 한꺼번에 재부팅하면서 내 의식과 놈들의 융합이 이루어졌고, 나는 언어로는 불완전했던 장악력을 뛰어넘어 놈들의 무의식 내면까지 파고드는 힘을 갖추게 되었다. 이번 할로우가 신종이라는 것도 별 문제는 되지 않는 것 같았다. 과거의 할로우와 차이가 있기는 했지만, 새로운 종 역시 가장 깊은 의식은 똑같았다. 이번 할로우와의 교감은 단순한 통제가 아니라 공존이었다. 나는 그들이 되어 행동했고, 그들이 느끼는 고통을 둔감하게나마 함께 경험했으며, 내 눈으로 보는 것처럼 그들의 눈을 통해 세상을 보았다. 처음엔 섬뜩했지만, 내가 어디에도 존재하지 않으면서 동시에 모든 것에 존재하는 그 느낌은, 한데 뒤섞이는 카드 낱장들처럼 나의 존재가 그들 전부에게 물결처럼 번져나가는 것만 같았다.

하나의 '나'가 물속에서 선체에 뚫린 별 모양의 구멍을 올려다보고 있었는데, 그곳으로 바닷물과 함께 반대편에서 스며드는 희미한 빛이 넘어 들어왔다.

우리의 탈출구였다.

나를 잡아, 라고 나는 제이콥으로서 말을 하려 했다. **심호흡을 해.** 그러나 그 말은 전혀 엉뚱한 입을 통해 잘못 튀어나왔으므로 나는 잠시 생각을 멈추고 정신을 집중해 나 자신을 찾았다. 내가 거기 있었다. 내 친구들이 공포에 질려 있는 사이 멍한 시선으로 올려다보고 있는 나.

나 자신으로 돌아오는 기분은 오래된 편안한 옷을 걸치는 느낌이었다.

"모두들 나를 잡고 심호흡해!"

이번에는 친구들도 내 말을 듣고 시키는 대로 했다.

나는 할로우들을 모았다. 꼬투리에 든 콩처럼 우리 주변에 몰려든 할로우들은 올가미처럼 우리 허리를 붙잡고 물속으로 끌어당겼다. 놈들에게 무슨 일을 시켜야 하는지 내가 굳이 생각할 필요조차 없이, 할 일이 끝났다.

나는 통제력을 잃은 것이 아니었다.

할로우들은 놀랍도록 수영을 잘했다. 그들은 혀를 지느러미처럼 활용해 물살을 가르고 장애물을 잡으며 우리를 끌어당겼다. 순식간에 우리는 삐죽삐죽 뚫린 선체 구멍으로 빠져나가 천장까지 거의 물이 찬 복도로 이동했다. 우리끼리 헤엄을 쳐 그곳을 빠져나가려 했더라면 익사하기 십상이었겠지만, 할로우들은 물살에 부딪친 뺨이 덜덜 떨릴 정도로 강력한 힘으로 빠르게 우리를 끌고 갔다.

우리는 물속에 잠긴 계단을 만나 복도 중간쯤에서 수면 위로 올라왔다. 그 이후부터는 앙상한 팔과 근육질의 혀로 짜인 둥지에 올라탄 것처럼 안겨 이동했으므로, 우리 모두 발이 아예 바닥에 닿지도 않았다.

우리는 문을 벌컥 열고 갑판으로 나갔다. 배가 심하게 한쪽으로 기울어, 갑판은 경사로로 변해 있었다. 할로우들은 다시 신선한 공기를 마시게 되어 흥분한 데다 원래 분노가 그들의 본성이었기에 성을 내며 우리 주변에서 떼를 지어 움직이고 있었는데, 나를 미워하면서도 내 명령이라면 무엇이든 따를 준비가 되어 있었다. 내가 생각했던 것보다, 일일이 세어볼 수 있는 정도보다 수가 훨씬 많아서, 서른다섯 마리나 어쩌면 마흔 마리까지도 되는 것 같았다. 그들은 허공으로 뛰어오르며 혀로 갑판을 내리쳤다. 와이트 하나가 그들 한가운데로 달려 나와 소리쳐 명령하기 시작했다. 와이트가 문장을 끝내기도 전에 할로우들은 그의 목을 비틀어 떼어버린 뒤 템스 강에 던져 넣었다.

나는 할로우들에게 우리를 내려놓게 했다. 기울어진 워터슬라이드 쪽에서 총알이 날아와 우리 뒤쪽 선체에 부딪쳤다가 튕겨 나갔다. 나는 몸을 숨길 수 있는 계단 뒤쪽으로 친구들을 몰아넣고 할로우 두 마리로 입구를 막은 다음, 나머지는 적들의 배를 평정하도록 보냈다.

1분 뒤 상황은 종료되었다. 기관총을 들고 있던 세 남자는 무장해제를 당한 뒤 갈가리 찢겼고, 그들의 정신을 조종하던 이상한 종족 변절자는 척추뼈가 부서져 도박용 테이블 위로 날아갔다. 선박 조종실에 있던 또 다른 와이트는 양손을 들어 올리고 무릎을 덜덜 떨며 항복했다.

선박은, 혹은 그 잔해는 우리 차지였다. 이제 우리는 그 선박에서 빠져나갈 방법을 찾아야 했다.

"올라타." 누어와 엠마가 올라탈 수 있도록 할로우 두 마리의 무릎을 꿇게 하며 내가 말했다.

"차라리 난 걸어갈래." 누어가 말했다.

"제이콥이 통제하고 있을 땐 완벽하게 안전해." 엠마가 말했다. "그리고 훨씬 빠르기도 하고." 엠마가 할로우의 등에 올라타자, 녀석은 재빨리 혀를 엠마의 허리에 감아 안전하게 붙들었다.

"정말 그렇다." 허레이쇼가 엠마의 뒤에 올라타며 맞장구를 쳤다.

"넌 나랑 같이 타면 돼." 내가 두 번째 할로우에 올라타자, 누어도 단념한 듯 내 뒤로 올라왔다.

"이건 꿈일 거야, 그렇지?" 누어가 내 귀에 속삭였다.

그러고 나서 우리는 출발했다.

경찰 헬리콥터가 낮은 고도에서 선박 위를 회전하고 있었다. 사이렌 소리가 가까워졌다. 친구들과 내가 화물칸에 갇혀 있는 동안 어느 틈에 배는 템스 강 가의 어느 산업용 부두에 정박해 있고, 미로처럼 빽빽하게 정박해 있는 작은 배들 너머로 거대한 유조선이 버티고 서 있었다.

내가 이끄는 할로우 함대는 우리를 태우고 배 난간으로 다가갔다. 마음 같아선 할로우들이 우리를 부두까지 단숨에 내려주면 좋겠지만 거리가 너무 멀었다. 나는 할로우 두 마리를 보내 밧줄을 찾아오게 했다. **배 안에서 밧줄을 찾는 게 어려울 리는 없겠지.** 그러는 사이 나머지 할로우들은 갑판에서 쿵쿵 뛰고 뒹굴게 해서, 손가락 가루가 남긴 잠기운을 떨쳐버려 나와 연결된 접속을 더욱 단단하게 만들었다. 나의 의식이 잘게 분열된 상태라 기묘함에 대한 인식이 약간 둔감하기는 했으나, 정말이지 초현실적인 장면이었다. 너무 많은 할로우들과 동시에 연결되어 있으려니 이따금 나를 압도하려는 위협이 느껴지기도 했고, 잡음이 많은 라디오 신호처럼 머릿속에 소음이 잦아들었다가 커졌다가 했다.

“제이콥! 정신을 어디다 두고 있는 거야?” 엠마가 얼마나 오래 나한테 말을 걸고 있었는지는 모르지만, 경악한 목소리로 보아 꽤 오래전부터 나를 부르고 있었던 모양이었다.

허레이쇼는 숙련된 마부처럼 할로우의 둥근 등에 다리를 벌리고 걸터앉아 미소를 짓고 있었다. 나를 향해서.

“무슨 일인데?” 내가 말했다.

"넌 정말 표본이 되는 인물이다, 제이콥 포트먼." 허레이쇼가 워터슬라이드 꼭대기에서 공중 곡예를 하고 있는 할로개스트를 지켜보다 다시 나를 향해 고개를 돌렸다. "너에 대한 에이브러햄 포트먼의 말이 옳았다고 생각한다."

"우리 할아버지?" 내가 앞으로 몸을 기대며 물었다. "왜, 할아버지가 뭐라고 말씀하셨는데?"

"네 스스로 입증할 기회만 주어진다면 우리 시대의 가장 강력한 이상한 종족이 될 수 있을 거라고 했지." 허레이쇼의 미소가 사라졌다. "하지만 그런 기회는 끔찍한 위험과 손을 잡고 오는 법이다."

할아버지는 내가 절대로 직면하지 않기를 바랐던 위험이겠지.

할로개스트가 또 한 번 워터슬라이드 위에서 재주넘기를 했다. 밧줄을 찾으러 간 두 마리는 아직 돌아오지 않았다. 나는 조종실에서 항복한 와이트를 감시하고 있던 할로우에게 놈을 데려오도록 했고, 30초 뒤 할로우가 한심하게 비명을 질러대는 와이트의 머리채를 잡아끌며 나타났다.

놈은 목숨을 구걸하고 있었다.

밧줄을 가지러 간 할로우 두 마리가 뜻밖의 인물과 마주쳤다는 사실에 관심이 이끌리고 있었기 때문에 나는 놈을 무시했다.

할로우들의 귀를 통해 그자의 목소리가 들려왔다.

"귀염둥이들아, 안녕, 여기 나와서 무얼 하고 있는 거지? 저런, **아주** 나쁜 짓을 하고 있었구나……."

곧이어 토네이도처럼 소용돌이치는 검은 바람을 받침대 삼아 그가 선체 옆구리에서 솟아오르며 모습을 드러냈다.

카울이었다.

누어는 그 모습을 보자마자 경직되었다. 엠마는 욕설을 내뱉었다.

상반신은 왜곡된 비율로 길게 늘어지고 허리부터 이어진 하반신은 격렬한 폭풍으로 변해 카울은 이제 무척 거대했다. 팔은 평범한 인간의 팔이었으나 손가락은 꿈틀거리는 열 개의 두툼한 나무뿌리여서 손대는 것마다 썩게 만들었다.

무언가 복수에 대해서, 그리고 영생에 대해서 고함을 질러대던 카울은 양손을 높이 들고 기다란 손가락으로 하늘을 찔렀다. 그러자 앰브로시아를 마셔 정신착란에 빠져 힘이 세진 이상한 종족들이 선체 난간을 넘어 우리를 공격하려고 달려들기 시작했다.

갑판에 처음 발을 디딘 변절자는 가장 가까이에 있던 할로우에게 액체 금속 줄기를 뿜었고, 수증기처럼 퍼진 액체 금속을 맞은 생명체의 뇌가 녹아버리면서 의식이 끊어지는 것이 나에게도 느껴졌다. 그러나 곧이어 할로우 세 마리가 더 그 앰브로시아 중독자에게 달려들어 순식간에 그자의 숨을 끊었다. 더 많은 카울의 부하들이 각자 새로운 재주를 뽐내며 나타났다. 하나는 산성 구름을 아래로 불러내 할로우 한 마리를 태워 죽였고, 다른 하나는 믿어지지 않을 만큼 힘이 셌다. 둘이 합세해 붉은 번개를 내리치자, 또 다른 할로우의 가슴에 구멍이 뚫리며 지글지글 공기가 끓는 듯한 소리와 함께 머리카락 타는 냄새를 남긴 채 우리 머리 위로 사체가 날아갔다. 나의 할로우들이 1분 만에 전세를 뒤집으며 성난 짐승들처럼 몰려들어 앰브로시아 덕분에 강력해진 변절자들을 여덟 명, 아홉 명, 열 명까지 꼼짝 못하게 압도하는 동안, 친구들과 내가 타고 있는 할로우 두 마리는 뒤로 물러나 안전거리를 확보했다.

파상 공세가 끝났을 때 나는 할로우 세 마리를 잃었고 카울의 중독자들도 열 명 이상 죽거나 죽은 것이나 다름없는 상태로 갑판에 널브러져 있었다.

카울은 격노했다. 포효하는 바람 소리와 함께 배와의 간격을 좁혀온 그는 갑판 바로 위에서 버티며 하반신에서 떨어져 나간 나무뿌리와 함께 의자와 각종 파편을 작은 토네이도 속으로 빨아들였다.

물을 건너지 못하는 존재치고는 그 정도도 가상했다. 카울 역시 빠르게 진화하고 있는 듯했다.

카울이 전세를 가다듬기 전에 나는 빠르게 질주하는 할로우 세 마리를 그에게 보냈다. 카울은 두 팔을 뻗어 기다란 손가락으로 할로우들을 한꺼번에 얽어매더니 아기를 안아 올리듯 가슴에 품고 있었는데, 이제 카울의 상반신은 아까보다 두 배로 커져 있었다. 나는 할로우들이 입을 벌리도록 힘을 주었지만, 카울을 공격하도록 혀를 움직이게 할 수가 없었다. 카울은 할로우들에게 속삭이는 중이었고 나에게 복종하는 그들의 의지가 빠르게 약화되었다.

"무슨 일이야?" 할로우들이 카울의 품 안에서 모두 축 늘어지자 경악한 누어가 물었다. 덩굴손처럼 뻗어나간 카울의 영향력이 역으로 할로우의 뇌를 통해 나의 뇌로 파고드는 것이 느껴졌다.

안녕, 제이콥.

나는 눈을 감고 머릿속에서 카울을 몰아내기 위해 모든 노력을 기울였다. 그러나 나의 집중력은 너무 분산되어 있었다.

그 여자애를 죽여라.

그 말에 누어와 내가 타고 있던 할로우가 움찔하더니 경직되는 것이 느껴졌다. 할로우가 우리 허리에 감고 있던 혀를 풀어 누어의 목을 휘감는 일은 없도록, 나는 우릴 태운 할로우에 대한 온전한 통제력에 모든 정신을 집중하는 수밖에 없었다.

잠시 후 할로우가 다시 긴장을 풀었다. 그러나 카울의 영향력을 방심할 순 없는 상황이었던 데다, 나의 뇌를 파고들 가능성이 있는 통로로 쓰일 개체가 갑판 여기저기 흩어져 있었다.

서른네 마리가 남아 있었지만 일시적으로 서른 한 마리에 대한 지배력을 내려놓고, 우리를 태우고 있는 두 마리와 카울의 얼굴에 가장 근접해 있는 한 마리에 모든 정신력을 집중했다. 나의 통제력에서 풀려난 나머지 할로우들이 전부 축 늘어지거나 행동이 느려지면서, 한꺼번에 갑판에 **털썩털썩** 쓰러지는 소리가 크게 울렸다.

"맙소사!" 엠마가 소리쳤다. "할로우들한테 무슨 일이야?"

그 말에 대꾸를 해줄 만한 여력은 없었다. 모든 집중력을 카울과 두 할로우에 한정해야 했다. 그것으로 충분했다. 나는 내 머릿속에서 카울을 몰아냈고 우리가 타고 있던 할로우가 누어를 죽이려 하는 것도 막아냈으며, 이내 카울의 영향력을 거의 즉각 떨쳐내고 통제력을 되찾았다. 내가 할로우의 입을 벌리게 하자 카울이 소리쳤다. "멈춰라, 무슨 짓을 하려는……."

나는 모두 네 갈래의 혓바닥을 카울에게 날려보냈다. 푸른빛이 뿜어져 나오던 눈구멍에 각각 한 가닥씩 파고들었고, 나머지 두 가닥은 벌리고 있던 입에 처박혔는데 어찌나 힘이 막강한지 목구멍 뒤로 뚫고 나올 정도였다.

카울은 술에 취한 사람처럼 구역질을 하며 뒷걸음질 쳤다. 그가 일으켰던 바람도 잦아들고 소용돌이도 줄어들기 시작하면서 생명력이 빠져나갔다. 그는 웅덩이 속으로 빠져, 안고 있던 할로우 세 마리와 함께 그대로 삼켜졌다. 그들이 모두 함께 사라지면서 할로우들이 죽어가는 걸 나는 느낄 수 있었다.

잠시 동안 헬리콥터 소음과 다가오는 사이렌 외에는 아무 소리도 들리지 않았다.

"저 푸른빛!" 누어가 이렇게 외치며 그쪽으로 향하려는 몸짓이 느껴졌다. "내가 할 수만 있으면……."

"속지 마! 전에도 죽은 척한 적 있잖아. 카울은 저런 식으로 줄리어스를 잡았어!" 엠마가 말했다.

그 말에 신호라도 받은 듯 카울이 악몽에 등장하는 용수철 인형처럼 구멍에서 튀어 오르며, 우리 머리칼이 날리고 갑판에 의자들이 나뒹굴 정도로 요란한 돌풍을 일으켰다. 카울은 조금도 타격을 입지 않았거니와 전보다 더 거대해져 있었다. 몇 초 만에 그는 자기 구멍으로 숨어들어 몸을 재생시킨 것이다.

"할로우 수천 마리로도 나를 막을 수는 없다! 죽음은 나를 더 강하게 만들 뿐이다!" 카울이 고함쳤다.

카울의 말에 나는 정말로 열이 받기 시작했다.

"그래? 그럼 그 이론을 시험해보자." 내가 차분히 말했다.

나는 고개를 숙이고 눈을 감았다. 나의 정신이 쪼개지면서 기이한 힘의 궤적이 스스로 뻗어나가 축 늘어져 있던 할로개스트

스물아홉 마리 몸뚱이로 날아가는 것이 느껴졌다. 강추위 속에서 시동을 건 낡은 자동차처럼 할로우들은 몸을 떨며 깨어나 한 마리씩 자리에서 일어났다.

본인의 주장에도 불구하고, 스물아홉 마리는 한꺼번에 상대하기에 벅찬 상대인 듯 카울이 난간을 향해 뒷걸음질 치기 시작했다. "다시 만나서 반가웠다." 카울이 외쳤다. "더 머물면서 놀아주고 싶지만 옛 친구와 데이트 약속이 있어서 이만……."

"너는 절대 임브린들의 방어망을 뚫지 못할 거다!" 엠마가 카울에게 소리쳤다.

카울의 얼굴에 미소가 피어올랐다. "그 말을 들으니 생각나는 게 있군. 카를로, 괜찮으면 지금 해주겠나?"

이제껏 잊고 있던 와이트가 소매를 젖혀 스마트워치에 대고 소리를 질렀다. "빅스비, 여긴 이글이다! 지금 쳐라! 반복한다……."

나는 할로우의 혀로 와이트의 손목을 잡아 등 뒤로 확 꺾이게 만들었고 팔이 부러지는 소리가 들렸다. 그러나 너무 늦었다. 그자가 전하려던 메시지는 이미 전달되었다.

잠깐 한눈을 판 사이에 카울이 바로 옆에 있던 할로개스트의 목을 기다란 손가락으로 조르고 있음을 미처 보지 못했던 나는 할로우의 숨이 멎어가는 것을 즉각 감지했다. 죽어가는 할로우의 귀를 통해 카울의 속삭임도 들려왔다. "**집으로 오너라, 아가, 넌 언제나 내가 가장 아끼는 아이란다.**"

나머지 할로우 스물여덟 마리가 전속력으로 카울에게 달려갔지만, 그들이 채 닿기도 전에 카울이 돌풍을 일으키며 허공으로 높이 떠올랐다. 거의 백 개나 되는 혓바닥이 그를 향해 채찍처럼 날아갔지만 모두가 빗나갔다. 카울은 죽은 할로우를 떨어뜨리고 나서 장난스럽게 **안녕**, 이라고 인사를 하듯 기다란 손가락을 꼼지락거렸다. "후속편으로 이어집니다, 알지?"

그 말과 함께 카울은 등을 활처럼 젖히고 더 먼 하늘로 날아갔다. 물론 이제는 카울이 날아다닐 수도 있기 때문이었겠지만, 그의 토네이도 소용돌이가 선박의 상공에서 윙윙대며 선회하고 있던 경찰 헬리콥터의 날개를 건드렸다.

헬리콥터는 균형을 잃고 비틀거리다 맹렬히 회전하며 우리를 향해 하강했다.

헬리콥터가 굴러떨어져 워터슬라이드를 박살낸 뒤 강물로 처박히는 사이, 나는 우리가 타고 있던 할로우를 엄폐물 뒤로 이동하게 만들었다.

비처럼 쏟아져 내리던 플라스틱 부스러기가 멎은 순간 누어는 안전벨트처럼 우리를 감싸고 있던 할로우의 혀를 풀고 등에서 미끄러져 내려가 팔이 부러진 와이트를 향해 달려갔다. 스마트워치를 어떤 식으로 연결했는지 통화는 여전히 이어져 있었다. 반대편에서 대혼란이 벌어진 듯 비명이 들렸다.

"빅스비가 누구야? 무슨 짓을 한 거야?" 누어가 와이트의 얼굴에 대고 소리쳤다.

와이트의 텅 빈 표정이 씩 웃는 모습으로 바뀌었다.

엠마가 공포에 질려 옆으로 달려갔다. "누구 이름인지 방금 떠올랐어. 바백스 원장님의 피후견인 중 하나야!"

"이젠 다 말해줘도 해될 것이 없을 것 같군. 빅스비는 우리 편이란다. 게다가 숙련된 암살자다." 와이트가 말했다.

와이트의 스마트워치를 통해 우리는 고통스레 외치는 누군가의 이름을 똑똑히 들을 수 있었다. "러베나!"

"바백스 원장님의 이름이야." 엠마가 소리쳤다. "말도 안 돼……."

누어가 경악했다. "그 말의 의미는 우리 방어망이……."

"더는 없다는 뜻이지!" 와이트가 말했다. "카울 주인님께서 곧 우리의 정당한 집을 되찾고 너희 시체를 산처럼 쌓아 불을 붙일 것이다!"

엠마가 불덩이를 일으킨 손바닥으로 와이트의 입을 후려쳤다. 와이트는 불이 붙은 성냥개비처럼 비명을 지르며 뒷걸음질 치다가 발이 걸려 온수 욕조에 처박혔다.

"당장 우리도 악마의 영토로 돌아가야 해. 너무 늦기 전에!" 엠마가 말했다.

그러나 우리는 모두 끔찍한 진실을 알고 있었다. 아마도 이미 너무 늦어버렸다는 것을.

제 21 장
chapter twenty-one

흥분한 할로우들은 입을 크게 벌려 가쁜 숨을 몰아쉬며, 검은 눈에서 뚝뚝 떨어진 눈물로 우리가 디디고 있는 갑판을 더욱 미끄럽게 만들면서 우릴 둘러싸고 있었다. 누어는 경직되어 나에게 날을 세웠다. 내가 할로우들을 통제하고 있다고 안심시키자 누어도 나를 믿는다고 말은 했지만, 할로우한테서 달아나고 싶은 본능을 억누르는 건, 특히나 눈으로 빤히 할로우를 보면서 그러는 건 거의 불가능에 가깝다는 걸 나도 경험상 알고 있었다.

밧줄은 어디에서도 발견되지 않았다. 그래서 임시변통으로라도 저 아래 부두로 내려갈 방법을 생각해내야 했다. 나는 친구들에게 꽉 잡으라고 말했다. 우리는 할로우에 올라탔다. 샤론은 카울의 등장 이후 배를 몰고 달아났을 것이 거의 확실했다.

나의 명령을 받은 할로우 스물여덟 마리가 기울어진 갑판을 달려가 난간 너머로 몸을 날렸다. 그들은 떨어져 내리면서 사슬처럼 서로 몸을 연결해 부두까지 몸통으로 다리를 만들었다. 남은 할로우 두 마리는 이전보다 더 단단하게 우리를 등에 얽어매도록 한 뒤 배에서 뛰어내렸다. 할로우 다리를 타고 부두로 내려가는 속도가 어찌나 빠른지 엠마는 비명을 질렀고 나는 현기증을 느꼈다.

마침내 마른 땅을 디딘 나는 우릴 태운 할로우 두 마리 주변에 다른 할로우들이 둥글게 보호벽을 쌓게 한 뒤, 그 대열을 유지하며 달려갔다. 혀를 활용해 속도를 높이고 하나의 다발처럼 행동하는 할로우의 달리기는 엄청 빨라서, 전속력으로 달리는 말을 탄 느낌과 별로 다르지 않았고, 할로우를 탈것으로 이용하는 것에 대한 나의 자신감도 더욱 높아졌다.

악마의 영토를 찾는 것은 어렵지 않았다. 카울이 남긴 한 블록 넓이의 파괴 현장을 따라가면 되는 일이었다. 가는 길마다 카울은 자동차를 박살내고 창문을 깨뜨렸으며 눈에 보이는 상대마다 치명적인 팔을 휘둘렀던 까닭에 평범한 인간들이 수십 명이나 잔해 속에 검게 변해 누워 있었다. 화재, 연기, 시체, 그런 것들은 아무리 카울이 저지른 짓이라기에는 잔인해 보였고, 카울의 진짜 목표에 비하면 의아할 정도로 부차적인 짓이었다. 시간 낭비이기도 했다. 그러나 사람들이 우리가 이끌고 있는 괴물 군단에 놀라 비명을 지르고 부리나케 달아나는 모습을 보며, 카울을 보았을 때도 사람들이 똑같이 달아났을 테고, 그제야 카울이 하는 짓이 바로 사람들을 공포에 몰아넣는 것임을 깨달았다. 새로운 종의 할로우를 눈에 보이게 만든 이유도 마찬가지일 것이다. 평범한 사람들이 우리를 두려워하고 혐오하도록 만들기 위해서였다. 카울은 과거 선지자들의 예언처럼 세상의 종말을 부르는 전쟁의 씨앗을 심고 있었다. 우리 모두 한쪽 편을 선택할 수밖에 없고, 스스로를 지키기 위해서는 싸워야만 하는 그런 전쟁.

그러나 그보다 먼저 시급한 일이 있었다.

우리는 빠르게 도시를 가로질렀다. 다행히도 갈 길이 그리 멀지는 않았다. 선박이 정박되어 있던 곳은 악마의 영토 루프 입구에서 1.5킬로미터도 채 되지 않았다. 브로닌과 빛을 먹는 아이들이 안전 가옥에 무사히 도착했기를 바랐지만, 약속했던 대로 거기에서 친구들을 만날 수는 없었다. 시간이 없었다.

악마의 영토에 가까워지면서 파괴 현장은 더욱 심각해졌다. 루프 입구로 이어지는 템스 강의 좁은 지류를 따라 내려가자, 그곳은 완전 폐허였다. 강을 끼고 양쪽에 들어선, 외벽이 유리인 사무실 건물과 아파트가 특히 심각하게 파괴되었다. 강물에 시신이 떠다니고 콘크리트로 쌓은 하천 둔치에도 시체가 흩어져 있었다. 죽은 사람들 일부는 그저 구경을 하다가 무고하게 변을 당한 평범한 인간들이었다. 몇몇은 앰브로시아 중독자들이어서, 생명이 스러져가는 동안에도 눈에서 새하얀 빛이 흘러나왔다. 다른 이들은 루프 입구를 방어하느라 외곽 거점을 지키던 이상한 종족들이라는 걸 알아볼 수 있었다.

임브린들의 방어망과 함께 우리의 1차 방어선이 무너진 셈이었다.

둔치를 따라 달려가느라 할로우의 몸이 꿈틀거리며 둥글게 뒤틀리자 누어는 나를 꽉 붙잡았다. 엠마와 허레이쇼는 우리 왼쪽에서 일정한 거리를 유지하고 있고, 우리 주변에서 할로우들이 열을 맞춰 물결처럼 근육을 꿈틀거리며 달리느라 거친 호흡에서 새어 나온 미세한 검은 침방울이 고약한 냄새를 풍기며 대기를 물들였다. 전방엔 우리가 수없이 들락거리는 데 이용했던 것과 똑같은 모습의 루프 출입구가 자리 잡고 있었다. 수로 일부분에 콘크리트로 지붕을 덮어 터널처럼 만들어진 곳이었다. 루프 입구가 한 블록 남았을 때, 터널에서 무언가 거대한 것이 빠져나와 몸을 펼쳤다. 다 자란 참나무만큼이나 키가 크고 근육질의 몸엔 이끼와 나뭇잎이 뒤덮인 거인 남자였다. 영혼의 도서관에서 괴물로 진화해 능력이 더 커진 와이트이자 카울의 또 다른 부하였다.

거인은 허리까지 물에 잠긴 채 루프 입구를 가로막고 서서 고릴라처럼 가슴을 두들겼다. 그러더니 몸을 돌려 터널 다리 위에 주차된 작은 자동차를 집어 우리에게 던졌다. 나의 할로우들이 흩어졌다. 뒤집힌 채로 우리 뒤쪽에 지붕 먼저 땅으로 떨어진 자동차는 끽 미끄러지다가 강물에 처박혔다.

"저놈을 죽일 수 있을 것 같아?" 누어가 소리쳤다.

"응." 나도 소리쳐 대답했다. "근데 그러려면 시간이 걸리겠지!"

카울은 와이트가 우리를 막을 수 없다는 걸 알고 있었다. 그저 우리 발길을 늦추려는 것뿐이었다.

나는 반 블록 거리를 두고 대부분의 할로우들을 멈추게 한 뒤, 두 마리는 둔치의 반대편으로 강물을 건너게 하고 네 마리를 보내 거인에게 달려들게 했다. 두 마리는 왼쪽에서, 두 마리는 오른쪽에서 거인을 공략했다. 거인은 대형 쓰레기통만 한 크기의 손으로 한 마리를 쳐서 퇴치했다. 콘크리트 둔치로 날아간 할로우는 뼈가 부러져 바닥을 구르다 물에 빠졌다. 또 한 마리가 거인의 머리로 뛰어올라 문어처럼 혀로 휘감았다. 거인은 포효하며 뒤통수로 손을 보내 그 할로우를 떼냈지만, 양손이 그들에게 묶여 있는 사이 나머지 두 마리가 혀를 거인의 목에 감고서 있는 힘껏 조였다. 거인은 터널 쪽을 마주보도록 몸을 틀어 머리에서 잡아 뜯은 할로우로 거듭 다리를 후려쳤고, 나는 그 할로우의 목숨이 끊어지는 것을 느꼈다. 그러나 그때쯤엔 숨을 쉬지 못한 거인의 얼굴도 시뻘겋게 변해, 목을 휘감고 있는 두 할로우를 떨쳐내고 혀를 풀어보려 애를 썼지만 아무 소용이 없자 비틀거리기 시작했다. 마침내 기절해 의식을 잃은 거인이 얼굴부터 물에 빠졌고, 할로우들은 거인의 눈을 뽑아 먹었다.

"멋진 솜씨였어, 제이콥!" 엠마가 소리쳤다.

"거인 와이트 하나에 할로우 두 마리라. 나쁘지 않네!" 누어가 말했다.

"그건 카울의 부하가 얼마나 더 많은지에 달렸어." 내가 말했다. "이젠 꽉 붙잡고 숨을 참을 준비나 해, 곧 물로 들어가 다 젖을 거야!"

내가 보일 듯 말 듯 고개를 끄덕이기도 전에 할로우들이 다시 달려가기 시작했다. 우리는 터널까지 둔치를 따라 달리다가 다리 위에서 꼼짝 않고 엎드려 있는 거인 옆으로 물에 뛰어들었다. 거인을 쓰러뜨린 두 할로우도 우리와 합류했는데, 나는 그들에게서 무언가 행복 같기도 하고 아찔한 현기증 같기도 한 느낌을 감지할 수 있었다. 방금 살육을 저지른 포식자가 느끼는 아드레날린의 폭발이랄까.

우리는 목까지 물이 차는 터널로 헤엄을 쳐 들어갔다. 우리를 끌고가는 할로우의 혀가 어찌나 빠른지 뒤에 보이는 빛의 동그라미가 어느 틈에 전방에 나타난 터널 출구의 크기와 같아졌다. 그러고는 이내 시간이 달라지는 느낌이 우리를 휘감으며, 순식간에 반대편으로 빠져나온 우리는 전쟁 한복판으로 들어섰다.

우리가 마주친 악마의 영토는 연기 자욱한 폐허였다. 이곳에서 전투가 벌어진 건 얼마 되지 않았을 텐데도 여기저기 움푹 파인 구덩이와 부서진 건물들이 즐비했고, 널브러져 있는 시체들은 카울의 중독자들뿐만 아니라 우리 편 이상한 종족도 많았다.

나의 할로우들이 강둑으로 헤엄을 쳐 물 밖으로 빠져나오자, 맹렬한 벌 떼가 구름처럼 우리에게 달려들었다. 우리가 미친 사람들처럼 손으로 허공을 휘휘 젓고 있는 사이, 귀에 익은 목소리가 외쳤다. "제이콥! 너냐?"

휴였다. 콘크리트 다리 받침대에 등을 대고 서서 몸을 지탱하며 헐떡헐떡 숨을 몰아쉬는 휴의 몰골은 더럽고 땀범벅이었지만 어쨌거나 살아 있었다. "휴! 돌아와 있었구나!" 내가 휴에게 소리쳤다. 휴가 다리에서 뛰어내려 우리에게 달려오자, 우리 주변에서 구름처럼 윙윙거리던 벌 떼가 흩어졌다.

"밖으로 나간 적도 없어, 빠져나갈 길을 못 찾았거든!" 휴가 소리쳤다. "내 얘기는 관두고, **너야말로** 돌아왔네! 엠마랑 누어도!

무사해서 다행이고 새들께 감사할 일이야…….” 우릴 둘러싼 할로우의 바깥쪽 둥근 대열 앞에서 끽 걸음을 멈춘 휴의 얼굴이 창백해졌다. “제발 네가 이놈들을 통제하고 있는 거라고 말해줘라, 맞지? 지난번처럼?”

“완전 안전해.” 할로우를 옆쪽으로 치워 다른 친구들과 휴를 만나게 해주며 내가 말했다.

“휴, 널 보니 정말 반가워!” 엠마가 울먹였다. “어떻게 된 거야?”

“방어망이 사라졌어!” 휴가 말했다. “방어망이 사라진 순간 우리는 공격을 예상하고 루프 입구로 엄청 달려가기 시작했어. 이런 거인 와이트들이 아니라 할로우가 올 거라고 생각했지. 미국인들이 폭풍과 번개를 날려 보내서 상당히 시간을 벌어주긴 했지만, 그걸로 막지는 못했어. 그러자 카울이…….” 휴의 시선이 근처에서 시체처럼 잿빛으로 변해 불규칙한 숨을 몰아쉬고 있는 이상한 종족에게 향했다.

“카울이 무슨 짓을 할 수 있는지는 우리도 알아.” 누어가 침울하게 말했다.

“카울을 죽일 방법을 어떻게든 알아내야 해.” 내가 덧붙였다. “어서 타.” 나는 휴 앞에 할로우가 무릎을 꿇게 했다. 휴는 머뭇거렸다.

“휴, 어서 올라타!” 엠마가 소리쳤다.

“네 마음대로 잘 부릴 수 있는 거 확실해?”

“엄청 확실해.”

휴가 차갑게 미소를 지었다. “그렇다면 우리한테 가능성이 있겠다.” 휴가 괴물의 어깨에 올라탔다. 할로우는 혀로 휴의 허리를 감싸고 일어섰다. 휴가 입을 벌리고 벌 떼를 목구멍 안으로 빨아들였다.

휴는 싸움이 벌어지고 있는 곳을 나에게 가르쳐주었지만, 사실 굳이 방향을 가르쳐줄 필요도 없었다. 파편이 솟으며 어두워진 하늘과 멀리서 무언가 부서지며 들리는 굉음으로 판단컨대, 싸움은 악마의 영토 중심에서 벌어지고 있었다. 나는 구불구불한 골목길을 따라 즐비하게 늘어진 잔해의 흔적과, 루프에서 살아가는 평범한 인간들의 미로 같은 구역을 지나, 심한 화재로 낮 하늘이 거의 밤으로 변해버린 악마의 영토 일부를 통과했다.

휴의 이야기를 들을 수 있도록, 나는 휴가 타고 있는 할로우를 나와 누어가 타고 있는 할로우와 가까운 거리로 유지했다. 할로우가 달려가는 동안 우리는 서로 소리쳐 대화를 나누었다.

"임브린들은 어디에 계셔?" 내가 물었다.

"싸우고 계시지!" 떨어지지 않으려고 할로우 목을 곰처럼 껴안은 채 휴가 대답했다. "대부분은 새로 변신해 하늘에서 공격을 퍼붓고 계셔."

우리의 외침이 주변 가까운 곳에 늘어선 담벼락에 메아리를 울렸다.

"그런데 피오나는?" 엠마가 물었다.

"거인들을 잡을 덫을 만들고 있어! 행정부 건물 근처에서!"

뒤집혀 있는 마차를 피하느라 할로우들이 높이 뛰어올랐다가 각도가 급격한 모퉁이를 도느라 미끄러지듯 활주하자 나의 뱃속에서 뚝 떨어지는 느낌이 들었다.

"카울이 데리고 온 거인 와이트가 몇 놈이나 돼?" 엠마가 물

었다.

“루프 입구에 있던 놈을 포함해서 총 다섯이야! 그런데 다들 집채만큼이나 키가 커!”

“그럼 앰브로시아 중독자들은 몇 명이야?” 내가 소리쳐 물었다.

“수십 명쯤 되는 것 같아! 수는 우리가 더 많지만, 전부 앰브로시아를 엄청 많이 마셨는지 놈들이 **되게 막강해!**”

“브로닌은 돌아왔어?” 누어의 질문에 나는 누어의 긴장감을 느낄 수 있었다. “남자애 하나랑 여자애 둘도 같이 데리고 왔어?”

그러나 휴가 대답할 시간은 없었다. 미로를 빠져나오자마자 소규모 교전이 벌어지고 있는 곳으로 뛰어들었음을 깨달았기 때문이었다. 우리는 속력을 올려 공동주택 구역을 빠져나가, 많은 상점들이 불타고 있는 루시 레인으로 접어들었다. 점점 더 많은 연기와 점점 더 많은 시신을 지나치던 순간, 무언가 내가 거느린 할로우 한 마리와 세게 충돌해 다리가 산산이 부서진 것이 느껴졌다.

녹아내리는 아이스크림콘과 자바 더 헛의 중간쯤 되는 인간의 형체가 도로 아래쪽에 탑처럼 높이 버티고 서서 입으로는 무언가 뾰족한 것을 끊임없이 맹렬한 속도로 뱉어내고 있었는데, 새하얀 그 조각들은 아무래도 뼛조각 같았다. 일제사격을 하듯 쏟아진 뼛조각들이 도로를 담요처럼 뒤덮었다. 반대편에는 미국인 셋이 낮은 담장 뒤에 몸을 숨긴 채 살덩어리 같은 형체를 향해 장총을 쏘아대고 있었다. 할로우 떼가 나타난 것을 본 그들은 우리를 향해서도 총을 쏘기 시작했다. 총알 몇 발이 날아왔으나 할로우의 갑옷 같은 가슴에 맞고 그냥 튕겨나갔다.

미국인들은 보자마자 알아볼 수 있었기 때문에—셋 중 하나는 렉 도노반이었다—나는 살덩어리 형체가 앰브로시아 중독자라는 당연한 추측 끝에 세 마리를 그쪽으로 보냈다. 한 마리가 얼굴로 달려들어 뼈를 발사하던 부분을 터뜨리자 상대가 즉사했으나, 나머지 두 마리는 중독자에 올라타더니 순식간에 놈을 조각조각 씹어 먹었다. 상황을 깨달은 미국인들은 우리를 향해 쏘던 총격을 중단했다. 나를 알아본 렉이 놀란 표정으로 일어섰다.

나를 모르는 사람들이라면 우리가 할로우의 포로가 되었고 곧 잡아먹히게 될 것이라고 생각했을 수도 있겠지만, 렉은 씩 웃으며 승리의 주먹질을 해보였다. "고맙다!" 렉은 이렇게 소리친 뒤 동료들을 엄호물 뒤에서 나오게 했다. "이젠 나를 따라와라, 싸움은 이쪽이야!"

그들은 우리와 나란히 악마의 영토 중심부를 향해 달려갔다. 우리는 스모킹 스트리트에 난 화재를 피해 어테뉴에이티드 애버뉴로 질러갔는데, 그곳에서 새로 앰브로시아를 복용해 힘을 강화하려고 어느 건물 문가에 쭈그려 앉아 고개를 뒤로 젖히고 있던 중독자 하나를 할로우들이 죽여버렸다. 중독자는 바닥에 쓰러지기도 전에 숨이 끊어졌고, 그자가 마시려던 작은 유리병의 내용물이 반짝거리는 은빛 원뿔 모양으로 자갈 바닥에 쏟아졌다. 그들은 그 누구도 예상하지 못했을 만큼 더 많은 양의 앰브로시아를 비축하고 있었고, 마지막 한 방울까지 다 사용해서라도 오늘 반드시 우리를 점령하든 말살시키든 할 작정이었다. 아직은 의문을 품거나 고민할 시간이 있었으므로, 나는 어떻게 그들이 그토록 많은 양을 확보했는지, 혹시 그게 영혼의 도서관과 관계가 있는지 궁금해졌다. 그곳에 보관된 영혼에서 카울이 새롭게 앰브로시아를 추출했을까? 수많은 질문 가운데 하나인 그 의문의 답을 얻으려면 기다리는 수밖에 없었다. 물론 해답을 얻을 수 있다면 말이다.

휴가 목숨을 걸고 매달려 버티는 동안, 엠마는 중요한 정보를 다그쳐 물었다. 우리 친구들은 어디에 있는지? 페러그린 원장은 어디엘 가야 만날 수 있으며, 카울의 군대가 악마의 영토 전역에 흩어져 있는지, 아니면 한곳에 집중되어 있는지? 하지만 휴는 아드레날린에 푹 절어 있을 때가 아니어도 무슨 일을 설명하는 데 형편없기로 유명한 인물이었고, 어차피 전투가 워낙 빠르게 전개되고 있어서 몇 분 전의 지식은 무용지물이나 마찬가지였다.

우리는 앰브로시아 중독자 두세 명이 숫자는 비슷하지만 열세인 민병대원들과 뛰어다니며 전투를 벌이고 있던 올드파이 광장을 통과했다. 나는 무리에서 할로우를 두 마리 분리해 그들을 돕도록 한 다음, 나머지 일행은 쉬지 않고 계속 달려갔다. 멈춰 서서 싸움을 구경할 시간이 없었다. 중요한 전투는 앞쪽에서 맹렬하게 벌어지고 있었다.

멀리서도 난동을 부리고 있는 거인들과 날아다니는 파편들, 폭탄이 비 오듯 떨어지는 가운데 앰브로시아 중독자들의 눈에서 뿜어져 나오는 강력한 광선이 포연을 뚫으며 벌어진 혼돈의 아수라장을 볼 수 있었다. 카울의 군대는 넓은 대로를 휩쓸고 지나가며 물결처럼 폐허를 남기고 있었다. 나는 할로우에 대한 통제력을 더욱 바짝 조이며 더 빨리 달리도록 박차를 가했고, 더 많은 피해 구역을 지나며 상황 판단에 초점을 맞추었다. 카울의 창끝 역할은 수십 명의 앰브로시아 중독자들이 맡고 있었다. 그들은 와이트들에 앞서 방패 모양으로 진열을 짜 눈에 보이는 대로 누구든 공격을 퍼붓는 돌격대로, 실제로 미친 듯이 맹공을 펼쳤다. 앰브로시아는 그들을 막강하게 변신시킨 것만이 아니라 두려움을 모르게 만들었다. 그들 뒤에는 능력이 강화된 와이트들 중 남아 있는 넷이 행진하고 있었고, 모두가 탑처럼 거대한 몸집에 각기 독특한 괴물의 모양을 하고 있었다. 그들 중 셋은 천둥 같은 소리를 내며 주변 건물의 벽을 닥치는 대로 뜯어내 그 파편을 대포알처럼 사방에 던져대며 거리를 걷고 있었다. 셋 중 하나가 바로 주인 곁에서 싸우려고 돌아온 무르나우였다. 네 번째 와이트는 거대한 가죽날개로 요란하게 하늘을 날아다니며 부식 효과가 있는 산성 액체를 뿌려댔다. 모든 부하들 한가운데 공중에서 굽어보고 있는 것이 바로 카울이었는데, 추수감사절 행진 때 띄우는 대형 풍선처럼 파란색으로 번쩍거리는 머리만 둥둥 떠 있는 그의 얼굴은 미친 사람처럼 씩 웃고 있었다. 맨 끄트머리에는 얼마 안 되는 앰브로시아 중독자들이 뛰어다니며 후방 공격을 대비하고 있었다. 어차피 나의 할로우들이 머지않아 그들을 씹어 먹어버리겠지만 말이다.

정찰병처럼 할로우 한 마리를 앞서 달려가게 하자 시야와 전세 파악이 훨씬 더 명료해졌다. 이상한 종족들은 용감하게 방어진을 치고 있었다. 모든 건물의 출입구와 창문, 지붕에 자리를 잡은 방어군이 적군의 진격을 늦추기 위하여 총을 쏘거나 자신들이 갖고 있는 모든 공격 능력을 활용하고 있었다. 염력, 전기 충격, 멀리 무거운 물체를 던질 수 있는 능력까지 총동원된 모습이었다. 몇몇은 정면에서 직접 학살극을 막으려다 무참히 짓밟혔다. 거리 곳곳에 축 늘어진 그들의 시신이 쌓여 있었다.

내가 보낸 정찰병 할로우가 격노해 울부짖고 있는 거인 와이트 하나를 지나쳤는데, 가시 돋친 덩굴에 놈의 다리가 칭칭 휘감겨 꼼짝하지 못하는 것을 보니 피오나의 솜씨인 것 같았다. 도끼를 휘두르며 중독자 무리를 난도질하고 있는 걸어다니는 시체들은 에녹의 부하임이 틀림 없어 보였고, 뒤쪽에선 더 많은 시체 부대가 진군하고 있었다. 그림 곰 한 마리가 그들을 지나쳐 무르나우에게 달려들어 요란한 소리를 내며 바닥에 쓰러뜨렸으나, 다음 순간 그림 곰은 하늘로 날아갔고, 와이트는 얼굴만 찢겼을 뿐 아직 전투가 가능한 상태였다. 하늘을 선회하던 임브린들이 투하한 폭탄 알이 카울의 진영 한가운데 떨어졌다. 가죽 날개를 단 와이트가 검은 산성 액체를 허공으로 뿌려대자 임브린들은 재빨리 몸을 피했다가, 이내 피오나의 덩굴에 뒤엉켜 있던 와이트의 바로 앞에 폭탄 알을 명중시켜 놈이 격렬하게 허우적거리다 뒤로 넘어지게 만들었다.

우리 편의 공격 그 어느 것도 카울의 군대를 멈추거나 조금이라도 늦추기에 충분해 보이지는 않았다. 와이트 넷 중에 죽은 자는 하나도 없었다. 그들은 느리지만 꾸준히 행정부 건물을 향해 전진하고 있었다. 문제의 행정부 건물 앞마당엔 방어 병력이 빽빽하게 모여 철판과 모래주머니로 차단벽을 쌓고 그 뒤에서 전투를 기다리고 있었다. 상황이 계속해서 그런 식으로 진행된다면, 그들의 방어선은 무너지고 말 것이다.

그러나 다행히도 내가 나만의 군대를 데려왔다.

"제이콥!" 누어가 내 어깨를 잡아 흔들고 있었다. **"제이콥!"** 누어는 뾰족한 징이 박힌 몽둥이를 양손에 들고 우리를 향해 달려오던 앰브로시아 중독자를 가리켰다. 정찰병 할로우가 전세를 파악하는 동안 진격 속도를 늦추고 있었기에, 나는 어느 틈에 적이 할로우 장벽을 뚫고 들어오는 걸 허락하고 말았다. 와이트가 우리에게 당도하기 직전, 나는 우리가 타고 있던 할로우가 혀로 놈의 목을 휘감아 바닥에 내려치도록 했다. 엎어진 와이트의 튀어나온 눈에서 쏟아진 광선이 내가 있는 쪽까지 날아와 다리가 살짝 그을리는 것이 느껴졌다. 놈은 내 얼굴을 노리고 있었으니, 누어가 팔을 뻗어 나를 확 낚아채 허공으로 날아오던 광선을 피하게 해주지 않았더라면 나는 눈이 멀었을지도 모른다. 곧이어 그 와이트의 머리는 내가 타고 있던 할로우의 입안으로 사라졌고, 할로우의 몸과 내 몸 사이로 두개골이 바스러지는 느낌이 전해졌다.

"미안해." 내가 말했다. "한눈을 팔았어……."

"무얼 기다리는 거야? 할로우를 보내!" 엠마가 소리쳤다.

"그러려고 했어!" 내 말과 함께, 출발 총성을 앞둔 단거리선수처럼 할로우 무리가 단체로 긴장했다. "바로…… **지금**이야."

나와 친구들이 타고 있는 세 마리를 제외한, 할로우 스물한 마리가 전부 우리 곁에서 총알처럼 달려 나갔다. 불과 몇 초 만에 그들은 후방에 있던 앰브로시아 중독자들을 흩어뜨리며 와이트들을 무찌르기 시작했다. 그들을 죽이는 것이 나의 우선순위였으므로, 나는 와이트당 할로우를 네 마리씩 할당했다. 앰브로시아 중독자들에게는 막연하게 그냥 **죽여라**, 라는 지시만 내린 채 네 마리를 더 보내 공격하게 했다. 나와 친구들이 타고 있는 세 마리를 제외하고 남은 마지막 두 마리는 카울을 위해 준비했다. 두 마리로는 카울을 짜증 나게 하는 것 이상으로 무언가를 하기에 충분하지도 않고 아마 오래 버티지도 못하겠지만, 그들의 희생으로 할로우들이 카울의 부하들과 보병들을 최대한 많이 제거하는 동안 카울을 잠깐이나마 붙들어놓는 것으로 족했다.

휴는 다른 임브린들과 함께 더 많은 사람들이 행정부 건물 안에 있는 것 같다고 소리쳤다. 건물 문틈으로 적을 향해 총을 쏘는 뽀얀 연기 사이로 사람들이 언뜻언뜻 드러났고, 위층 창문에선 민병대원들이 작살 대포를 준비하고 있었으며, 더 많은 임브린들이 거대한 새로 변신한 채 건물 지붕 위를 선회하고 있었다. 그 건물은 악마의 영토에서 가장 견고하고 튼튼하게 지어졌고 아마도 방어력도 가장 높겠지만, 만일 카울의 군대가 건물에 당도하는 걸 나의 할로우 군대가 막지 못한다면, 적들은 행정부 건물 안에 누가 있든 상관없이 산산조각 내 무너뜨리고 말 것이다.

"우리가 먼저 저기로 가야 해." 엠마가 나에게 소리쳤다. "임브린들한테 가서 할로우들이 너의 지배를 받고 있다는 걸 확실하게 알려드려야 해!"

나는 적에게 발각되지 않도록, 코앞에서 벌어지고 있는 격전지를 피해 먼 길로 돌아 건물에 접근하는 방법을 강구하려고 고민하며 빠르게 앞으로 달려갔다. 그러려면 집중력의 절반이 필요했다. 나머지 절반은 계속해서 전투에 집중했다. 할로우들은 이미 중독자들을 몇 놈 해치웠지만, 자신들도 몇 마리는 희생하고 말았다. 할로우가 와이트들도 빨리 무찌르기를 바라고 있었으나, 그들은 우리가 악마의 영토 입구에서 상대했던 놈보다 훨씬 더 크고 싸우기 더 까다로웠다. 나는 체구가 가장 작은 거인 와이트가 가장 약할 것이라고 판단했지만, 그자가 할로우를 네 마리나 독립기념일 폭죽처럼 터뜨리고 난 다음에야 그자의 손에만 닿아도 모든 것이 불이 붙어 터져버린다는 사실을 깨달았다. 직접 몸으로 달려들어 죽이는 할로우의 스타일은 그자에게 통하지 않았다. 그나마 집파리처럼 수천 개의 눈을 지닌 거대 와이트에게는 그 방법이 통했다. 할로우들은 결국 놈의 다리를 하나하나 뜯어내 무기력하게 도로에 쓰러뜨려 몸부림치게 만들었지만, 그건 앞발 대신 달린 무시무시한 집게발에 할로우의 머리가 세 마리나 잘려 나간 뒤의 일이었다.

그렇게 해서 남은 건 열 세 마리에다 우리가 타고 있던 세 마리를 더한 것이 전부였다. 우리는 넓게 아치 모양을 유지하며 맹렬하게 싸우고 있는 최악의 적들 사이로 뛰어다니며, 날개 달린 와이트가 뿜어대는 산성 용액을 가까스로 피했다. 그러는 사이, 카울과 싸우도록 보낸 할로우 두 마리도 운이 좋지 못했다. 할로우의 혀와 이빨은 카울을 그냥 통과해버렸다. 악마의 영토 전 주민들이 모였던 회의에서 우리를 겁먹게 하려고 보냈던 허상처럼, 거대한 카울의 두상 역시 공허하게 투사된 형상에 불과했다. 걱정스럽게도 진짜 카울은 어딘가 다른 곳에 있으면서 아직 모습을 드러내지 않았다는 의미였다. 카울의 허상은 카니발 호객꾼처럼 고함을 지르며 떠들어대고 있었는데, 전투 소음 때문에 그가 하는 말은 거의 들릴락 말락 하는 정도였다. "아이들이여, 너희 임브린들이 너희를 얼마나 실망시켰는지 보아라! 잘 보고 절망하라!"

우리는 싸움이 벌어지고 있는 곳을 질러갔다. 우리가 탄 할로개스트 세 마리가 최전방에 있는 앰브로시아 중독자들을 피해

에둘러 달려갔지만, 이제 흩어져서 맹렬히 싸우고 있던 그들은 다른 할로우들의 공격을 피하느라 워낙 정신이 없어서 우리를 신경 쓸 겨를이 없었다. 우리가 계단을 뛰어올라 행정부 건물의 앞뜰로 다가가자, 나를 알아본 도그페이스가 동료들에게 사격을 중지하라고 외쳤다. 내가 까딱 고개를 숙여 그에게 감사를 표하자, 그들을 지나쳐 현관문을 향해 달려가는 우리를 보며 그는 답례로 씩 웃음을 돌려주었다. 현관문에서는 페러그린 원장과 브로닌이 우리를 기다리고 있었다.

우리는 할로우에서 내려 두 사람을 와락 껴안았다.

"아, 빌어먹을 언니 오빠들께 감사합니다." 브로닌이 나를 끌어안아 허공으로 붕 띄우며 소리쳤다.

나는 페러그린 원장이 허레이쇼를 빤히 쳐다보고 있다는 걸 눈치챘다. "이쪽은 허레이쇼예요, H의 예전 할로개스트였고요. 믿으셔도 돼요." 내가 페러그린 원장에게 설명했다.

원장은 고개를 끄덕이더니 나를 건너보았다. "너희 중에 다친 사람은 없니?"

"우린 무사해요." 엠마가 페러그린에게 달려가 포옹하며 말했다. "원장님도 무사하셔서 정말 행복해요!"

"다른 빛을 먹는 아이들도 너랑 같이 있어?" 갑자기 불안해진 마음에 빨리 알고 싶어 내가 브로닌에게 물었다.

"안에 있다." 페러그린 원장의 말에 안도감이 파도처럼 전신으로 밀려들었다. "기차역에서 너희가 전화를 걸어왔을 때 카울의 목소리를 듣고는 그것으로 끝인 줄 알았단다. 그런데 안전 가옥에서 악마의 영토로 은밀히 돌아온 브런틀리 양과 새로운 친구들에게 너희가 하려던 일을 듣고는 거의 모든 희망을 잃었지." 페러그린 원장은 씩 웃으며 내 뒤에 있는 할로우들을 흘끔 쳐다보았다. "그런데 네가 또다시 해냈다는 걸 알겠구나."

"난 네가 할로우들을 전부 죽일 거라고 생각했어." 브로닌이 말했다.

"이 편이 더 낫다고 생각하지 않아?" 건물 옆에서 거미 다리를 한 와이트를 갈가리 찢어 죽이고 있는 할로우 세 마리를 돌아보며 내가 말했다. 거인 거미가 매달려 있던 건물 벽이 무너지면서 할로우들까지 모조리 깔아뭉갰다.

"확실히 그렇지." 페러그린 원장이 말했다. 페러그린은 자부심으로 환하게 미소를 지었지만, 무언가 날아와 우리 위쪽 현관의 아치에 튕기자 미소가 사라졌다. "이 모든 환영 행사 때문에 너희 중 누구라도 목숨을 잃기 전에 어서 안으로 들어가자." 페러그린은 우리가 타고 온 할로우를 가리켰다. "저들은 안 된다. 저놈들이 들어오면 사람들이 도망치려고 다들 출구로 몰려들게 될 거야."

나는 할로우들에게 밖을 지키고 서서 도그페이스의 부하들과 함께 건물을 방어하는 걸 돕도록 명령한 다음 페러그린 원장과 브로닌이 이끄는 대로 현관으로 들어갔다. 페러그린 원장이 구석으로 나를 잡아당기며 말했다. "너에게 필요한 게 뭔지 말해다오. 나도 너를 돕게 해주렴."

"전투를 관망할 수 있는 창문이 필요해요. 집중할 수 있을 정도로 조용한 곳으로요."

"마련해주마." 내 팔을 잡은 페러그린 원장은 현관에서 건물 로비로 이동했다. 평소처럼 양복 조끼를 입고 원래 그 공간을 차지하고 있던 공무원들은 아니었지만, 어쨌든 그곳은 이상한 종족으로 붐볐다. 직원들 대신에 대리석 바닥을 차지하고 있는 건 뼈 치료사들에게 치료를 받는 부상자들이었다. 모여든 사람들이 로비의 대형 창문으로 전투 장면을 구경하고 있었다. 민병대원들은 위층으로 이어진 계단을 뛰어서 오르내리고 있고, 건물 상층부에선 연달아 총을 쏘는 소리가 들려왔다. 몇몇 임브린들은 불안한 표정으로 체구가 작고 약한 아이들을 모아 건물 뒤쪽 방으로 데려가 대피 준비를 시켰다. 다른 사람들은 하나같이 그릇으로 만든 헬멧을 머리에 쓰거나, 오래전 문을 닫은 악마의 영토의 주석 제련 공장에서 가져온 용접용 고글을 착용한 채 힘이 닿는 한도 내에서 각자 전투를 준비하고 있었는데, 어쩐지 감동적이면서도 처량한 광경이었다. 전쟁을 두려워하진 않았지만 우리는 뼛속까지 도무지 전쟁에 어울리는 사람들이 아니었다. 우리는 슈퍼히어로가 아니었다. 우리는 전사로 태어난 것이 아니라 그 역할을 강요받았을 뿐이었다. 우린 단순히 이상한 종족일 따름이었다.

감사하게도 우리 친구들도 이곳에 와 있었다. 호러스, 올리브, 클레어가 두 팔을 벌리고 우리에게 달려왔다. 밀라드는 현대의 옷을 입은 투명인간들 무리와 어울리고 있었다. 세비와 소피는 의자에 축 늘어져 상태가 별로 좋지 않아 보이는 줄리어스를 돌보고 있었다. 에녹과 조지프는 창문을 내다보고 있고, 이미 휴와 합류한 피오나도 다른 창문 앞에 서 있었다. 친구들은 모두가 자신을 대신해 싸우고 있는 시체 군대와 덩굴 부대를 조종하느라 몰두한 상태였고, 프란체스카가 주변을 맴돌며 혹시라도 누군가 접근해 그들의 집중력을 깨뜨리지 못하도록 막고 있었다. 페러그린 원장은 피오나와 휴 옆 창가에 내 자리를 마련해주었다. 피오나가 나를 보며 미소를 짓더니 본연의 임무로 되돌아갔다. 재상봉의 기쁨을 누릴 시간은 없었다. 내 머릿속 또한 전투에 집중되어 있었다. 페러그린 원장은 팔을 휘둘러 다가오려는 사람들을 모두 쫓아버린 뒤 한 걸음 뒤로 물러나 제자리를 지켰다.

전투의 흐름은 우리에게 유리하게 기울기 시작했다. 카울의 공격은 가로막혔고, 병사들은 내가 보낸 할로우들의 기습에 충격을 받고 당황했으며, 저들도 중심 병력과 약점을 지키느라 맹렬히 백병전을 벌이고 있었지만, 아직 끝난 건 아니었다. 카울의 무리는 수가 절반으로 줄었지만 그건 나의 할로우도 마찬가지였고, 아직 남아 싸우고 있는 할로우들도 상처를 입어 사기가 떨어졌다.

전투는 교착상태로 접어들고 있었다. 추가로 더 밀어붙이지 않으면 적은 결국 할로우를 뚫고 행정부 건물로 침입할 것이다. 나는 페러그린 원장을 돌아보며 말했다. "원장님이 갖고 계신 모든 지원이 필요해요. 우리가 가진 모든 화력을 쏟아부어야 더는 우리도 목숨을 잃지 않게 될 거예요."

페러그린 원장이 진지하게 고개를 한 번 끄덕였다. "마지막 공격 한 방." 페러그린 원장은 선명한 파란색 점프슈트를 입고 차렷 자세로 서 있던 쿠쿠 원장을 쳐다보았다. "이사벨, 너도 들었지."

쿠쿠 원장이 손가락 두 개를 입에 넣고 귀를 찢을 듯 날카로운 새소리를 내자, 잠시 후 실내에 있던 모든 임브린들이 메아리처럼 화답했다.

"피오나도 속임수를 준비해뒀어요." 휴가 말했다. "그걸 써먹을 때겠죠?"

"그렇단다, 피오나, 지금이야." 페러그린 원장이 말했다.

피오나는 씩 웃더니 고개를 숙이고 정신을 집중했다.

엠마가 입가에 손나팔을 만들어 소리쳤다. **"모두 힘을 모아 도와주세요!"** 그러고는 지붕에서 불덩이를 쏟아부으려고 계단으로 뛰어올라갔다.

"가자, 조지프." 에녹이 미국인 친구의 팔짱을 끼며 말했다. 그러고는 나에게 설명했다. "별관 쪽에 묘지의 시신을 전부 옮겨다놓았어, 심장 몇 개만 넣어주면 되게 준비시켜서……."

"거긴 가지 마라!" 페러그린 원장이 소리쳤다. "거긴 너무 멀어서 위험해!"

페러그린 원장이 말리기도 전에 두 사람은 문으로 달려 나갔다. 잠시 후 밀라드와 투명인간 친구들도 옷을 벗어던지고 두 사람의 뒤를 따라갔다. 와이트들의 눈에 띄지 않고서 가까이 접근해 폭탄 알을 던지는 작전을 수행할 예정이었다. 그들의 용기에 감동을 받았지만, 이제는 전투 현장 적들 사이사이에 친구들이 있다는 사실이 염려스러웠다. 분열된 정신 상태로는 그들을 혼동하기 쉬울 것 같아 걱정이었다.

나는 호흡을 가다듬고 정신을 집중하려고 노력했다. 바깥 도로는 총알과 폭탄, 파편이 날아다니는 아수라장이었고, 와이트와 중독자들이 부상을 입는 것만큼이나 나의 할로우들도 다치고 있었다. (여전히 투영된 허상에 불과한 카울은 아무런 타격도 입지 않은 듯 그 모든 혼돈의 중심에 떠 있었다.) 나는 전략을 바꾸기로 결심하고, 아직 남아 있는 두 와이트 중에 무르나우에게 할로우를 보냈다. 할로우들이 무르나우를 공략하는 동안, 날개 달린 다른 와이트와 중독자들은 사방에서 시작된 새로운 공격을 막아내느라 계속 바빴다. 오른쪽에선 에녹과 조지프의 시체들이 몰려들었고, 왼쪽에선 투명인간들의 폭탄 알 공격이 쏟아졌으며, 지붕 위에선 민병대의 일제사격과 엠마의 불덩이 공격이 맹렬했다.

삼면에서 총공격을 당한 적들은 뒤로 물러나는 것밖엔 갈 곳이 없었으나, 카울이 후퇴를 허락할 리는 없었다.

그들은 죽어가기 시작했다. 앰브로시아 중독자들은 차례로 쓰러졌다. 할로우들이 무르나우의 사지를 갈기갈기 찢어버렸지만, 놈을 미처 죽이기 전에 날개 달린 와이트가 그들에게 산성 용액을 잔뜩 뿜어댔고 무르나우의 머리가 녹아내리면서 나의 할로우들도 몇 마리 함께 당하고 말았다. 내 머릿속에서 사라지기 전 할로우들은 한 마리 한 마리 고통의 울부짖음을 나에게 전달했다.

무르나우는 죽었다. 그러나 싸움은 끝나려면 멀었다.

총격이 멈추었다. 지붕과 안뜰에 있는 방어 병력에게 총알과 폭탄 알이 떨어진 게 틀림없었다. 그 틈을 타 앰브로시아 중독자들이 건물로 달려들었다. 내 옆에서 피오나가 기합을 넣으며 힘을 주어 손을 높이 들어 올렸다. 다음 순간 땅속에 숨어 있던 가시덩굴들이 솟아나 중독자들을 잡아당겨 바닥에 쓰러뜨렸다. 피오나는 피아니스트처럼 손가락을 춤추듯 움직이며 손바닥을 위쪽으로 향하게 했다. 덩굴들이 꿈틀꿈틀 움직여 발버둥치던 중독자들을 땅바닥에 속박했다. 그러자 마지막으로 남은 에녹과 조지프의 시체 군대가 중독자들에게 달려들어 난도질을 해 조각내버렸다.

주위에선 환호성이 터져 나왔지만, 나는 다음 목표에 집중하느라 함께 축하할 시간이 없었다. 창밖에서 무언가 검고 커다란 것이 하늘에 그림자를 드리운 채 접근하고 있었다. "창문에서 떨어져!" 브로닌이 나와 피오나, 휴를 바닥으로 쓰러뜨린 순간, 유리가 박살나며 검은 산성 용액이 우리 뒤쪽으로 쏟아지면서 대리석 바닥을 치지직 녹여 수증기가 피어올랐다.

"위층에 계신 어르신들도 진짜 아슬아슬했어!" 휴가 말하는 소리가 들렸다.

내가 바닥에 머리를 세게 부딪혔다는 것도 나는 거의 알아차리지 못했다. 내 의식은 온통 바깥에 쏠려 건물 정면을 살펴보고 남은 할로우 여덟 마리를 확인하느라 바빴다. 우리를 거의 녹여 죽일 뻔했던 날개 달린 와이트는 또 다른 공격을 노리며 날아다니고 있었다. 이번에는 내가 놈과 맞설 준비를 하고 기다릴 것이다.

놈은 절반은 인간이고 절반은 용의 모습을 한 흉측한 잡종이었는데, 도마뱀 날개를 달고 날기엔 너무 몸이 육중한 편이라 궤도를 예측하기가 쉬웠다. 나는 할로우들을 지붕 위에 넓게 포진시켰다. 놈이 또 한 번 산성 용액을 뿜으려는 순간 할로우들이 달려가 지붕 처마에서 놈을 향해 뛰어내렸다. 이번엔 치명적인 용액이 할로우들에게 쏟아졌다. 할로우 두 마리는 가슴에 정통으로 맞고 즉사했다. 다른 할로우 한 마리는 목표물을 놓치고 몇 층 아래 바닥으로 떨어져, 이제는 완전히 죽었으면서도 여전히 적들이 손에 들고 있던 창에 스스로 몸이 꿰뚫렸다. 나머지 할로우들은 스파이더맨처럼 혀를 이용해 날개 달린 와이트에게 매달렸다. 갑작스레 무게가 더해지자 놈은 소용돌이를 치며 떨어져 내렸다. 날개 달린 와이트는 지붕에 떨어지며 아슬아슬하게 엠마가 민병대원의 자리를 비켜갔다.

격렬한 싸움이 재개되어, 와이트와 할로우들이 몸싸움을 벌이며 굴러다녔다. 할로우들이 와이트를 찢어 죽이려고 달려드는 사이 와이트는 용액을 뿜어 녹여버리려 했고, 그 용액이 지붕에 뿌려져 수증기가 치솟았다. 모든 할로우를 싸움에 집중시켜야 옳겠지만, 나는 한 마리를 분리해 괜한 싸움에 휘말리지 않도록 엠마와 민병대원들을 안전한 곳으로 피신시켰다.

1분 뒤 할로우 네 마리가 죽었고 와이트도 날개가 부러지고 얼굴이 피투성이가 되어 거의 죽은 셈이나 마찬가지였다. 다섯 번째 할로우가 돌아와 와이트의 목에 여러 가닥의 혀를 감아 잔혹하게 비틀어 끝장을 냈다. 죽기 직전 와이트는 마지막으로 산성 용액을 뿜어 할로우의 머리를 우묵한 웅덩이로 만들어버렸다. 이제 남은 건 우리가 타고 다녔던 세 마리뿐이었다.

그러나 카울에겐 부하가 하나도 없었다. 이제 그는 혼자였다.

나는 온전히 내 정신으로 돌아와 깨진 창문으로 밖을 내다보았다. 거리는 텅 비어 있었다.

"우리가 이긴 거야?" 휴가 조심스레 물었다. "모두 죽었나? 카울까지도?"

"그럴 리가 없다." 페러그린이 눈을 가늘게 뜨며 말했다. "부하들과 어떤 식으로든 연결이 되어 있지 않는 한……."

"오히려 카울의 생명력으로 부하들을 다시 되살려낼 수도 있겠지." 쿠쿠 원장이 대신 문장을 맺었다.

"가능성 있는 말이다." 렌 원장이 머리칼을 빗어내려 안에 파묻힌 석고 조각을 빼내며 말했다. "우리가 알고 있는 영혼의 도서관과 그 능력은 괴로울 정도로 무한하니까."

밖에서 뛰어들어오는 조지프와 밀라드의 발소리가 천둥처럼 울렸다. "누가 좀 도와주세요!" 조지프가 외쳤다. "에녹이 다쳤는데, 부상이 심각한 것 같아요!"

우리는 밖으로 달려 나갔다. 휴, 누어, 페러그린 원장이 나와 나란히 움직였다. 피오나의 덩굴 공격과 에녹의 시체 부대에 맞서다가 줄지어 쓰러진 중독자를 지나치려는데, 손 하나가 내 발목을 붙들어 나는 넘어지고 말았다. 도끼가 등에 깊숙이 박혀 있는데도 중독자 하나가 아직 숨이 붙어 있었다. "모든 일이 일어나고 있다!" 부러진 이빨로 씩 웃는 입가에서 피가 흘러나오는 데도 그가 말했다. "모든 것이 주인님의 계획대로……."

죽어가는 변절자의 헛소리에 관심 없었으므로 나는 앰브로시아 탓에 녹아내리고 있는 그자의 얼굴을 발로 차 떨쳐버리고 계속 달려갔다.

에녹은 얼굴에 난 상처가 크게 벌어져 셔츠를 피로 적시며 길바닥에 누워 있었다. 고통으로 이마를 잔뜩 찌푸린 채 눈을 꽉 감고 있었다.

"이젠 우리가 왔으니 괜찮을 거야, 친구야." 휴가 이렇게 말했고 우리 넷이 힘을 합쳐 최대한 부드러운 손길로 에녹을 들어 올렸다.

바로 그때 도로 아래쪽에서 지진이 일어나는 것 같은 소리가 들렸다. 모두가 돌아보자 낮은 폭풍 구름이 우리를 향해 몰려오고 있었다. 구름은 핏빛으로 붉었다.

구름 아래쪽에 연단처럼 생긴 새파란 회오리바람 위에 미끄러지듯 올라가 있는 것은 바로 카울이었다. 투사된 허상이 아니라 진짜였다.

"알마! 알마! 내가 집에 왔다!" 그가 외치는 소리는 하늘에서 내려오는 것처럼 웅웅 울렸다.

"안으로 들어가!" 페러그린 원장이 소리쳤다.

우리는 달리기 시작했고, 조지프와 브로닌이 에녹을 짊어지는 걸 도왔다. 나는 딱 한 번 뒤를 돌아보았다. 그가 올라타고 있는 회오리바람은 도로를 따라 움직이며 검은 구멍을 만들었다. 넓게 벌린 두 팔 끝엔 도로 양옆에 서 있는 건물들을 건드릴 수 있을 정도로, 그 어느 때보다도 길어진 손가락들이 꿈틀거리고 있었다. 그는 파괴의 파도를 몰고 왔다. 그가 손을 대는 모든 목재는 검게 썩어갔고, 모든 금속은 얇아져 녹이 슬었으며, 땅바닥에 부상을 입고 쓰러진 사람들은 시체가 되었다.

안으로 들어간 페러그린 원장과 임브린들은 재빨리 건물 뒷문으로 대피 명령을 내렸다. "우린 벤담의 집으로 가는 겁니다!" 페러그린 원장이 선언했다. "지금 있는 임브린들만으로도 저택 주변에 소형 퀼트를 만들기엔 충분하니, 일단 방어망을 형성하고 나면 팬루프티콘을 통해서 대피할 겁니다."

"이제 와서 포기할 순 없어요!" 호러스가 투덜거렸다. "카울의 군대를 전부 다 무찔렀잖아요!"

"우리는 포기하는 게 아니란다. 전략적인 후퇴를 하는 거야." 쿠쿠 원장이 말했다.

임브린들이 돌아서서 가려는데 누어가 달려와 그들을 막아셨다. "이젠 우리가 싸울 때예요." 누어가 말했다. "카울의 푸른빛이 보이시죠? 그게 카울의 영혼일 거예요, 우리 빛을 먹는 아이들이 먹어야 할 대상이라고요. 전에는 그냥 깜박거리기만 했는데 지금은 꾸준히 빛나고 있어요, 제 생각엔……."

"절대로 **말도 안 되는 소리다!**" 페러그린 원장이 이렇게 말하며 다른 사람들과 마찬가지로 누어도 출구 쪽으로 내쫓으려고 팔을 휘둘렀다. "그건 기껏해야 너의 추측일 뿐이야. 짐작에 기반해서 너희들이 카울에게 스스로 몸을 던지도록 내버려둘 순 없다."

"그냥 추측이 아니에요!" 누어가 지지 않고 맞받아쳤다. "어쩌면 이게 우리의 유일한…… 잠깐만요!" 누어가 갑자기 불안한 표정으로 주변을 휙휙 둘러보았다. "세비는 어디 갔죠? 방금까지 여기 있었는데!"

창문에서 비명 소리가 들려와 우리 모두 고개를 돌리자 임브린 수련생 하나가 창밖을 가리켰다. 창가로 달려간 우리는 세비가 홀로 밖에 나가 카울을 향해 달려가고 있는 모습을 발견했다. 세비는 달려가며 빛을 모아 뒤쪽에 긴 어둠의 띠를 만들고 있었다. 홀로 싸움을 준비하고 있는 게 틀림없었다.

"세비, 기다려!" 누어가 소리를 질렀지만, 임브린 세 사람이 누어를 잡고 놓아주지 않았다.

"조상님들께서 도와주시기를." 렌 원장이 고통스레 일그러진 얼굴로 말했다. "하지만 우린 여기서 머뭇거릴 수 없다."

누어는 임브린들의 손아귀에서 벗어나려고 몸부림치며 나에게도 도움을 요청하는 눈빛을 보냈지만, 세비를 돕도록 마지막 할로우 세 마리를 내보내기 위해선 나도 집중하기 위해 안으로 피신하는 중이었다. 할로우들이 껑충껑충 뛰며 안뜰을 가로질러 미국인들이 버려둔 차단벽을 지나, 세비까지 지나친 다음 도로로 나섰다.

할로우들을 발견한 카울이 기쁜 듯 소리쳤다. "어서 오너라, 귀여운 애완동물들아!" 핏빛 구름 속에서 그의 목소리가 울려 퍼졌다.

할로우 한 마리가 혀로 카울의 목을 감싸고, 나머지 두 마리는 카울의 긴 팔에 매달렸다. 그러나 팔보다 더 긴 카울의 손가락이 둘의 몸을 휘감은 순간 나는 그들이 몸에서 힘이 빠져나가기 시작하며 숨이 멎는 것을 느꼈다. 그들의 희생 덕분에 세비는 카울의 손길에 닿지 않고 접근할 수 있었다. 세비는 용감하게 그를 향해 달려가다가, 카울의 하반신을 휘감고 있는 회오리바람에 약간 주춤했지만 망설임은 아주 잠깐뿐이었다. 세비는 양손으로 바람을 휘저어 그 안에서 뿜어져 나오는 푸른빛을 끌어모아 입안에 넣고 삼켰다. 그러자 세비는 푸른색으로 번쩍이는 빛의 덩어리가 되었고, 카울의 회오리바람이 느려지기 시작하면서 점점 몸이 줄어들어 바닥에 고인 검은색 구멍 안으로 녹아 들어가는 것 같았다. 세비는 의식을 잃기 직전인 듯 비틀거리며 몸이 꺾였고, 앞으로 고꾸라져 구멍 속에 빠져버렸다.

친구들의 비명이 들렸다. 누어의 비명도.

나의 할로우들이 죽어가고 있었다. 모두가.

"저길 봐!" 쿠쿠 원장이 소리쳤다.

구멍 가장자리에 손이 하나 나타났다. 누군가 구멍에서 빠져나오고 있었다.

그러나 그건 세비가 아니었다. 카울이었다. 누어는 양손에 얼굴을 파묻었다.

카울은 전보다 더 진한 파란색으로 빛을 뿜고 있었고, 딱 한 마리 남아 있던 할로우가 죽기 전에 마지막으로 본 것은 씩 웃으며 자신을 내려다보는 카울의 얼굴이었다.

"집에 오니 좋군." 카울이 말했다. 그러고는 긴 손가락으로 깍지를 끼며 손가락 관절 꺾는 소리를 냈다.

제 22 장
chapter twenty-two

아흔아홉 명의 이상한 종족과 그들의 동료, 그들을 보호하던 임브린들이 모두 원래 루프에서 피신해 악마의 영토로 날아와 있었다. 우리는 피와 재, 뼛조각이 비처럼 쏟아지는 가운데 그것들을 불러낸 장본인인 악마의 추격을 받고 있었다. 헐떡거리며 지친 몸으로 모두들 벤담의 저택에 도착했을 때, 우린 전부 다 끈적거리는 오물에 뒤덮여 유령처럼 보였다. 누어와 나, 그리고 세 임브린인 페러그린, 쿠쿠, 렌 원장이 마지막으로 당도하자, 우리가 문턱을 넘어서기를 기다리고 있던 샤론과 애디슨이 육중한 벤담의 저택 현관문을 쾅 소리를 내며 닫아걸었다.

문에 자물쇠를 채우는 것으로 카울을 막을 수는 없겠지만, 어쨌든 임브린들은 즉각 집 주변에 새로운 방어망을 만드는 작업에 착수했다. 페러그린 원장은 행정부 건물 주변에 방어망을 치지 않았던 이유를 설명했다. 암살당한 열두 번째 자매인 바백스 원장의 빈자리를 대신하여 팬루프티콘 자체에 특정한 강화 요소가 있기는 하지만 아마 큰 효과는 없을 것 같았고, 어차피 임브린들까지 다 그 안에 갇혀 있고 싶지 않았기 때문이었다. 그랬다간 포위당한 채로 서서히 굶어 죽는 결과밖엔 얻을 게 없었다. 팬루프티콘과 이곳의 수많은 문은 우리가 빠져나갈 수 있는 유일한 티켓이었다.

그래서 모든 피후견인들이 벙커처럼 생긴 지하실에 피신해 있는 동안 임브린들은 넓은 로비에서 둥글게 원을 그리고 노래를 부르며 퀼트를 짰다. 루프의 붕괴 현상은 빠르게 악화되어, 피가 천장 틈으로 스며들고 뼛조각이 창문 유리를 깼다. 지하실에서도 우리는 카울이 접근하는 소리와 껄껄 웃어대는 웃음소리를 들을 수 있었고, 그가 직접 일으켜 끌고 다니는 요란한 회오리바람 소리가 시시각각 가까워지고 있었다. 곧이어 무시무시한 지진이 일어난 듯 바닥이 흔들거렸다. 카울이 건물을 지반에서 뜯어낸 것이 아닐까 하는 의심이 들었지만, 프란체스카가 모두에게 퀼트가 완성된 것뿐이라고 안심을 시켰다. 프란체스카가 만류하는데도 친구들과 나는 위층으로 달려가 창밖을 내다보았고, 정말로 안정적인 퀼트의 초록색 빛무리가 밖에서 환하게 반짝거리고 있었다.

카울은 그 빛의 그물 밖에 있었다. 격노해서 포효하는 그의 울부짖음이 들리기는 했지만 한동안 우리는 안전할 것 같았다. 우리의 다음 행동을 생각하고 계획할 수 있을 것이다. 그리고 전투에서 살아남은 유일한 뼈 치료사인 라파엘이 여유를 갖고 부상자를 치료할 수도 있을 것이다. 에녹은 중상자 중 하나였기에, 라파엘은 곧장 에녹의 통증을 완화시켜준 뒤에 찢어진 상처를 꿰맸다.

우리 모두가 지치고 상처받고 흥분해 있었다. 내 머릿속엔 온통 죽은 할로우의 유령들이 외치는 메아리로 시끄러웠다. 엠마가 화장실을 찾아내 우리는 한 사람씩 돌아가며, 손과 옷에 묻은 피를 닦아내고 얼굴에 말라붙은 재 얼룩을 최대한 닦아내며 전투의 흔적을 지웠다. 5분이나 공을 들인 뒤에도 여전히 머리칼에 엉겨 붙은 재 얼룩은 사라지지 않았으므로 나는 일찍 백발이 된 사람처럼 보였다. 그렇다고 믿기 어렵지도 않았다. 정말로 나는 백 살쯤 먹은 느낌이었다. 나중에 마침내 머리칼을 제대로 감더라도 내 머리색은 여전히 잿빛으로 남아 있는 모습이 상상되었다.

율리시스 크리츨리가 우릴 기다리고 있었다. 우리는 벤담의 서재로 불려 갔는데, 그를 따라 당도한 서재에서는 페러그린 원장이 엄숙한 표정으로 렌 원장, 애보셋 원장, 퍼플렉서스 어나멀러스와 토론을 하고 있었다. 그들은 불이 꺼진 벽난로 앞에 모여 우리의 탈출에 대한 논의를 벌이던 중에, 우리 의견을 듣고 싶어 했다. 우리는 모피로 뒤덮인 긴 의자에 앉아 우리가 선택할 수 있는 경우의 수에 귀를 기울였다.

경우의 수가 많지 않거니와 하나같이 구미에 당기지도 않았다. 팬루프티콘에는 143개의 문이 있었으나, 그 가운데 낮에 벌어진 와이트의 건물 습격에서 무사히 남겨진 문은 86개였다. 86개의 문은 86개의 루프로 이어졌다. 그러나 그 가운데 카울이 우리를 빠르게 찾을 수 없는 곳이 하나라도 있을까?

“카울과 벤담은 그 루프 문을 직접 만들었기 때문에 즉각 알아차릴 거예요.” 밀라드가 지적했다. “게다가 한군데를 선택한다면 우린 그곳에 갇히게 돼요. 팬루프티콘으로 돌아올 수 없을 거예요."

"하지만 그 루프에서 외부 경계선을 찾아낸다면, 그곳을 통해서 바깥세상의 과거로 탈출할 수 있을 거다." 렌 원장이 말했다.

"혹은 어딘가 더 어둡고 까마득한 과거로 이동할 수도 있겠지요." 퍼플렉서스가 제안했다.

"맞아요! 중세 스페인 같은 데로 찾아가서 숨으면 되잖아요." 호러스가 말했다.

"혹은 이탈리아라든지." 퍼플렉서스가 셔츠 깃에 대고 중얼거리듯 말했다.

엠마는 고개를 저었다. "카울은 오래전에 망가진 턴 원장님의 루프에 있는 우리도 금세 찾아냈어요. 거기에 가 있던 인원이 몇 명 되지 않았는데도요. 우리가 어디를 가든 상관없이 아흔아홉 명의 이상한 종족이 오래 숨어 있을 곳은 없다고 생각해요."

마지못해 고개를 끄덕여 공감을 표하는 사람들이 있었다.

"어딘가에 원장님들이 새로운 루프를 만들어내면 어떨까요." 올리브가 말했다. "카울이 전혀 알지 못하는 루프로요."

"우리 아이들 중엔 루프에 매여 꼼짝 못하는 아이들이 너무 많다." 렌 원장이 말했다. "모두들 갑자기 나이를 먹지 않게 막으려면 적어도 100년 전에 만들어진 기존 루프를 찾아 숨어 있게 해야 해."

"빌어먹을 루프 재정비가 안전해져서 모두들 현재로 흩어지면 좋을 텐데 말이죠." 쿠쿠 원장이 말했다.

퍼플렉서스가 고개를 더욱 푹 수그렸다. "죄송합니다, 시뇨레. 우리는 진심으로 최선을 다했어요."

"선생님 잘못이 아니에요." 밀라드가 이렇게 말하자 더 많은 사람들이 고개를 끄덕여 동감을 표했다.

피오나가 휴에게 속삭였다. "피오나는 안전 따위는 신경 쓸 게 아니라는데요. 지금은 절박한 시기라고요." 휴가 피오나의 생각을 전했다.

"우리는 절대 그렇게 절박한 상황에 놓이지 않을 거다." 페러그린 원장이 말했다. "루프 재정비 반응이 잘못되면 우리 아이들이 모두 죽는 것뿐만 아니라 그 결과로 루프가 무너져서 현대 런던의 도시 일부가 1.5제곱킬로미터 정도 초토화되고 말 거야."

피오나가 얼굴을 찡그렸다.

나는 에녹이 지금 기숙사 침대 누워 회복 중이 아니라면 무슨 말을 했을지 상상해보았다. "그래서 어쩌자는 거죠?" 내가 팔짱을 끼며 말했다.

"여러분에겐 아직 제가 있잖아요." 누어가 이제껏 앉아 있던 소파에서 일어나 임브린들을 향해 한 걸음 나섰다. "예언에 대해서 모두들 잊어버리신 거예요?"

"아무도 잊어버린 사람은 없다." 페러그린 원장이 말했다. "하지만 프라데시 양, 빛을 먹는 아이들 중에 무사히 남은 건 너 하나뿐이고, 너를 어떻게 써먹어야 최선일지는 아직 우리도 모르잖니."

"줄리어스와 세비한테 일어난 일을 너도 겪게 내버려둘 순 없어." 브로닌이 말했다.

"넌 우리가 가진 에이스야. 우리의 마지막 한 방이라고." 휴가 말했다.

누어가 턱을 꽉 깨물었다. 더 씁쓸한 말을 참고 있다는 것이 내 눈엔 확연히 보였다. 빈정거리는 대신 누어는 그냥 한숨을 쉬며 자리에 앉았다.

"그럼 남는 방법이 뭐가 있죠?" 내가 물었다. "목숨을 구걸하려고 다시 달아나서 팬루프티콘을 카울에게 넘겨주는 것."

"그건 절대로 할 수 없는 일이라고 말한 것 같은데." 엠마가 말했다.

"카울은 우리를 망쳐놓았어요." 클레어가 눈물이 글썽글썽해져 말했다. "온 세상이 우리를 적대시하도록 독을 뿌려놓기도 했고요."

"참으로 삼키기 괴로운 현실이다." 페러그린 원장이 나직이 말했다. "정말이지 뼈아픈 상황이야."

"이제는 우리가 이미 추방당해서 밀려나 살던 곳에서 **또다시** 추방당하게 생겼어요." 호러스가 푸념했다. "이 빌어먹을 지구상 어디에도 우리가 집으로 삼을 곳이 없나요?"

페러그린 원장이 턱을 들어 올렸다. "섬너슨 군, 우리가 반드시 찾아낼 거다. 언젠가 너희에게 진짜 집을 찾아줄 거야. 약속하마."

"지금으로선." 쿠쿠 원장이 벽에 핀으로 고정시켜둔 루프 지도를 쳐다보며 말했다. "일단 임시 루프를 찾는 수밖에 없습니다."

"실례합니다." 방 끄트머리에서 목소리가 들려왔다. 열린 문 앞에 허레이쇼가 공손하게 서 있었다. 그는 깨끗하게 몸을 씻고 벤담의 옷장에서 찾은 새 바지와 깃이 넓은 셔츠로 갈아입고 있었는데, 한쪽 소매가 텅 비어 있기는 했지만 기묘하게 여름 분위

기를 풍겼다. "여러분이 안전하게 있을 곳을 제가 압니다."

쿠쿠 원장이 양쪽 골반에 손을 얹었다. "나는 이런 식으로 와이트에게 조언을 받지는 않는다."

"저 사람은 믿으셔도 돼요." 내가 말했다. "허레이쇼는 저희 할아버지의 동료였던 H를 위해 일했고, 도대체 몇 번인지 셀 수도 없을 만큼 우리 목숨을 구해줬어요."

쿠쿠 원장이 못 미더운 눈초리로 페러그린 원장을 쳐다보았다. 페러그린 원장은 서재의 키 높은 창문을 내다보았다. 반투명한 초록색 방어망 너머에서 카울의 손가락이 건물 주변을 에워싸고 있었다. 그는 거인처럼 우리가 있는 건물 전체를 껴안으려고 하는 모양새였고, 그러느라 회오리바람이 더욱 거세게 몰아쳤다. 저택 안 공기가 싸늘해지기 시작했다.

"나의 오라비는 묵묵히 기다릴 사람이 아니에요." 페러그린 원장이 말했다. "가능하다면 우리를 밖으로 유인해내려고 하겠죠." 페러그린 원장이 허레이쇼를 돌아보았다. "부디 자네가 아는 걸 들려주게나. 그 문도 닫고."

허레이쇼는 문을 닫고 들어와 방 안을 가로질러 임브린들 앞에 섰다. "저의 주인님이신 해럴드 프레이커 킹께서는 플로리다주 에버글레이즈 습지에 있는 특별한 루프에 대해서 말씀하신 적이 있습니다. 아는 사람이 거의 없는 오래된 루프입니다. 끔찍한 처형이 자행되던 시기에 피난처를 찾던 이상한 종족들이 가끔 찾아가던 곳이어서 그 비밀이 잘 유지되고 있습니다. 할로우 사냥꾼들도 위급 상황에는 이 루프로 피신하라는 지령을 원칙으로 삼고 있었는데, 해럴드 프레이커 킹은 그곳을 찾아가는 방법이 에이브러햄 포트먼의 집에서도 가장 방어가 잘된 공간에 간직되어 있다고 저에게 말씀하신 적이 있습니다."

"벙커 얘기예요." 내가 말했다. "할아버지는 온갖 종류의 책을 지하 벙커에 보관하고 계셨어요."

"한 권에는 실제로 **응급 상황 행동 양식**이라고 적혀 있었어요." 누어가 말했다.

"그 습지 루프란 곳 말인데, 상당히 오래된 걸까?" 렌 원장이 물었다.

"꽤 오래됐습니다." 허레이쇼가 대꾸했다.

누어가 손가락을 탁 튕겼다. 카울은 거기에 대해서 즉각 알아차리지 못할 거예요. "소형 루프를 통해서 제이콥 네 뒷마당으로 가면 되잖아요."

"거긴 현재 카울이 잘 알지 못하는 루프일 거다. 내가 만들었으니까." 페러그린 원장이 말했다.

"게다가 그 루프를 팬루프티콘에 연결한 건 카울이 아니라 **우리**였지." 렌 원장도 우리 아이디어에 솔깃한 것 같았다.

비축 물자도 부족한 상황에서 그것은 적어도 실행해볼 만한 아이디어였다. 그리고 카울이 거기까지 우리를 따라온다면, 할아버지의 가정 방어 체계를 터뜨려 지옥에 보낼 수도 있을 거라는 생각이 들었다. 물론 뭐라도 거기 남아 있어야 하겠지만. 그래도 약간이나마 카울을 지연시킬 수 있을지 몰랐다.

"우리가 떠난 다음에 얼른 문을 닫고 그 소형 루프는 파괴하면 됩니다. 그래야 카울이 따라오지 못하겠죠." 페러그린이 말했다.

"카울은 다른 방법을 통해서도 플로리다로 갈 수 있을 거예요." 쿠쿠 원장이 말했다.

"다른 길로 오려면 시간이 걸릴 거다. 우리가 사라질 시간은 충분해." 렌 원장이 말했다.

"그런 다음에 1908년으로 곧장 돌아갈 수 있는 곳을 찾으면 되겠네요!" 쿠쿠 원장이 소리쳤다. "카울은 자유롭게 돌아다니며 온 세상이 우리를 적대시하도록 독을 뿌려대는데 우리는 다시 피난민처럼 루프 안에서 덜덜 떨고요!"

"부활한 나의 오라비가 표출하고 있는 분노와 비교하면, 평범한 사람들이 우릴 어떻게 생각할까 하는 문제는 지금 내 걱정거리 중에서 별로 높은 순위를 차지하지 못해." 페러그린 원장이 말했다.

"우린 다시 피난민이 되겠지만 살아는 있을 거잖니, 이사벨." 렌 원장이 이렇게 말하며 쿠쿠 원장의 팔을 잡으려 했지만 상대는 몸을 피했다.

"저는 여기 남아서 싸우자고 말씀드리는 거예요." 쿠쿠 원장이 말했다. "지금 달아나는 건 카울과의 전쟁을 지연시킬 뿐이고, 그러는 사이 카울에게 새롭게 군대를 일으킬 시간만 주게 될 겁니다."

"하지만 우리가 카울과 싸울 최선의 방법을 알아낼 기회도 주어지겠죠." 호러스가 말했다. "카울의 약점을 알아내기는 고사하고 그자가 돌아온 뒤에 우리는 거의 숨도 제대로 쉴 시간이 없었어요."

"**지금 당장**보다 앞으로 카울이 더 취약해지는 때는 절대 없을 거예요." 누어가 눈을 번득이며 말했다. "저만 밖으로 내보내주시면……."

"네 눈에는 카울이 약점이 있는 것 같아 **보이냐?**" 호러스가 창문을 가리키며 말했다. 카울의 팔과 손가락이 이제는 우리가 있는 건물을 두 겹으로 에워싸고 있었다. 그는 점점 더 거대한 거인으로 돌변하고 있었는데, 충분히 몸집을 키우면 우리가 있는 저택을 통째로 삼킬 수도 있지 않을까 하는 의문이 들었다.

"너는 저 밖으로 못 나간다, 그게 최종 결정이야." 페러그린 원장이 화가 난 듯 눈을 크게 부라리며 말했다. "프라데시 양, 네가 우리를 구원할 마지막 희망일지는 모르겠으나, 네 목숨을 가지고 도박을 하는 건 허락할 수 없다. 제 아무리 열정과 공포가 뜨겁게 불타오른다 하더라도……."

"정말 뜨거운 열기로군!" 애보셋 원장이 말했다. 우리 모두 돌아보니 베티나가 휠체어를 밀고 문으로 들어오고 있었다. 큰 목소리로 몇 마디 한 것만으로 온몸에서 힘이 다 빠져나가기라도 한 듯, 노인의 얼굴은 몹시 창백했다.

"에스메랄다!" 렌 원장이 깜짝 놀라 외쳤다. "쉬고 계시는 줄 알았어요!"

"퍼플렉서스의 커피를 마시고 있었다네. 자네들도 알다시피 잠을 잘 수는 없으니 말이야. 우리 중 누구도 잠을 잘 순 없겠지, 안 그러면 이 알량한 방어망도 뚫릴지 모르니까."

"저는 전적으로 원장님께 결정을 맡길게요. 우리가 어떻게 하면 좋을까요?" 쿠쿠 원장이 허리를 깊숙이 접어 절을 했다.

베티나가 노인 임브린의 휠체어를 불 꺼진 벽난로 앞에 세웠다. 애보셋 원장은 상체를 감싼 숄을 잡아당기며 고통스러운 듯 최선을 다해 자세를 꼿꼿이 세웠다. "우리가 달아나더라도 여전히 카울이 우리를 찾아낼지도 모르고. 남아서 싸움을 벌인다면 또다시 패배해, 생존자들은 노예 신세가 되어 카울의 사악한 짓거리를 강요당하며 살겠지." 애보셋 원장은 임브린들을 각각 강렬한 시선으로 응시했다. "우리의 의무는 피후견인들의 목숨을 지키는 것이지만, 그 어떤 대가도 치르면 안 된다. 카울은 세상을 무덤으로 만들고 싶어 하고, 우리는 그자의 처형을 원하지. 그건 우리가 허락할 수 없으니까."

"**제발 부탁드려요.**" 누어가 말했다. "저는 해야 할 일이 뭔지 알아요, 카울의 빛을 빼앗아야 하죠. 이번엔 그걸 빼앗아 **달아나면** 돼요. 아까 세비는 달아나질 않고, 그냥 거기 **서 있었기** 때문에……."

"프라데시 양은 좀 진정해야겠구나." 애보셋 원장이 말했다. "줄리어스와 세비의 아이디어가 옳았다고 나도 생각한다. 카울의 푸른빛이 부활한 영혼의 핵심이라는 건 거의 확실하지. 하지만 두 사람은 카울의 지닌 힘의 지엽적인 부분을 공격했을 뿐, 뿌리는 아니었다."

"그럼 뿌리는 어디에 있는데요?"

"영혼의 도서관 내부에. 내 생각엔 그곳이 푸른빛이 뿜어 나오는 원류이고, 사이클론 같은 카울의 반쪽짜리 자아가 탄생한 곳이다."

"하지만 그 안에 들어가는 건……."

"여기에 문이 있는 줄 알았어요." 누어가 말했다.

"그 문은 파괴되었다." 페러그린 원장이 말했다.

"그러니 우리의 논의를 끝내야 한다." 애보셋 원장이 말했다. "우리는 플로리다로 갈 거다. 팬루프티콘이 수리가 끝나 안정을 찾는 대로 말이다. 오늘 오전까지도 일부 고장이 그대로 유지되고 있었거든."

"얼마나 오래 걸릴까요?" 엠마가 물었다.

"샤론과 블랙버드 원장과 얘기를 나누다가 오는 길이다. 몇 시간 더 걸릴 거라더라. 그러니 임브린이 아닌 이들은 모두 잠을 좀 자두라고 권하고 싶구나."

악마의 영토에 슬그머니 밤이 찾아왔다. 창문으로 비쳐들던 햇빛은 어두워졌지만 퀼트의 초록색 빛무리는 흐려지지 않아 모든 사물을 섬뜩한 초록색 기운으로 뒤덮었다. 카울 덕분에 당연히 가스등은 작동하지 않았으므로 엠마는 방방마다 복도마다 돌아다니며 양초에 불을 붙였다. 샤론과 퍼플렉서스, 대부분의 임브린들은 팬루프티콘을 수리하느라 지하실에서 일을 하고 있었고, 우리는 바닥을 통해 뚝딱거리는 도구 소리를 들을 수 있었다. 우리가 턴 원장의 루프에 갔을 때 저택으로 숨어들었다는 와이트는 팬루프티콘의 아래층 복도 대부분만 파괴한 것이 아니라, 여러 개의 문도 박살냈고, 루프 방과 지하실의 기계를 연결하는 중요한 배관에도 문제를 일으켰다. 그것을 고치는 건 간단했으나 작업이 더디고 느린 것이 문제라고 샤론이 말했다.

카울은 저택 밖에서 움직이지 않았다. 그는 고대 언어로 옛날 노래를 부르고 있었는데, 목소리 음역대가 아주 낮아 벽을 뚫고 들릴 정도라 거의 잠재의식을 파고드는 것 같은 노래를 한 시간 동안 반복해서 불러댔다. 주문을 외우는 것이었을까? 심리적인 고문일까? 그게 아니라면 드디어 완전히 제정신이 아니게 된 것일까? 그러는 사이 카울의 손가락은 더욱더 길어져 이제는 건물을 열 바퀴도 넘게 칭칭 감고 있었기에, 집 안의 거의 모든 창문에서 뱀의 둥지처럼 겹겹이 뭉쳐 꿈틀거리고 씰룩거리는 손가락 마디를 볼 수 있었다. 우리를 집 안에서 몰아낼 수 없다면 질식시키겠다는 의미인 것 같았다.

물론 그는 그러지 못했다. 적어도 임브린들의 소형 퀼트가 무사한 동안에는 불가능한 일이었다. 방어망 덕분에 집 안에서 물리적인 붕괴 현상을 일으킬 수도 없었으나, 카울은 우리를 고문하기 위해서 또 다른 방식으로 교활한 붕괴를 시도했다. 그것은 바로 우리의 정신을 무너뜨리는 것이었다. 집 안 공기가 탁하고 차가워지면서 기압도 낮아져 답답했다. 정도가 그리 심하지 않기도 했지만 피부에 벌레가 기어가는 듯한 이상한 가려움증이 동반되지 않았더라면, 아마 나도 전투에서 패배한 이후 느끼는 감정적 여파와 피로 때문이라고 치부했을 것이다. 그러나 그런 느낌이 워낙 부자연스러운 데다 손가락으로 허공을 긁으면 거의 뽑아낼 수 있을 것처럼 명확했다. 카울은 집 안을 절망으로 감염시키고 있었다.

임브린들은 모든 피후견인들에게 잠을 자도록 명령을 내렸지만, 갑작스러운 위급 상황에 다른 사람들에게 경고를 해줄 수 있을 만큼 충분한 수의 사람들이 깨어 있으려면 교대로 자야 했다. 그런 상황에서 눈을 쉬게 하는 것 이상으로 편히 있을 수 있는 사람은 거의 없었다. 우리는 벤담의 중앙 도서관에서 가져온 책들이 사방에 쌓여 있는 소형 서재를 임시 기숙사로 만들어놓은 곳에 몸을 눕혔다. 소파와 육중한 책상은 밖으로 내가고 대신 군용 침상이 방 안을 차지하고 있었다.

큼지막한 방 하나에 아흔아홉 명이 모여 있었다. 몇몇은 조용히 이야기를 나누었다. 두세 명은 어렵사리 잠이 들었거나 자는 척하고 있었다. 다른 사람들은 미국인 소녀 안젤리카를 조수로 뽑아 대동하고 다니는 라파엘의 보살핌을 받았다. 두 사람이 연고와 약이 담긴 바퀴 달린 테이블을 끌고서 침상 사이를 오가는 사이 검은 구름이 뭉게뭉게 두 사람을 따라다녔다. 구석에선 블랙버드 원장이 보살피는 아이 하나가 부드럽게 밴조를 켜며 감미롭고 구슬픈 노래를 불렀다.

나는 잠이 오기를 바라며 등을 대고 누웠지만 눈이 자꾸 번쩍 뜨이는 기분이었다. 나는 천장에 그려진 로코코풍의 천사 그림을 올려다보았다. 이리저리 방황하던 생각은 점점 병적으로 변해갔다. 나는 눈을 뜬 채로 꿈을 꾸고 있었다. 살인자의 미소를 띤 양복 입은 남자들이 사람들 이름이 적힌 목록을 들고 집집마다 찾아다니는 꿈을 꾸었다. 철조망과 감시탑으로 둘러싸인 수용소에 대한 꿈을 꾸었다. 나의 증조부들이 갇혀 있던 유태인 수용소가 아니라, 우리들만을 위해서, 이상한 종족들을 위해서 새로 지어진 수용소였다.

내 의식의 가장자리에서는 목소리가 들려왔다. 무한히 차분하고 이성적인 목소리가 같은 말을 계속 되풀이했다. **이리 오너라.**

너한테 해줄 말이 있다.

나는 숨을 헐떡이며 벌떡 일어나 얇은 이불을 젖혔다.

"너 괜찮아?" 옆 침상에서 누어가 물었다. "계속 몸을 뒤척이던데."

"악몽을 꾸었어." 내가 중얼거렸다. "아닐 수도 있고."

"너더러 밖으로 나오라고 말하는 목소리를 들었겠지." 엠마도 자기 침상에서 돌연 벌떡 일어나 앉으며 물었다.

"나도 들었어! **진짜** 소름 끼치더라." 내가 대답도 하기 전에 밀라드가 말했다.

엠마가 자기 몸을 껴안았다. "나도 꿈이라고 생각했어."

"나 너무 추, 추워." 클레어가 이불로 몸을 감싸며 덜덜 몸을 떨었다.

"어휴, 나도 추워." 10초 전만 해도 불규칙했던 호흡을 가지런히 하며 누어가 말했다. "대체 무슨 일이 벌어지고 있는 걸까?"

"카울이 우리 정신을 무너뜨리려는 거야. 우리가 희망을 포기하게 만들려고." 브로닌이 말했다.

"차라리 들어오라고 해." 휴가 말했다. "누군가 문을 지키고 있으면 좋겠네."

"그렇게는 되지 않을 거야." 올리브가 용감하게 말했다.

클레어의 이가 덜덜 떨려 부딪혔다. "나도 안 그러면 좋겠어."

"아침까지 그냥 견뎌야 해." 올리브가 클레어 옆으로 다가가 팔을 문질러 온기를 만들어주며 말했다. "그런 다음엔 플로리다로 갈 거라잖아, 플로리다에서는 아무도 안 추워."

나는 미소를 지었다. 미소를 짓는 건 정말 오랜만이라는 느낌이 들었다. 나는 올리브와 올리브의 억누를 수 없는 낙관주의를 사랑했다. 나는 친구들을 모두 사랑했다.

"넌 어떻게 생각해, 호러스?" 나는 정장을 잘 차려입은 호러스를 돌아보았다. 호러스는 줄리어스가 의식을 잃고 누워 있는 침대 옆에 앉아 있었다. 나는 호러스의 생각을 좀 더 행복한 쪽으로 돌려주고 싶었다. "해변에서 하루를 보낼 마음의 준비가 되었어?"

"호러스 섬너슨은 완벽한 그늘에서도 햇빛에 화상을 입을 수 있는 몸이야." 에녹이 침대에 누운 채로 찢어진 입술을 움직여 중얼거렸다. 부상을 입은 이후 에녹이 말하는 걸 들은 건 지금이 처음이라 심장이 두근거렸다. "그보다 호러스가 쓸 만한 꿈을 더 꿨는지 알고 싶어. 샤론한테 꿈속에서 이야기를 했다는 놈은 허풍쟁이였나 봐."

호러스는 아무 말도 하지 않았다. 호러스는 나를 빤히 쳐다보고 있었다. 보다 정확하게는 나를 **관통해서** 어딘가를.

"호러스?" 전신의 관절이 아우성치는 몸을 움직여 삐걱대는 침상에서 일어난 내가 호러스의 얼굴 앞에 손을 흔들었다. "우리 앞에 두고 잠든 거야?"

갑자기 호러스가 의자에 앉은 채로 경직되었다. 다리를 앞쪽으로 쭉 뻗으며 입을 벌렸다가 소리 없이 다물었다가, 이내 다시 나를 손가락질하며 고함을 질렀다. "**이 괴물!**"

나는 놀라서 뒤로 비틀비틀 물러났다.

"**지옥에서 나타난 생명체!**"

모두 충격을 받은 표정이었다. "호러스, 고함치지 마!" 올리브가 말했다.

사람들이 빤히 쳐다보고 있었다. 호러스는 아직도 소리를 지르고 있었다. "어베이턴의 목구멍이 뱉어낸 짐승! 수천 개의 죽은 영혼이 빚어낸 괴물! 옆구리에서 흙을 털어내고 일어나, 먼지와 썩은 고기로 빚은 괴물이……."

그러자 누군가 호러스의 뺨을 세게 쳤고, 그제야 호러스가 눈을 휘둥그렇게 뜨며 입을 다물었다.

달려오느라 얼굴이 상기된 페러그린 원장이 필요하다면 한 번 더 뺨을 칠 준비를 하듯 손을 들어 올린 채 호러스를 굽어보며 서 있었다. "다 괜찮아요!" 방 전체를 향해 페러그린이 소리쳤다. "각자 할 일들 해요."

호러스는 눈을 껌벅이며 뺨을 문지르고 있었다.

"미안하구나, 섬너슨 군."

"괜찮아요." 호러스가 잘게 머리를 흔들었다. "뭐에 홀렸는지 모르겠어요." 호러스는 유순한 표정으로 나를 흘끔 쳐다보았다. "진짜 미안하다, 제이콥."

"아마 제이콥의 할로우에 대한 꿈을 꾸고 있었나 봐." 엠마가 말했다.

"응." 재빨리 호러스가 대꾸했다. "꿈을 꾸었던 게 확실해." 그러나 그 말은 진실이 아니라는 듯이 호러스는 몹시 동요한 얼굴이었다.

페러그린 원장이 호러스 옆에 쭈그려 앉으며 무릎에 손을 올렸다. "그게 확실하니, 호러스?"

호러스는 원장과 눈을 마주치더니 고개를 끄덕였다.

"카울의 정신 조종이 너를 해칠 순 없다." 페러그린 원장이 말했다. "우리에게 불쾌감을 안겨줄 수는 있겠지만, 우리에게 정말로 해를 끼칠 만한 짓은 아무것도 하지 못한다. 그것만 기억해라." 방의 반대쪽에서도 누군가 비명을 지르며 깨어났다. 내가 보기엔 렉 도노반인 것 같았다. 페러그린 원장이 일어섰다. 그가 돌봐야 할 다른 이상한 종족이 아흔아홉 명이나 더 있었다. "이 모든 일은 곧 끝날 거다." 페러그린 원장은 이렇게 말한 뒤 렉을 살피러 다급히 달려갔다.

호러스는 다시 나에게 사과하기 시작했지만, 나는 기묘하게도 짜증 나는 기분이 들어 그 문제를 더 거론하고 싶지 않았다.

"조금 이따가 보자."

"넌 어디 가려고?" 누어가 물었다.

"그냥 좀 돌아다니려고. 생각을 정리해야겠어." 내가 말했다.

누어가 침상 아래로 다리를 내렸다. "같이 가줄까?"

"고맙지만 됐어." 누어의 감정을 상하게 할 거란 걸 알면서도 내가 말했다. 그 순간 나는 필사적으로 혼자 있고 싶었다.

나는 촛불이 켜진 복도를 돌아다녔다. 흔들리는 촛불이 드리운 웅크린 그림자와 펄쩍 뛰어오르는 듯한 형체를 나는 사람으로 착각했다. 머릿속에서 울리던 목소리의 반향인지 뇌가 간질간질했다. 그건 카울이 아니라, 다른 누군가의 목소리였다.

이리 오너라.

나를 괴롭히는 것은 그뿐이 아니었다. 호러스의 기이한 외침이 내 피부 속을 파고들었다. 가끔 호러스의 꿈에 아무 의미도 없는 적이 있기는 했지만, 당장은 명확하지 않더라도 결국엔 심오한 의미가 있는 경우가 많았다. 호러스는 나를 괴물이라고 불렀는데 그 이유를 이해할 수가 없었다. 어쩌면 괴물들의 의식에 접속해 너무 많은 시간을 보낸 탓에 그들의 의식이 내 안에서도 살게 된 것인지도 모르겠다. 그게 아니라면 내가 진짜로 괴물이어서 우리가 승리를 그토록 코앞에 두고도 결국 실패를 거두었는지도 모른다. 나의 모든 노력에도 불구하고, 전투에서 우리가 거둔 모든 승리에도 불구하고, 카울은 우리를 파멸시키는 순간에 더욱 가까이 다가왔다. 시간이 지나면 그는 또 다른 할로우 군대를 부활시킬 테고, 그들을 더 강하고 더 통제하기 힘들게 만들어, 좁은 공간에 그들을 가둬두는 실수는 두 번 다시 저지르지 않을 것이다. 우리는 달아날 준비를 하고 있고 맞서야 하는 적도 모두 사라진 지금, 카울은 자신에게 필요한 시간을 얼마든지 누리게 될 것이다.

이 모든 일은 곧 끝날 거다, 라고 페러그린 원장은 말했다. 우리에게 거짓말을 하는 분은 아니었지만, 나는 그게 사실이 아니란 걸 알고 있었다. 우리가 하려는 것은 포기였다. 싸움터를 벗어나 달아나는 것. 우리는 패배를 한 적도 없었다. 그리고 카울은 절대 우리에 대한 추적을 멈추지 않을 것이다.

나는 어느새 계단을 오르고 있는 자신을 발견했다. 생각에 너무 몰두했던 나머지, 팬루프티콘 하층부 복도가 시작되는 계단참에 당도했을 때까지 다리가 나를 어디로 데려가고 있는 줄도 깨닫지 못하고 있었다. 머릿속의 간지러움이 잡아당김으로 변해, 나를 위층으로 잡아끌고 있었다.

너한테 해줄 말이 있다.

너무도 익숙한 목소리였지만, 아직도 누구의 목소리인지 분별할 수가 없었다.

나는 한 층, 또 한 층을 올라갔다. 공기가 점점 더 차가워졌다. 꼭대기 층에 이르러 벤담의 박물관 전시품 사이로 들어섰을 때쯤엔 나의 호흡이 얼어붙어 유령처럼 새하얀 입김이 되었다.

잡아당기는 느낌은 점점 더 강해져 이상한 골동품들이 진열되어 있는 어둑한 통로로 나를 이끌었다.

바로 그때 인간의 형체가 내 앞을 가로막았기에 너무 놀란 나는 거의 그 상대를 공격할 뻔했다.

형체가 몸을 움츠리며 외쳤다. "나다, 님!" 님이 창문에서 비쳐드는 초록색 불빛 안으로 한 걸음 내디뎠다. 머리칼은 깃털로 만든 먼지떨이 같고 휘둥그렇게 뜬 눈은 불안해 보이는 벤담의 옛 하인이었다. "주인님께서 너와 이야기를 나누고 싶어 하신다."

나는 의아한 마음에 고개를 갸웃했다. 님도 꿈을 꾸고 있는 걸까?

"아저씨 주인은 죽었잖아요."

"아니다." 맹렬히 머리를 흔들며 님이 말했다. "주인님은 화장실에 계시다."

님은 내가 잡아당김을 느끼던 바로 그 방향대로 나를 이끌어 화장실로 인도했다. 그리고 정말로, 유령처럼 파란 테두리를 두른 벤담 본인이 작은 창문 밖에 바짝 몸을 기대고 있었다. 벤담의 목은 카울의 손가락처럼 길게 늘어져 대롱거리고 있었다. 그는 기생충처럼 그의 형에게 붙어 있는 것 같았다.

"보이지?" 님이 말했다.

벤담의 입술이 움직였지만 나는 그가 하는 말이 들리지 않았다.

"유리창에 귀를 갖다 대거라." 님이 알려주었다.

유리엔 성에가 끼어 있었다. 유리창에 귀를 밀착시키자 너무 차가워 귀가 불타는 느낌이었다.

"자리를 비켜주게나, 님." 벤담이 헐떡거리며 말했다. 그의 목소리를 들었을 때 전신에 전율이 흘렀다. 그것은 내가 꿈속에서 들었던 바로 그 목소리였다.

님이 슬며시 자리를 비우자 벤담이 말을 이어갔다. "시간이 얼마 없다. 형은 잠들었다." 말을 하는 사이 벤담의 얼굴은 괴기스럽게 길어졌다 짧아지기를 반복하며 일그러졌고, 물에 빠져 숨을 헐떡이는 사람 같은 소리를 냈다. "문은 복도에 있는 그림 뒤에 있다. 자물쇠는 내 귀에 있고, 열쇠는 방귀 상자에 들었다."

"뭐라고요?"

"존 손 경의 마지막 방귀 말이다. 그건 사람들이 안으로 손을 넣어 보이지 않는 열쇠를 찾는 것을 막기 위한 방편이었지."

"어디를 여는 열쇠인데요?"

"영혼의 도서관." 목소리를 거의 흘리듯이 벤담이 말했다. 얼굴의 파란색 테두리가 잠시 흐려졌다가 제 색을 찾았다. 현실과 그의 연결이 희미한 듯했다. "너도 그걸 찾고 있지 않았나?"

"그곳의 유일한 출입문은 파괴된 줄 알았는데요."

"와이트의 무너진 요새에 있던 모든 루프 문은." 그가 숨을 들이마시느라 말을 멈추었다. "이 저택에 복제품이 있었다. 그런데 그것만 **예외**였을까?" 벤담이 손가락을 까딱거렸다. "물론 아니지. 그건 모든 문 가운데 가장 중요한 문이었다. 그 문은 여기에 있지만, **누구나** 찾을 수 있는 문은 아니지. 엄밀히는 너 이외엔 아무도 안 된다고 말해야겠구나."

나는 얼어붙은 유리창에서 얼굴을 떼고 벤담을 쳐다보았다. "왜 저죠?"

"네가 도서관 사서이기 때문이다. 그리고 너의 능력은 네가 알고 있는 것보다 더 엄청나다."

이제는 내 마음이 휘청거렸다. "내가 영혼 단지를 악용할 수도 있잖아요. 그런다고 나한테 무슨 소용이 있겠어요?"

"단순히 **악용**하는 게 아니다." 벤담이 말했다. "너의 능력을 완벽하게 이끌어내려면 반드시 영혼을 **마셔야** 한다."

나는 거의 숨이 막혔다. "영혼을 마시라고요?" 싸늘한 전율이 나를 휩쓸었다. "절대로 싫어요, 그걸 마시면 나도 저들처럼 될 거예요."

호러스의 외침이 내 기억 속에서 재생되었다. **괴물. 지옥에서 온 짐승.**

"저들과 같지 않아. 너 자신처럼 될 거다." 벤담의 목소리는 거의 들리지 않았다. 그는 이곳에, 이 유리창에 남아 있으려고 몸부림을 치고 있는 듯했다. 나는 얼어붙은 유리창에 귀를 들이밀어 그가 하는 말을 들었다. "네가 왜 할로개스트를 통제할 수 있는지 궁금한 적 없니? 왜 너의 의식은 할로우의 의식에 깃들 수 있을까?"

"맞아요, 저도 궁금했어요."

"왜냐하면 말이다, 제이콥. 저들의 일부가 네 안에 있기 때문이다. 고대의 유산이지. 우리 시대의 할로개스트는 영혼이 없어 타락한 존재지만, 우리 선조들의 시대엔 당당히 영혼을 갖추고 혀가 세 가닥인 이상한 종족이 있었단다. 그래, 공포의 대상이고 피에 굶주렸지만, 엄청 똑똑해서 어떤 자들에겐 존경을 받기도 했지. 넌 그들의 후손이다. 너와 네 할아버지 말이다. 네 할아버지의 내면에도 그들의 유산이 있었지만, 네 안에 있는 흔적이 훨씬 더 강하다. 그들의 영혼을 마시면 너는 역사상 알려진 적 없는 가장 공포스러운 할로개스트가 될 것이다."

얼음 조각이 내 심장을 꿰뚫는 것 같았다. 너무 공포스러운 이야기였지만 기묘하게 흥분을 일으키기도 했다.

"당신 형님을 죽이기에 충분할 정도로 강한가요?"

"그 일을 할 수 있는 사람을 보호하기에 충분히 강하지."

"남은 건 누어뿐이에요." 내가 말했다. "줄리어스는 설 수조차 없는데, 누어가 무슨 일을 해야 할지 아무도 말해줄 수가 없어요!"

벤담이 신음했다. 그는 무언가 보이지 않는 힘이 그를 잡아당기는 동안 창틀에 매달려 있었다.

"카울의 빛은 반드시 말려버려야 한다." 가까스로 벤담이 말했다. "찌꺼기까지 다 말려야 해!"

"하지만 **어떻게**요? 다른 사람들도 시도했는데 모두……."

그러나 갑자기 벤담이 끌려가버렸다. 나는 주먹으로 창문을 두들겼다. "돌아와요!" 나는 필사적으로 소리쳤다. "당신이 나한테 말을 해줘야죠. 난 꼭 알아야겠어요."

그러자 갑자기 사라졌던 것처럼 그가 돌연 다시 날아와 유리창에 얼굴을 부딪쳤다. 말을 하는 벤담의 눈이 튀어나올 듯했고, 한 마디 한 마디가 고통스러운 몸부림이었다. "그 한 사람이……. 그를 죽이게 되어 있다." 인상을 찡그리며 벤담이 말했다. "그 한 사람이…… 알고 있을 것이다."

"그게 대체 무슨 뜻이에요?" 내가 소리쳤다.

대답을 하기도 전에 벤담은 또다시 끌려갔고, 곧이어 그의 몸이, 아니 몸의 형상이 소나기처럼 쏟아지는 파란 스파크 속에 허물어졌다. 그러고는 사라졌다.

나는 비틀비틀 화장실을 빠져나가 복도에서 님을 찾았다. 님이 모든 이야기를 들었을까 염려되었으나 그는 사라지고 없었다. 어차피 님에 대한 걱정을 할 시간도 없었다.

나는 정신을 집중하려 애를 썼다. 생각이 뒤죽박죽이었다. 우선 영혼의 도서관으로 들어가는 열쇠를 찾아야 했다. 그런 다음엔 누어를 찾아서 벤담에게 들은 이야기를 전해야 했다. 나에 대해선 말고 **누어에** 대해서만. 나는 영혼 단지를 마실 생각도 없고 스스로 변신할 생각도 없었다…… 그게 **무엇이든**.

사실상 다른 선택의 여지가 없는 한 말이다. 하지만 지금은 그에 대한 생각을 할 수가 없었다.

나는 벤담이 언급했던 유리 상자를 보았던 곳으로 통로를 달려갔다. 내가 기억하고 있던 장소에 바로 놓여 있었다. 나는 허술한 자물쇠를 발로 차 열었다. 쉭 소리를 내며 약간 갈색 아지랑이 같은 것이 상자에서 빠져나왔다. 나는 숨을 참고서 상자 안에 손을 넣고 보이지는 않지만 만져지는 무언가를 찾아 손을 마구 휘저었다. 촉감으로 무엇인지 알 수 있었다. 큼지막한 열쇠였다.

나는 열쇠를 주머니에 넣고 계단 통로로 이어지는 문으로 달려가 계단을 내려가기 시작했다. 놀랍게도 계단엔 사람들이 가득했다. 사람들은 모두 팬루프티콘의 상층 복도로 가고 있었다.

브로닌이 나를 붙잡았다. 숨을 헐떡이고 있었다. "제이콥, 너 찾아다니던 중이었어! 임브린들과 샤론이 팬루프티콘을 예상보다 빨리 작동시켰대. 우린 10분 뒤에 떠날 거야!"

왜 서두르는 건지 이유를 물으려던 순간 나는 애보셋 원장을 안고 계단을 오르고 있는 임브린 수련생들을 보았다. 노인이 눈엔 총기가 사라졌고 고개를 똑바로 들려고 엄청 애를 쓰고 있었다. 애보셋 원장이 기절을 하거나 잠이 들거나, 결코 그런 일이 있어서는 안 되겠지만 혹시 돌아가시기라도 한다면, 퀼트는 물거품이 될 것이다.

"잠깐만, **뭐라고?**" 나는 다시 브로닌을 돌아보았다. 브로닌이 무언가 말을 했는데 내가 놓쳤기 때문이다.

"아직 누어를 찾고 있다고 말했어. 너랑 같이 위층에 있지 않았어?"

"아니." 가슴속에 응어리가 단단히 맺히는 걸 느끼며 내가 말했다.

"아무도 누어 못 봤어?" 엠마가 브로닌의 뒤쪽 계단에서 달려 올라오며 소리쳤다.

"주방은 누가 확인해봤나?" 프란체스카의 도움을 받아 절뚝거리며 계단을 올라오던 에녹이 말했다. "한밤중에 출출해서 밤참을 찾으러 간 걸지도 모르잖아."

"내가 가볼게." 내가 재빨리 말했다.

나는 어리둥절한 표정으로 통로에 서 있던 페러그린 원장을 지나쳐 계단을 달려 내려갔다. "소형 루프 문으로 와라!" 내 뒤에다 대고 원장이 소리쳤다. "9분 남았어!"

"누어를 찾으러 가요!" 속도를 늦추지 않으며 내가 마주 소리쳤다.

나는 맨 아래층 복도를 달려가 주방으로 향했다. 이제 주변엔 서둘러서 물건을 챙기고 있는 사람들이 얼마 되지도 않았다. 그중 한 사람이 올리브였기에 나는 친구를 보자마자 끽 달리기를 멈추었다. 우린 아마 절대 이곳으로 다시 돌아오지 못할 텐데도 올리브는 침상에 이불을 정리하고 있었다.

"올리브, 누어 못 봤어?"

"누어 못 찾았어? 재미있는 일이네."

"재미있어? 왜?"

올리브의 얼굴이 약간 붉어졌다. "그게…… 진짜로 미리 말하면 안 되는데……."

"올리브, **꼭 말해줘야 해.** 우린 곧 악마의 영토를 떠날 건데 누어의 행방을 아는 사람이 아무도 없어."

올리브는 한숨을 쉬었다. "플로리다에 도착할 때까지는 누어가 이거 너한테 주지 말라고 했단 말이야. 난 열어보지도 않았어!" 올리브가 주머니에서 봉인된 편지봉투 하나를 꺼내 내게 건넸다. 나는 봉투를 찢어 열었다. 안에는 나에게 쓴 쪽지가 들어 있었다.

친애하는 제이콥에게,

네가 생각을 하러 간 사이에 이 편지를 쓴다. 나도 생각을 해봤어.
아마도 넌 지금쯤 내가 다른 모든 사람들과 함께 소형 루프로 빠져나가지 않았다는 사실을 알았겠지.
난 아직 악마의 영토에 있어.
아직 루프 문이 닫히지 않았다 하더라도 나를 찾으러 오지는 마. 넌 나를 찾지 못할 거야. 너도 알다시피 내가 워낙 잘 숨잖아.
내 운명은 여기야. 더는 운명에서 달아날 수 없어.
운명이 정해져 있다면 내가 너를 다시 만나러 갈게.
정말로 그러기를 바라고 있어.

사랑을 담아, 누어

절박한 서글픔이 나를 휩쓸었다. 나는 누어가 무슨 계획을 세우고 있는지 정확히 알고 있었다. 누어는 우리가 떠나가기를, 방어망이 사라지기를 기다리고 있었다. 그런 다음에 카울과 맞설 작정이었던 것이다. **자기 혼자서.**

내 손에 쥔 편지가 덜덜 떨렸다.

누어는 후퇴가 어떤 의미인지 나만큼이나 잘 알고 있었다. 카울은 새로운 군대를 만들 것이다. 카울은 더 많은 루프를 파괴하고, 도시를 초토화시켜서, 이미 우리를 미워하고 있지 않다면 모든 인류가 우리를 증오하게 만들 것이다. 그래서 누어는 그걸 막기 위해 자신의 목숨을 내놓을 각오가 되어 있었다.

그러나 내가 기꺼이 누어의 희생을 방관할 순 없는 일이었다. 적어도 혼자 보낼 순 없었다.

"뭐라고 적혀 있어?" 올리브가 걱정으로 얼굴을 일그러뜨리며 물었다.

"그냥 달콤한 내용이야." 편지를 접어 주머니에 넣으며 나는 거짓 미소를 짓고 거짓말을 했다. "몇 분 뒤에 루프 문에서 만나자고 하네."

"난 그 말 안 믿어."

"위층에서 만나자." 나는 또 한 번 거짓말을 하며 가려고 돌아섰다. "이젠 너도 서둘러서 올라가, 알겠지?"

"잠깐만! 넌 어디 가려고?"

나는 마지막으로 화장실에 다녀오려고 한다는 말을 중얼거리면서 침착하게 말하려 애쓴 다음 전속력으로 달려가며 뒤를 돌아보지 않았다.

누어의 계획을 누구에게도 알릴 순 없었다.

그러면 사람들이 누어를 찾으려 할 것이다. 이곳을 떠나지 않을 것이다. 그러면 방어망이 사라졌을 때 카울이 사람들을 죽일 것이다.

어차피 그들은 카울로부터 누어를 별로 보호할 수도 없었다.

그건 나도 마찬가지였다. 현재의 나로서는.

나에겐 할로우가 없었다. 능력이 없었다. 난 그저 나약한 사내아이였다.

주머니에 들어 있는 열쇠를 움켜쥐었다.

하지만 난 무언가 다른 존재가 될 수도 있다.

나는 복도 모퉁이를 돌아 계단을 올라갔다.

호러스의 목소리로 메아리가 들렸다.

괴물.

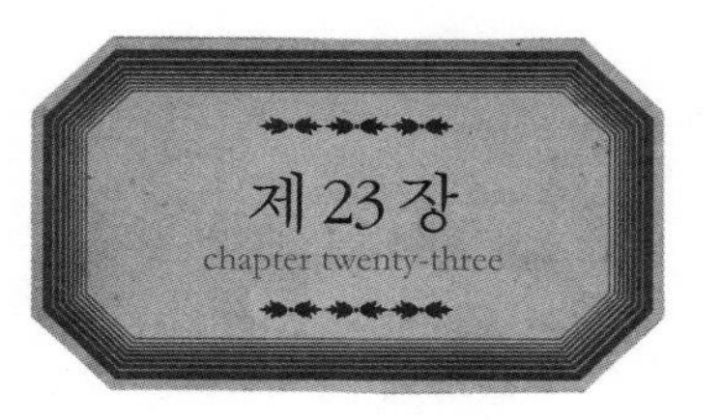

제 23 장
chapter twenty-three

벤담이 나에게 했던 모든 이야기는 사실이었다. 열쇠는 벤담의 초상화 귀에 달린 자물쇠에 딱 들어맞았다. 저택에 걸려 있는 수많은 초상화 가운데 사무실 바깥쪽 천장에 걸려 있는 초상화는 딱 하나였는데, 그 그림에서 벤담은 대단히 교활한 미소를 짓고 있었다. 그림에 접근하려면 바퀴 달린 사다리를 가져다가 복도 중앙에 놓고 올라가야 했고, 시스티나 성당 천장화를 그리는 미켈란젤로처럼 고개를 젖히고 열쇠를 그림에 꽂아야 했다. 열쇠를 돌리자, 경첩에 매달려 있던 그림이 아래쪽으로 내려오면서 통로가 드러났다.

나는 방향감각을 상실할 듯 급격한 시간 변화가 느껴질 때까지 기어 올라갔다. 아래쪽을 내려다보아도 그저 암흑뿐, 발아래 통로는 사라지고 없었다. 이제는 위쪽에서 빛이 내려오고 있었다. 나는 빛을 향해 기어 올라갔고, 통로 끝을 지나 바닥에 뚫려 있는 구멍으로 빠져나오자, 회색 돌벽으로 둘러싸인 황량하고 원시적인 공간에 와 있었다.

내 앞엔 암벽을 깎아 만든 문이 보이고, 그 문에서는 구름 한 점 없는 주황색 하늘이 빛을 뿜고 있었다.

나는 밖으로 달려 나가 어베이턴으로 뛰어들었다. 그 잃어버린 루프는 암벽 위에 세워진 고대 도시로, 과거 한때엔 침입자들로부터 영혼의 도서관을 보호하던 주민들이 살고 있었다.

카울 같은 침입자들.

도시는 완전히 파괴되어, 쓰레기 같은 잔해만 남은 언덕과 사방에 일렁거리는 불길뿐이었다. 뾰족한 석탑들은 모래성을 발로 찬 것처럼 조각조각 흩어져 땅바닥에 돌무더기로 나뒹굴었다. 아직 형체를 유지하고 있는 몇 안 되는 석탑들도 거대한 짐승들이 발톱으로 할퀸 자국이 남아 있었다. 카울은 부하들을 세상으로 내보내기 전에 이곳에서 연습을 시켰다.

나는 달리기 시작했다. 돌이 깔린 좁은 길엔 계속해서 샛길과 갈림길이 나타났지만, 나는 속도를 늦추지도 망설이지도 않았다. 그 길은 내 기억 속에 각인되어 있었다.

누군가 나를 지켜보고 있다는 느낌이 전신을 뒤덮었다. 구경꾼들은 수가 많았고 모두 화를 내고 있었다. 나는 그 이유를 알았다. 그들이 휴식을 취하고 있는 곳이 침범을 당했기 때문이었다.

마침내 나는 돌로 쌓은 벽이 온통 담쟁이로 뒤덮여 있고, 천장은 뻥 뚫려 하늘이 드러난 데다 문과 창문이 일그러진 얼굴 모양인 공간의 입구를 마주했다.

영혼의 도서관.

나는 열린 문으로 걸어 들어가, 벌집처럼 돌벽에 움푹 파인 수많은 구멍이 텅 비어 있는 공간으로 진입했다. 안쪽 공기는 축축하고 더 차가웠다. 방 뒤쪽엔 어둠으로 이어지는 문들이 몇 개 더 뚫려 있었다.

돌연 공포가 나를 사로잡았다. 카울이 모두 훔쳐갔으면 어쩌지? 내용물이 남아 있는 단지가 하나도 없으면?

나는 아무 문 하나를 선택해 어둠 속으로 뛰어 들어갔다. 이번엔 나의 길을 안내해줄 엠마와 불꽃도 없었다. 그러나 잠시 시간이 지나자 눈이 어둠에 익숙해져 멀리서 희미하게 손짓을 하는 듯한 푸른 일렁임이 보였다.

나는 그 불빛을 따라 어둠을 파고들었다. 달리다 보니 공포심이 잦아들면서 기묘한 평화가 찾아왔다. 나는 이곳을 알고 있다. 무엇을 해야 하는지도 알고 있다.

모퉁이를 돌자 빛의 원천이 나타났다. 바닥에 쏟아진 선명한 파란색 술리였다. 그 주변에 온통 깨진 단지들이 나뒹굴었지만, 벽에 구멍을 뚫어 만들어놓은 선반에는 아직 깨지지 않은 단지들도 남아 있었다.

선한 영혼들이 참으로 안타깝게 허비되었지.

어둠 속에서 목소리가 울려 퍼졌다.

아니, 내 **머릿속**에서.

벤담의 목소리였다.

카울은 탐욕스러웠다. 모두 한꺼번에 마셔버리려고 했지. 그러나 부활한 몸으로도 한 번에 하나씩밖에는 감당하지 못하더군. 그나마도 뭐가 뭔지 구분도 할 수 없었다.

"전 이제 뭘 해야 하죠?" 내가 그에게 물었다. "저는 어느 걸 마셔야 해요?"

여긴 없다. 배양실로 가서…… 최대한 많은 단지를 챙겨 영혼의 연못으로 가거라…….

파란색 술리 용액이 방울방울 떨어져 방에서 복도까지 이어져 있었다. 나는 그 자취를 따라가다 얼어붙었다.

내 이름을 외치는 목소리가 들렸다.

"제이콥? 너 여기 있니?"

엠마였다. 새로운 공포가 파도처럼 나를 휩쓸었다.

"제이콥!"

또 다른 목소리는 브로닌이었다. 친구들이 사다리와 천장에 열린 문을 찾은 것이다. 나는 그림 출입구를 닫지 않고 온 나 자신을 저주했다. 빠져나온 다음에 문을 **잠그지** 않았던 것을.

"제이콥!"

이번엔 휴였다. **빌어먹을**. 분노로 뱃속이 꽁꽁 뭉쳤다. 친구들은 아무 이유도 없이 위험에 스스로를 내던지고 있었다. 아직 시간이 있을 때 돌아가라고, 빨리 달아나라고 소리쳐 대답할까 잠시 생각했다. 그러나 그들은 오히려 내 목소리를 따라 더 빨리 다가올 뿐일 거란 걸 나는 알고 있었다.

"제이콥, 돌아와!"

이제는 멈출 수 없었다. 나는 이 일을 꼭 해내야 했다. 누어가 정말로 카울의 빛을 말려버릴 희망을 품고 있다면, 최대한 온갖 도움이 필요할 테고, 이건 내가 누어를 보호할 수 있는 유일한 길이었다. 영원히 내가 할로개스트로 변신할 가능성이 있다고 하더라도 그건 어쩔 수 없었다.

나는 반짝거리는 액체 방울의 흔적을 따라서 영혼 단지가 쌓여 있는 여러 개의 방을 차례로 지나 앞으로 달려갔다. 시간만 충분하다면 카울이 세계를 지배할 군대를 만들어내기에 충분한 영혼이 보관되어 있었다.

빛의 흔적은 벽감에 단지가 빽빽이 쌓여 있고 침낭 모양과 크기의 희끄무레한 자루 십여 개가 찌그러져 놓여 있는 방으로 이어졌다.

배양실이었다.

알을 담아두었던 그 자루는 카울의 새로운 할로우가 탄생했던 곳으로 지금은 텅 비어 있었다.

단지가 쌓여 있는 벽 바로 옆 바닥에는 나더러 어서 집어달라는 듯 짚으로 짠 가방이 놓여 있었다.

"이 단지인가요?" 내가 허공에 대고 소리쳤다.

그렇다, 벤담의 목소리가 돌아왔다.

나는 그곳 벽감에 들어 있는 단지들을 마구 꺼내 가방에 담기 시작했다. 액체 영혼이 안에서 출렁거리는 단지는 꽤 무거웠다. 가방에 쓸어 담으며 나는 단지들이 나에게 속삭이는 소리를 들을 수 있었다.

내가 가방을 거의 다 채웠을 때 친구들이 당도했다. 브로닌과 엠마가 엠마의 불꽃을 길잡이 삼아 뛰어들었다.

페러그린 원장도.

"제이콥, 멈춰라." 페러그린 원장이 소리쳤다. "네가 무슨 일을 하려고 하는지 님한테 얘기 들었다, 절대 그래선 안 돼!"

"해야 해요." 가방을 어깨에 둘러매고 뒷걸음질을 치며 내가 소리쳤다. "그게 유일한 길이에요!"

"넌 영혼을 잃어버릴 거야." 엠마가 말했다. "너 자신을 부패한 괴물로 만들게 될 거라고!"

나는 불꽃에 드러난 엠마의 얼굴을 쳐다보았다. 친구의 얼굴은 고통으로 일그러져 있었다. 페러그린 원장 역시 죽도록 두려워하고 있었다. 브로닌과 휴는 나에게 간청했다. 이런 식으로 그들을 만난 것은 나의 패착이었다. 내가 이 일을 해서 우릴 구원하는 데 큰 차이를 만들 수 있다는 건 알고 있지만, 나는 어떻게 될까? 저들을 다시 볼 수 있을까? 할로개스트가 된다는 것이 어떤 상태인지 허레이쇼가 묘사했던 게 떠올랐다. 영원한 고통.

내 머릿속에서 벤담의 목소리가 메아리쳤다. **가거라, 서둘러라, 얘야…….**

뒤꿈치에 무언가 걸려서 나는 넘어질 뻔했다. 뒤를 돌아보니, 자루에서 빠져나오는 데 실패해 팔도 없고 절반쯤 만들어지다 만 할로개스트가 눈에 들어왔다.

친구들이 다가오고 있었다. "제발 부탁이야, 제이콥." 휴가 말했다. "넌 이러지 않아도 돼."

"우린 널 사랑해. 우린 함께 카울과 맞서 싸울 거야." 브로닌이 말했다.

친구들의 의도는 확실했다. 그들은 나를 쓰러뜨려 여기서 끌고 갈 작정이었다.

그렇게 되도록 내버려둘 순 없었다.

나는 가방을 내려놓고 바닥에 쭈그려 앉아 배아 상태라 아직 피부가 부드러운 할로우의 몸에 손가락을 댔다.

일어나라.

"너 무슨 짓이니?" 페러그린 원장이 소리쳤다. "제이콥, **안 돼……."**

브로닌이 나를 향해 달려들었다. 할로우의 턱이 와락 벌어지며 혀가 튀어나와 브로닌을 붙잡았다.

"제이콥!" 여러 가닥의 혀에 붙들려 몸부림을 치며 브로닌이 소리쳤다.

"미안해!" 나는 다시 가방을 둘러매며 외쳤다. "모두 사랑해. 그래서 내가 이 일을 하려는 거야."

나는 놀란 표정으로 얼어붙은 그들을 버려두고 돌아서서 달려갔다. 나는 그들이 이해해주기를 바랐다. 언젠가 나를 용서해주기를 바랐다. 이젠 나도 알 수 있었다. 두 번 다시 그들을 보진 못할 것이다. 누어가 카울을 파멸시키는 걸 돕고 나면 나는 사라질 것이다. 가장 멀고 외딴 루프를 찾아내서 과거의 어느 잊힌 모퉁이에 스스로를 추방시킬 것이다. 나는 스스로를 아무도 알아볼 수 없는 존재로 만들 예정이었다. 무언가 위험한 존재로.

괴물로서 그들과 엮이고 싶진 않았다.

빛 방울의 흔적은 영혼의 도서관 중심 영역으로 나를 이끌었다. 벌집처럼 거대한 동굴은 바닥이 넓고 위로 갈수록 좁아지는 구조였고 여러 층으로 나뉘어 있었다. 그러나 맨 꼭대기는 천장이 뚫려 있고 맨 안쪽 벽도 일부 터져 있어서, 괴물 거인의 변신과 탄생 작업이 이곳에서 이루어졌다. 뚫려 있는 벽 너머로는 주황색 대기가 소용돌이치며 철썩철썩 성난 파도 소리가 들려왔다. 절벽 끄트머리였다.

나머지 벽엔 빛을 뿜는 단지들이 장식되어 있었다. 매의 머리처럼 생긴 뾰족한 출구에서 물이 흘러내려 동굴 가장자리를 따라 흐르는 수로로 이어졌다가 넓고 얕은 연못으로 모여들어 숨을 쉬는 것처럼 희미하게 맥동하며 선명하게 빛나고 있었다. 내가 기억하고 있는 그대로였으나 딱 하나가 달랐다. 넘실거리는 빛의 기둥이 연못에서 솟아올라 뻥 뚫린 천장 위로 이어져 있었다.

수로로 들어가라. 단지를 모두 그곳에 쏟아부어라.

나는 단지가 들어 있던 가방을 뒤집어, 하나하나 수로에 내용물을 쏟아 넣었다. 물이 영혼과 뒤섞이며 부글부글 거품이 일다가 맹렬하게 꿈틀거렸다. 가장자리에 돌을 쌓아둔 연못으로 영혼이 흘러들어가자 물에서 새하얀 은빛 수증기가 치솟았다. 솟아오른 수증기는 파란색 빛의 기둥과 합류했고, 빙글빙글 돌아가던 빛의 기둥은 색이 더욱 진해지면서 더 빠르게 회전했다.

나는 이제 연못을 향해 다가가고 있었는데, 눈앞의 아름다운 광경에 절반쯤 최면에 걸려 있는 상태였음에도 그 물속으로 걸어 들어간다는 것의 의미를 생각하니 두려움에 사로잡혔다.

나의 끝장. 무언가 알아볼 수 없는 존재의 탄생.

그럼에도 나는 어쩔 수가 없었다. 카울이 이 밤을 살아서 빠져나간다면 결국 몇 명 남지도 못하겠지만, 내가 사랑하는 친구들이 평생 쫓겨 다니는 것을 막기 위해서 나는 연못을 향해 걸음을 옮겼다. 자신을 신이라고 생각하는 또 하나의 살인마 폭군을 막기 위해서 나는 연못을 향해 걸음을 옮겼다. 우리 모두를 구하기 위해서 지금 이 순간에도 죽음을 불사하는 각오를 한 누어 프라데시의 생명을 구하기 위해서, 나는 연못에 더욱 가까이 다가갔다.

누어를 위해서.

내가 하는 수밖에 없는 일이었다.

나는 연못으로 걸어 들어갔다.

그러나 연못이 나를 밀어내기 시작했다. 빛의 기둥이 더욱 빨리 회전하더니 파란색과 은색 스파크가 돌풍처럼 내 머리칼을 휘날리며 점점 더 빠르게 휘몰아쳤고, 세찬 바람 소리와 울부짖는 소리와 으르렁거리는 소리가 너무 강해져 나는 어깨를 움츠려야 할 정도였다.

의식 저 아래편에서, 배양실에 있는 할로개스트가 압도당하는 느낌이 전해졌다. 그 녀석과의 연결을 끊어야 했다.

빛과 바람이 동시에 강렬해지고 있었다. 천장에 뚫린 구멍으로 무언가 내려오면서 뽀얀 수증기로 뒤덮인 주황색 하늘을 가리는 것이 나의 시야에 포착되었다.

곧이어 뻥 뚫린 천장 쪽에서 목소리가 울려 퍼졌다. "이 침입자! 도둑! 내 도서관에서 나가라!"

목소리와 함께 돌풍이 요란하게 몰아쳐, 나는 네 발을 짚듯 바닥에 쓰러졌다.

서둘러라, 얘야! 머릿속에서 다시 벤담의 목소리가 들려왔다. **그가 우리를 찾아냈다!**

모든 본능은 나에게 빨리 뒤돌아서 달아나라고, 폭풍이 이끄는 대로 문을 빠져 도망치라고 소리치고 있었지만, 나는 카울이 허공에서 내려오는 사이에도 손으로 바닥을 짚으며 악착같이 앞쪽으로 이동했다. 카울은 이제 정말 거대하게 변해 있었다. 깨어져 나간 천장의 구멍을 꽉 메울 듯한 모양새였다. 끄트머리가 뾰족한 하반신의 회오리바람이 먼저 하강해, 영혼의 연못 한가운데의 파란색 불기둥 속으로 사라지더니, 아니 오히려 형체가 생겨나기 시작했다. 아니었다. 그 기둥은 항상 이곳에 있었고 내가 들어왔을 때부터 그곳에 있었지만, 이제는 바깥세상에서 돌아온 카울이 울부짖으며 회오리를 일으켜 그 기둥으로 내려앉고 있었다. 영혼의 연못이 카울의 힘의 원천이자 그를 먹여 살리는 셈이었다. 탯줄은 없지만 그는 이 사슬 같은 회오리바람에 묶여 있는 존재였다.

위쪽에서 귀가 멀 듯한 굉음이 쩍 하고 들려왔다. 천장을 이루고 있던 또 다른 바위가 갈라져 무너져 내리고 있었다. 카울의 팔과 손가락이 거미처럼 무너지는 벽을 붙들었다.

드디어 연못 가장자리에 당도한 나는 입을 그 끝에 대기 시작했다. 건너편에서 내 이름을 외치는 브로닌의 목소리가 들려왔다. 나는 하던 걸 멈추고 대답을 할 수도 없고 지금 내가 하려는 짓이 무엇인지 생각을 할 수도 없었다. 단 한 순간의 의구심에도 빠져들 여유가 없었다.

영혼이 선명하게 맥동하는 푸른빛 혈관처럼 사방에서 나에게 밀려들었다. 나는 연못에 손을 담가 액체 영혼을 듬뿍 떠 올려 입으로 가져갔다. 그러고는 영혼을 마셨다.

아무런 느낌도 들지 않았다. 변신도 이루어지지 않았다. 전혀 아무런 반응도 없었다.

카울은 이제 실내 공간을 가득 메우고 있었고, 거대한 몸뚱이로 동굴의 상층부 절반을 가로막았다. 돌풍에 몸이 밀리면서도 다른 친구들을 자신의 거구로 막아주며 껴안다시피 한 브로닌도 뒷걸음질로 다가오고 있었다.

나는 연못에 양손을 담그고 다시 영혼을 마셨다.

카울이 포효했다. 말을 하려고 쥐어짜는 것 같았지만—예전의 카울이었다면 **알마, 놀라운 만남이로구나!** 라는 식으로 빈정거렸을 것이다—무슨 말인지 알아들을 수는 없었다. 나는 고개를 들고 카울이 팔을 뻗어 끔찍하고 긴 손가락을 벌리는 광경을 쳐다보았다. 곧이어 카울은 비단뱀만큼이나 두꺼운 손가락 하나로 스르륵 내 허리를 휘감았다. 나는 낚아채듯 허공으로 날아갔다.

온 세상이 빙글빙글 돌며 뒤집어졌다. 나는 딱딱한 바닥에 나동그라져 구석까지 미끄러져갔다. 순식간에 모든 것이 암흑으로 돌변했다.

나는 살아남지 못할 것이 틀림없었다. 분명 온몸의 뼈가 산산조각 났을 것이다. 그러나 다음 순간 나는 다시 고개를 들 수 있었다. 나의 친구들이 카울의 기다란 손가락에 사로잡혀 허공에 높이 매달려 있었다. 엠마와 브로닌, 휴, 페러그린 원장까지…….

강렬한 추위가 나를 강타했다. 끔찍한 무게감이 나의 허파를 짓누르면서 시야가 흐려지고 다시 암전이 시작되었다. 나는 앞으로 몸을 숙이고 구토했다.

구토가 끝나고 고개를 들자, 카울이 씩 웃으며 나를 내려다보고 있었다. 거대한 한쪽 손으로 나의 친구들을 모두 잡고 있었다. 그들은 축 늘어지며 서서히 생명력이 빠져나가게 될 것이다. 카울의 반대편 손이 나를 향해 빠르게 다가오고 있었다.

카울은 손등으로 나를 그 공간에서 내쳤다. 나는 열린 문으로 날아가 이어지는 터널을 미끄러지다가 배양실까지 밀려갔다.

순간적으로 나는 정신이 아득해졌다. 내가 다시 고개를 들었을 때는 이상하게 희미한 불빛 속에 누군가 또 다른 사람이 그 방 안에 있었다.

여자애였다. 스스로 입으로 토해내고 있는 빛의 인도를 따라 길을 찾아온 것이었다.

누어였다.

일어나라, 나는 자신에게 말을 하며 의지력을 발휘했고, 산산이 부서졌을 것 같은 몸이 어떻게든 명령을 따랐다. 고통은 느껴지지 않았다. 오로지 추위와 폐를 짓누르는 묵직한 무게감, 뱃속을 휘젓는 구역질뿐이었다. 다리가 체중을 지탱해주어 나는 몸을 일으켰다. 나는 자리에서 일어서고 또 일어섰다. 바닥에서 멀리 떨어져 올리브처럼 허공에 둥둥 뜬 것 같은 아득한 느낌에 잠시 머뭇거리던 나는 곧이어 다리를 쳐다보았다. 내 다리가 너무 길고 이상하게 생겨서 누군가 다른 사람에게 속한 것 같았다…….

누어는 웅크린 채 내 키에 맞춰 고개를 젖히고 나를 응시하고 있었다. 나는 누어의 이름을 말하려 했으나 톤이 높은 울부짖음 같은 소리만 흘러나올 뿐이었다.

그제야 나는 내가 무엇이 되었는지를 이해했다.

나는 누어를 죽이고 싶은 충동을 느끼지 않았다. 원시적인 도마뱀 같은 뇌가 내 생각을 차지하지도 않았다. 머릿속에서는 적어도 아직 나 자신을 유지하고 있었다.

나는 머리를 땅에 대고 무릎을 꿇었다. 초대였다.

누어도 어느 정도는 그게 나라는 걸 알고 있는 것 같았다. 내 쪽으로 불어오는 바람에 몸을 맡긴 누어가 내 등에 올라탔기 때문이었다.

그러자 내가 입을 벌려 긴 혀를 하나 꺼내 누어의 허리에 단단히 휘감았다.

내가 누어를 등에 태우고 그 방으로 뛰어들었을 때, 우리 둘을 본 카울은 생쥐를 발견한 코끼리처럼 공포에 사로잡혀 뒷걸음질을 쳤다. 카울이 바람을 더욱 세차게 휘몰아쳐 나의 걸음이 느려졌지만, 팔다리와 몸의 중심에는 기운이 새로이 들어차는 것이 느껴졌다. 나는 고개를 숙여 누어의 허리를 더욱 단단히 지탱하며, 앞으로 달려들었다.

나는 벤담이 나에게 해주었던 말을 누어에게 소리쳐 알리고 싶었지만, 인간의 말소리를 낼 수 없었으므로 끽끽대는 소음만 새어 나왔다.

그러나 바로 그때 내 머릿속이 아니라, 실제로 방 안에서 벤담의 목소리가 울려 퍼졌다.

"놈의 빛을 말려버려라! 찌꺼기까지 모조리 말려야 해!"

내가 영혼의 연못에 거의 도달했을 때 카울이 또다시 손을 뻗었다. 허공으로 날아간 내가 온 체중을 실어 누어를 짓누르며 바닥에 떨어지기 전에, 나머지 혀 두 갈래를 날려 카울의 팔을 붙들었다. 우리는 카울을 향해 허공으로 딸려 올라갔고, 나는 거대한 카울의 윗팔에 단단히 매달렸다.

누어가 카울에게서 빛을 지웠다. 카울의 상반신에서 파란 빛이 줄지어 사라졌다. 격노한 카울이 울부짖으며 우리를 떨쳐버리려 했다. 나의 혀는 고무줄처럼 탄성이 있어서 다시 제자리로 돌아왔다. 누어가 다시 손을 뻗어 빛을 훔쳤고, 더 많은 카울의 빛이 찢겨 나가 누어의 입안으로 들어갔다.

카울은 다른 손에 쥐고 있던 친구들을 떨어뜨렸다.

"너는 신을 죽일 수 없다!" 카울이 포효했다. "너는 아무것도 아니다, 너의 예언은 아무런 의미도 없다!"

그러나 카울은 움찔거리고 있었고 누어가 손짓을 해 빛을 지워나갈 때마다 불에 타는 것처럼 울부짖었다. 그리고 누어가 카울의 빛을 빼앗아 삼킬수록 그는 점점 더 희미해지며 몸이 쭈그러들었다.

카울이 우리가 매달려 있는 팔에 식탁만 한 크기의 다른 손을 휘둘렀다. 몸집이 거대한 만큼 행동이 느리고 굼떴으므로, 나는 카울이 우리를 젤리처럼 납작하게 짓누르기 전에 혀를 놓았다. 우리는 10미터도 넘는 아찔한 높이에서 영혼의 연못으로 떨어져 내렸다. 나는 허리에 매달고 있던 누어를 풀어주며 혀로 추락의 충격을 줄여주었고 누어는 안전하게 물로 굴러떨어졌다.

카울의 빛의 원천이 바로 이 연못이었으므로, 누어는 진공청소기처럼 넓은 범위에서 그 빛을 입안으로 빨아들였다. 카울에게 다리가 있었다면 밟아버렸겠지만, 갖고 있는 건 팔과 손뿐이었던 데다 그마저도 누어가 그의 생명력을 소진하면서 시시각각 줄어들고 있었다. 크기가 처음 나타났을 때의 절반으로 줄어들기는 했지만, 덜 위협적인 것은 아니었다. 카울이 여전히 거대한 양손을 동시에 내리쳤다. 한 손으로는 누어를 잡아 올렸다. 다른 한 손으로는 나를 세게 후려쳐 허공으로 날아가 연못 가장자리에 나동그라졌다.

누어의 비명 소리가 들렸다. 나는 막아보려 했으나, 지금으로선 고개만 들 수 있을 뿐이었다. 카울이 누어를 입으로 가져가는 것이 보였다. 카울에게 생명력을 빼앗겼는데도, 누어는 카울의 손과 자신의 주변을 휘감고 있는 파란색 기둥에서 여전히 빛을 삼켜대고 있었다.

"내 영혼을 돌려내라!" 카울이 벌린 입 위에 누어를 간식처럼 매달아놓고 소리쳤다.

카울의 손아귀에 잡힌 누어는 축 늘어져 있었다. 나는 몸부림을 치며 일어나려 했지만 혀에 힘이 들어가지 않았다.

카울이 목구멍으로 누어를 떨어뜨리려는 순간, 새의 모습으로 변신한 페러그린 원장이 카울에게 달려들어 발톱으로 뺨을 찢어놓았다. 카울이 고개를 돌리고 페러그린을 향해 소리를 질렀다.

"넌 다음 차례다, 이 발칙한 동생아……."

새카만 벌 떼가 그의 입안으로 날아들어 목구멍을 채웠다. 그러자 정말로 의식을 잃은 것이 아니라 그런 척 하고 있던 누어가 손을 뻗어 카울의 눈에서 빛을 빼앗았다.

숨이 막히고 눈이 먼 카울은 누어를 떨어뜨렸다. 이제는 거의 동굴의 천장 가까이 높은 곳에 있었으므로 얕은 연못으로 떨어진다면 목숨이 끊어질 게 분명했다. 나는 그 지점으로 달려가 허공으로 몸과 혀를 날렸고 우린 함께 물속으로 떨어졌다.

카울은 여전히 누어를 죽이려고 맹목적으로 연못을 양손으로 내려치고 있었지만, 누어는 조금도 시간을 지체하지 않고 그의 빛을 점점 더 많이 빼앗았다. 누어가 몇 번 더 빛의 띠를 지워 몇 번 더 삼킨 뒤엔, 거인이라기에도 구차할 정도로 크기가 줄어들었다. 카울은 앞이 보이지 않았고 목구멍은 벌 떼가 가로막고 있었으며, 빛을 거의 빼앗긴 상태였다. 이제는 그 빛이 누어의 내면을 채워 모든 모공에서 찬란하게 비산하고 있어서 누어를 쳐다보는 것이 거의 불가능할 정도였다.

카울의 폭풍은 산들바람으로 잦아들었다. 몸을 지탱해줄 하체가 아무것도 남지 않자, 카울의 상반신은 연못 가장자리 바위에 내려앉았고, 바닥에 늘어진 긴 팔은 전깃줄처럼 움찔거렸다.

친구들이 연못을 둘러쌌다. 누어는 마지막 치명상을 입힐 준비를 하며 카울에게 다가갔다. 자비를 구걸하려는 듯 그가 말을 하려 했지만, 목구멍이 막혀 있어 낼 수 있는 소리라고는 꾸르륵대며 벌이 윙윙대는 게 전부였다.

카울의 이마 한가운데만 푸른빛이 한 조각 남아 있었다.

누어가 비틀거렸다. 나는 혀를 쏘아 보내 누어를 지탱해주었다.

"안에…… 버티고 있을 수가…… 없어." 누어가 고통스레 숨을 들이마셨다.

카울 때문에 체력이 약해진 데다 이제는 그의 빛으로 몸 안이 가득 차 거의 터질 지경이었다. 카울의 빛이 누어에게 무슨 짓을 하고 있는 건지는 하늘만 알 일이었다.

"한 입만 더 삼키면 돼!" 브로닌이 소리쳤다.

나는 누어를 도와 연못을 가로질러 카울에게 다가갔다. 카울의 코앞까지 거의 다가갔을 때 누어가 나의 혀에 손을 올려 밀어냈다. "이건 나 혼자 해내야 해."

나는 누어를 놓아주었다. 누어는 혼자서 비틀거리는 다리로 한 걸음, 또 한 걸음 내딛어 드디어 카울 앞에 섰다.

어떻게든 위엄을 갖춘 채 죽음을 맞기라도 하려는 듯 카울이 몹시 어렵게 고개를 들었다.

손가락 하나로 누어가 그의 이마에서 빛을 지웠다.

"지옥으로 꺼져." 누어는 이렇게 말한 뒤 빛을 뺨 안에 넣고 삼켰다.

카울은 부들부들 떨기 시작하더니 피부가 떨어져 나갔다. 가슴에 구멍이 뚫리며 잿더미 속에서 휴의 벌 떼가 날아서 빠져나왔다.

갈라진 목소리로, 카울이 마지막 말을 중얼거렸다. "어쩔 수 없다면…… 널 데려가겠다."

카울이 페러그린 원장을 향해 팔을 뻗었다. 그러나 세찬 날갯짓 한 번으로 페러그린 원장은 카울을 먼지로 날려 보냈다.

카울은 사라졌다.

우리가 서 있는 이 동굴도 곧 사라질 것 같았다. 발밑에서 바닥이 진동하며 갈라진 천장에서 더 많은 바위가 굴러떨어지고 있었다. 바위 하나가 그리 멀지 않은 연못으로 떨어져 얼음처럼 차가운 물의 파도가 우리를 덮쳤다.

누어는 거의 기절할 듯 나에게 비틀비틀 걸어왔다. 브로닌과 내가 누어의 양팔을 잡고 영혼의 연못에서 꺼낸 다음, 엠마와 휴를 대동한 우리는 바깥으로 이어지는 벽에 뚫린 거대한 입구를 향해 달려갔다. 아직 새의 모습을 한 페러그린 원장이 길을 인도했다.

우리는 절벽의 끄트머리로 달려가고 있었다. 선택의 여지가 없었다. 영혼의 도서관이 우리 뒤쪽에서 무너져 내리고 있었다. 깎아지른 절벽을 넘어 파도가 철썩이는 바위와 검은 바다로 뛰어드는 것밖엔 아무런 방법이 없었다. 페러그린 원장이 어베이턴에서 빠져나가는 또 다른 출구를 찾아 허공을 날아다녔다.

영혼의 도서관이 붕괴하는 귀가 먹먹한 굉음 속에서 누어가 소리쳤다. "놔줘! 물러나 있어!" 무슨 일인지 내가 미처 깨닫기도 전에 누어가 우리 팔을 뿌리치고 절벽 끄트머리를 향해 달려가고 있었다.

"누어!" 다른 친구들이 고함을 질렀지만, 누어는 달리기를 멈추고 무릎을 꿇으며 쓰러졌다. 엄청난 경련과 함께, 은청색 빛을 허공에 발사하듯 토해내기 시작했다. 너무도 강렬한 빛의 분출에 우리는 몇 걸음 뒤로 물러나야 했고, 너무 밝아서 다른 친구들은 손가락으로 눈을 가리고서야 겨우 바라볼 수 있었다.

누어의 몸이 터져버릴까 봐 염려될 때까지 빛은 끊임없이 흘러나왔다. 마침내 빛을 다 토해낸 누어는 발꿈치에 기대며 몸을 일으켰고 카울의 영혼이었던 마지막 빛의 줄기는 바람결을 따라 검은 파도 속으로 흩어졌다.

그러고는 누어가 바닥에 축 늘어졌다.

우리는 누어에게 달려갔다. 내가 양팔로 누어를 안아 올렸다. 눈빛은 흐렸지만 아직 눈을 뜨고 있던 누어가 나를 쳐다보았다. 나는 말을 하려 했지만 그럴 수가 없었다. 여전히 나는 할로개스트였다.

누어가 나에게 말했다. “넌 빛나고 있어. 네 안에도 영혼이 있나 봐.”

“맙소사.” 엠마가 눈물을 글썽이며 말했다. “오 제이콥, 너 무슨 짓을 한 거야?”

“우리를 구했지.” 누어가 힘없이 말했다.

“**네가** 구했지.” 휴가 주장했다.

“날 내려줘.” 누어의 말에 나는 조심스레 누어를 내려주었다. 누어는 비틀거리는 다리로 나를 향해 돌아섰다. “입을 벌려봐.”

나는 혀를 조심스레 안으로 말며 최대한 크게 입을 벌렸다.

누어는 면도날 같은 겹 이빨을 피해서 손을 팔꿈치까지 안으로 집어넣었다. 누어가 그것을 다시 끄집어냈을 때, 나는 전신을 뒤덮었던 추위가 가시는 것을 느꼈다. 누어는 그것을 입안에 넣었다가 눈을 감더니, 몸을 틀어 나머지 빛과 함께 절벽 너머로 뱉어버렸다.

바로 그때 우리 발밑의 벼랑이 무너지면서 페러그린 원장이 비명을 질렀다.

제 24 장
chapter twenty-four

오랜 시간 동안 존재하는 것은 어둠, 멀리서 들려오는 천둥소리, 추락하고 있다는 아득한 감각뿐이었다. 아주 오랫동안 사방이 그런 어둠뿐이다가 드디어 다른 소음이 천둥소리와 뒤섞였다. 바람 소리였다. 그러고는 빗소리도 들렸다. 바람과 천둥과 비와 추락이 있었다.

그러다가 이내 한 번에 감각이 하나씩 돌아오듯, 내 존재가 생겨났다.

껌벅거리며 눈이 떠졌다. 희미했던 형체들이 또렷하게 모습을 드러냈다. 질감이 거친 초록색 천. 서까래에 매달려 폭풍에 시계추처럼 째깍째깍 소리를 내며 흔들리던 화분들. 벽처럼 자리 잡은 방충망이 전율하듯 펄럭거렸다.

난 이 베란다를 알아. 난 이 초록색 바닥을 알아.

여기 얼마나 있었던 걸까? 며칠이나? 시간이 또다시 속임수를 부리고 있다.

"제이콥?"

누워 있던 곳에서 벌떡 일어나 앉은 나는 그게 가능하다는 사실에 깜짝 놀랐다. 두개골 안에서 뇌가 이쪽저쪽으로 쏠리고 있는 것 같으면서, 방이 흔들렸다.

"제이콥!" 누어가 내 시야로 들어와 비틀비틀 다가오더니 내 옆에 주저앉아 팔을 잡았다.

나는 아직 말을 할 수가 없었다. 젖은 검은 머리칼이 고깔처럼 누어의 얼굴을 감싸고 있었다. 무언가를 찾듯 눈을 크게 뜬 채로 말을 걸려는 듯 입술이 약간 벌어졌지만, 아무 말도 하지 않았고 얼굴엔 자잘하게 긁힌 상처가 덮여 있었다. 나는 갑자기 누어에게 키스를 하고 싶은 충동을 느꼈다.

누어가 말했다. "너로구나!"

그리고 내가 말했다. "**너네.**"

이번에는 말이 흘러나왔다. 영어 낱말이.

누어가 말했다. "그게 아니라, 맙소사, 너잖아! 네가…… **너라고!**" 누어는 내가 진짜인지 확인하려는 사람처럼 내 가슴과 얼굴을 온통 손으로 더듬었다. "너의 빛을 삼키면서 그 방법이 통하기를 빌었어, 너를 다치게 하지 않기를 바라는 마음으로…… 그런데, 잠깐만, 너 아프진 않지?"

하늘이 쪼개지는 듯한 천둥소리에 우리 둘 다 소스라치게 놀랐다. 그제야 나는 내 몸을 내려다보았다. 바지가 너덜거리기는 했지만 다리가 다시 평범한 크기로 돌아와 있었다. 입안에서 혀를 굴려보았다. 하나뿐이었다.

나는 **나**였다.

안도감에 절반쯤 미친 기분으로 나는 깔깔 웃으며 누어를 와락 껴안았다. "우린 살았어! 우린 무사해!"

누어도 나를 꽉 껴안아주었으므로 그제야 나는 누어에게 입을 맞추었다. 길고 긴 달콤한 순간 동안 세상엔 서로 맞대고 있는 우리 둘의 입술과 내 손에 감싸인 누어의 얼굴, 그리고 우리 두 사람밖에 존재하지 않았다. 그러나 얼굴을 떼는 순간 의문이 물밀듯 몰려들었다.

누어가 폭풍이 몰아치고 있는 바깥을 내다보며 말했다. "모든 게 우리 꿈이었을까?"

"그랬을 리가 없잖아." 내가 말했다. "왜냐하면 저기……."

누어가 죽였던 와이트는 사라지고 없었다. 그의 시체가 놓여 있던 곳에는 적갈색으로 드넓은 얼룩만 남아 있었다. 현관 방충망에는 거대한 구멍이 뚫려 있고, 방충문과 집을 연결해주는 알루미늄 새시는 절반 이상 부서져 마당에 뒹굴고 있었다.

"할로개스트가 저런 거잖아." 내가 말했다.

"그 **이후에** 벌어진 모든 일은 어쩌고?"

무언가 끔찍한 일이 나에게 벌어졌었다. 우리가 벙커에서 일으켰던 폭발 때문에 의식을 잃었다가 이제 깨어난 건가?

우리가 할아버지의 집을 벗어났던 적이 없었기에, 처음부터 다시 그 일이 벌어지고 있는 거라면? 그 모든 악몽이 빙글빙글 돌았다. **맙소사. 차마 입에 담을 수 없는 끔찍한 공포들을 겪었다.**

바로 그때 우리는 무언가 집 안에서 무언가를 두들기는 소리를 들었다.

누어가 말했다. "어휴, 혹시라도 저게……."

"저길 봐." 내가 바깥을 가리키며 목소리를 낮췄다.

누군가 숲 가장자리에서 걸어오고 있었다.

"무기를 찾아!" 내가 속삭였다. **"뭐든, 어느 거든 손에 잡아."**

우리 둘은 반대 방향에서 서로 몸을 날려 같은 곳에서 부딪치며 떨어졌다.

"제이콥! 누어!"

엠마가 집 안에서 달려 나와 현관 테라스로 올라왔다.

"엠마?" 숲에 있던 청년이 이렇게 외치더니 그도 테라스를 향해 달려오고 있었다.

"휴!" 엠마가 소리쳤다.

그러자 브로닌이 인간의 모습을 되찾아 낡은 실내복을 입은 페러그린 원장과 함께 우리 할아버지 집의 현관문으로 걸어 나왔고, 곧이어 우리 모두는 서로에게 잠꼬대처럼 감사 인사를 전하며 바닥에 쭈그려 앉아 포옹을 나누었다.

"무슨 일이 있었던 거죠?" 휴가 말했다. "방금 카울을 죽인 거예요, 아니에요?"

"**이게** 벌인 일이야." 엠마가 주머니에서 금이 가고 새카맣게 그을은 스톱워치를 꺼내며 말했다. 방출기였다. "우리가 어베이턴으로 들어가는 루프 문을 통과하기 직전에 밀라드가 이걸 나한테 건네줬어. 이걸 잃어버렸다던 노인의 말은 거짓말이었다면서 다시 작동하게 고쳤다더라고. 카울이 나타난 순간 나는 이 버튼을 눌렀고, 5분 뒤에……."

"그래서…… 카울은 죽었어요? 우리가 이겼고요?" 브로닌이 물었다.

페러그린 원장은 미소를 지었다. "맞아. 우리가 이겼다." 페러그린 원장은 우리를 모두 한 팔에 껴안아 서로의 머리가 쿵쿵 부딪칠 정도였다. "오 나의 아이들, 나의 아이들, 나의 아이들. 조상님들께 맹세할 거다. 지금 이 순간부터 앞으로는 절대로, **절대로** 너희를 내 눈 밖에 내놓지 않을 거라고."

"하지만 이해가 안 되는 게 있어요." 엠마가 말했다. "카울은 원장님들이 악마의 영토에 만드신 방어망 바깥에 있었는데 어떻게 영혼의 도서관으로 우리를 따라왔죠?"

"내 오라비는 영혼의 도서관에 영원히 붙박이로 잡혀 있었다." 페러그린 원장이 말했다. "무르나우가 카울을 부활시킨 것처럼 보였을 때, 단순히 연결된 끈만 길게 늘였던 셈이지. **엄청 길게.** 원하는 곳은 어디든 갈 수 있을 만큼 충분히 말이다. 하지만 카울의 일부는 늘 그곳에 있었기 때문에, 제이콥이 당도했을 때 나머지 몸도 그만큼 빨리 되돌아올 수 있었던 거야." 페러그린 원장이 나를 돌아보았다. "그런 식으로 달려가버리다니 정말 무모한 행동이었다."

"누어가 혼자서 카울과 맞설 계획이었어요. 제가 뭐라도 해서 도와야죠."

"그래서 누어 대신에 **네가** 카울과 혼자 맞서려고 한 거야?" 엠마가 물었다.

"카울이 거기에서 나를 기다리고 있을 줄은 몰랐어."

브로닌이 몸서리를 쳤다. "너의 그런 모습을 보는 건 끔찍했어."

"솔직히 말하면 난 꽤나 멋있다고 생각했어." 휴가 말했다. "물론 네가 더는 할로개스트가 아니란 게 반갑긴 하지만 말이야." 휴가 나를 곁눈질로 흘끔 쳐다보았다. "너는?"

나는 웃음을 터뜨렸다. "나도 다행스럽지."

"프라데시 양이 네가 마신 영혼이 완전히 자리를 잡기 전에 제거할 수 있었던 것 같더구나. 정말 감사한 일이다." 페러그린 원장이 말했다.

"누어에게 정말 감사한 일이죠. 그런 미래를 맞이해야 한다면 저도 괴로웠을 거예요."

엠마가 누어를 향해 방향을 틀었다. "넌 우리 모두를 구하려고 자신을 희생할 각오를 했더라. 고마워."

"분명 너라도 똑같이 했을 거라고 생각해." 누어가 대꾸했다.

"나도 그랬기를 바라. 하지만 난 너보다 더 오래 이 사람들을 알고 지냈잖아."

누어의 어깨가 위로 솟았다가 내려왔다. 무슨 말을 해야 할지 모르는 것 같았다.

"마침내 제대로 휴식을 취할 수 있는 곳으로 떠나자꾸나." 페러그린 원장이 자리에서 일어나며 말했다. "제이콥의 집에서 모두들 기다리고 있을 거다. 분명 모두들 우리의 도착을 기다리며 불안해 하고 있을 거야."

"맙소사, 뭐라고 생각하고 있을까요." 브로닌이 말했다.

"우리가 다 죽었다고 생각하겠지." 휴가 말했다.

페러그린 원장은 미소를 지었다. "그 생각이 틀렸다는 걸 알려주러 가볼까?"

우리는 서로가 서로를 부축하며, 축축한 날씨나 엉망진창인 옷차림엔 아랑곳하지 않은 채 빗속으로 절룩거리며 나섰다. 우리가 폭파시킨 할아버지 댁 화장실 담장 구멍에 누군가 파란색 방수포를 묶어두었는데, 그게 바람에 펄럭거렸다. 우리는 경찰 저지선 밑으로 빠져나가, 도로를 따라 걸으며 집집마다 문을 두들기다 드디어 집 안에서 지내고 있던 이웃을 만났다. 페러그린 원장이 그의 기억을 지우는 사이 나는 현관에서 그릇에 담긴 자동차 열쇠를 찾아냈고, 우린 그의 차를 빌려 탔다.

나는 차를 몰고 시내를 가로질러 니들키 섬으로 향하는 다리를 지나 우리 집으로 돌아갔다. 가는 동안 폭풍이 지나가 날씨가 맑아졌다. 우리 집 마당에는 엄청난 인원이 기다리고 있었다. 아흔아홉 명의 이상한 종족들과 열 명의 임브린이 우리를 반겨주었다. 내가 채 자동차를 주차하기도 전에 벌써 우리를 알아본 사람들이 환호성과 고함을 지르며 우리를 향해 달려오고 있었다.

무슨 일이 있었는지 모두들 알고 싶어 했지만, 사연은 너무 길었고 나는 곧 경찰이 나타날까 염려되었다. 제 아무리 사소한 문제라도 해도 이 시점에서 나는 또다시 공권력과 문제를 일으켜 대처할 만한 기력이 남아 있질 않았다. 지금 이상한 종족들로선 카울이 죽었고 우리는 안전하다는 것만 알아도 흡족했다. 내가 잠시 할로개스트가 되었다는 사실을 그들에게 알릴 필요는 없었다. 그 광경을 목격한 나의 친구들은 딱히 당부하지 않아도 우리끼리만 아는 비밀로 하는 것이 최선이라고 이해했다.

이런 상황에선 모두들 즉각 악마의 영토로 되돌아갈 것이라고 여겼던 나의 짐작과 달리 임브린들이 뒷마당에 우리를 모두 모아놓고 발표를 했다.

"여러분에게 알려줄 아주 반가운 소식이 있습니다." 페러그린 원장이 말했다. "엄청난 노고와 부단한 연구 끝에 우리는 루프 시간 재설정 반응을 완벽하게 개선했고, 이제는 누구든 내면에 고정된 시간을 원하는 대로 재설정할 수 있게 되었습니다."

모여 있던 사람들은 어안이 벙벙해졌다. 페러그린 원장은 방금 한 말을 다시 해달라는 요청을 받았다. 모두들 제대로 들었다는 사실이 확실해지자, 환호성과 휘파람이 터져 나왔다. 휴는 피오나를 안아 올려 빙글빙글 돌았다. 흥분한 모습을 보인 적이 없는 것으로 유명한 율리시스 크리츨리도 우리 부모님 댁 야자수 꼭대기에 올라가 노래를 부르기 시작했다.

친구들과 나는 페러그린 원장에게 달려갔다.

밀라드는 숨을 헐떡이고 있었다. "그런데 어떻게 그걸 해내셨어요?"

"벤담 오라비 덕분이란다." 페러그린 원장이 숨죽인 목소리로 대답했다. "어젯밤엔 카울이 저택에 너무 가까이 접근했던 나머지 벤담도 화장실에서 퍼플렉서스에게 나타나 해답을 알려주었어. 약간만 주문을 바꿨더니 열두 명이 아니라 임브린이 열 명만 있어도 가능해졌지."

"그게 속임수가 아니란 걸 자신하셨다고요?" 한 팔로 피오나를 껴안은 채 휴가 물었다.

"다른 임브린들과 미리 실험을 해봤거든. 서글프게도 이제는 필요 없게 된 바백스 원장의 옛 루프에 시도해보았단다. 그랬더니 효과가 있더구나."

"그래서요?" 도그페이스가 우리 대화에 끼어들며 물었다. "얼마나 빨리 조치할 수 있는 겁니까?"

"지금 당장이라고 하면 마음에 들겠어요?" 페러그린 원장이 큰 소리로 말하자, 마당 전체가 또 한 번 환호성에 휩싸였다. 마침내 오늘 그들 모두 자유의 몸이 될 것이다. 여기서 승리를, 혹은 시간 재설정을 즐기지 못하는 사람들은 미국인 일파의 지도자들뿐이었다.

그러다가 문득 나는 한 가지 걱정에 사로잡혔다. 페러그린 원장이 렌 원장과 대화를 나누려고 몸을 틀었지만 나는 원장의 어깨를 톡톡 두들겼다. 초조한 내 표정을 본 페러그린 원장은 양해를 구하고 나와 한쪽 구석으로 갔다.

"이 루프는 파괴하실 거죠?" 내가 물었다.

"아무래도 저건 주제넘은 짓이었던 것 같다. 어차피 쓸 만한 것도 별로 남지 않았어."

"동네 이웃들까지 전부 폭파되는 건 아니겠죠?"

페러그린은 미소를 지었다. "그럼. 비파괴적인 붕괴가 될 거야. 하지만 이 소형 루프를 없애면 네가 이리로 돌아오는 데 훨씬 덜 편리하겠지. 어쩌면 이곳에 대한 너의…… 애착을 내가 잘못 판단했는지는 모르겠구나. 혹시 네가 보존을 원한다면, 다른 임브린들과 대안을 의논해볼 수도 있다."

나는 주변을 둘러보았다. 오래된 나의 집과 오래된 나의 고향. 뒷마당에 득시글거리고 있는 기묘한 낯선 사람들을 전혀 못

보았다는 듯이, 뒷 베란다에 앉아 레몬 베이를 평화롭게 응시하고 있는 나의 부모님. 임브린들 중 한 분이 또다시 두 분의 기억을 지웠기 때문이었다.

"잘못 판단하시지 않았어요." 내가 말했다. 나는 고갯짓으로 부모님 쪽을 가리켰다. "그래도 잠깐 작별 인사는 드리고 싶어요."

"5분 시간을 주마. 우린 곧 떠나는 작업을 시작해야 해."

"그 정도면 충분해요."

페러그린 원장은 퍼플렉서스와 다시 합류했고 나는 잔디밭을 가로질러 베란다로 걸어갔다. 부모님은 푹신하게 방석을 덧댄 장의자를 하나씩 차지하고서 1미터쯤 거리를 둔 채 나란히 앉아 있었다. 나는 두 분 사이의 베란다 난간에 걸터앉았다. 어떻게 말을 시작해야 할지 자신이 없었다.

"두 분께 드릴 말씀이 있어요."

부모님은 나를 쳐다보지 않았다. 나는 손가락을 딱 튕겼다. 아무런 반응이 없었다.

차라리 이런 식이 더 나았다. 나는 하고 싶은 말을 다 하고 떠날 수 있을 테고, 부모님도 더 이상 나에게 준 상처보다 더 상처가 되는 말을 할 수는 없을 테니까.

"더는 두 분한테 화가 나지 않았다는 걸 알려드리고 싶어요. 오랫동안 저는 화가 나 있었던 게 사실이지만, 이젠 다 극복했어요. 엄마 아빠는 저와 함께 지내는 것의 의미를 이해하지 못하셨죠. 어떻게 그러실 수가 있어요? 두 분은 이상한 종족이 아니에요. 듣자 하니 그걸 알아차리는 부모들은 0퍼센트에 가깝대요. 하지만 그래도 엄마 아빤 더 마음을 활짝 열고 더 열심히 노력을 기울일 수도 있었어요. 두 분도 이런 아들을 바란 적은 없었겠죠. 적어도 두 분은 엠마의 부모님처럼 저를 묶어두거나 서커스에 팔려고 하진 않으셨으니 됐어요." 나는 한숨을 쉬었다. 내 말을 듣지도 못하는 좀비들에게 털어놓고 있으려니 스스로가 멍청이처럼 느껴졌다.

저 멀리 잔디밭에선, 모든 이상한 종족들이 반짝거리는 소형 루프 입구 근처에 줄지어 서 있었다. 모든 임브린들이 손을 잡고 원을 그리고 있었는데, 프란체스카의 도움을 받아 애보셋 원장도 휠체어에서 일어나 있었다.

나는 그들과 합류하고 싶은 강한 끌림을 느꼈지만 다시 부모님을 돌아보았다. 내 이야기를 들을 수 없다고 하더라도 내가 해야 할 말은 더 남아 있었다.

"저는 결정을 내렸어요. 할아버지가 돌아가시고 이렇게 이상한 일들이 시작된 이후로 저는 여러 번 시간을 거슬러 왔다 갔다 했어요. 어쩌면 부분적으로 여기서 부모님과 살다가 또 다른 삶도 번갈아 살 수 있을 거라고 생각했죠. 그런데 그게 잘 안 됐어요. 저한테도 그렇고, 부모님한테는 확실히 그게 안 될 일이었죠. 계속해서 여기 앉아 침을 질질 흘리고 있다보면, 기억 삭제를 하도 많이 당해서 아마 본인들 생일도 잊어버리셨을 거예요. 어차피 제 생일은 잊으셨겠지만요. 그러니까 제가 하려는 말은 이거예요. 전 떠날 거고, 더는 돌아오지 않을 거예요. 여긴 제 집이 아니에요."

아빠가 한숨을 내쉬었으므로 나는 퍼뜩 놀랐다. "괜찮다, 제이콥. 우리도 이해한다." 나무토막처럼 아빠가 말했다.

나는 베란다 난간에서 거의 떨어질 뻔했다. "이해를 하신다고요?"

아빠는 여전히 먼바다를 응시하고 있었다. "우린 요트를 살 거야. 안 그래요, 여보?"

얼굴에 표정이 전혀 없던 엄마가 울기 시작했다.

가슴속에 맺힌 응어리 같은 것이 꽉 뭉쳤다. "엄마. 울지 마세요."

엄마는 아무것도 보지 않고 있는 눈빛으로 계속해서 조용히 눈물을 흘렸다. 나는 난간에서 몸을 일으켜 엄마 옆으로 가서 꽉 안아주었다.

"내 아들." 엄마가 나직이 말했다. "내 귀여운 아들." 엄마의 팔은 계속 옆구리에 힘없이 늘어져 있었다.

나는 오랜 시간이라고 느껴질 만큼 엄마를 포옹한 채 그대로 앉아 있었다. 잔디밭 가장자리에서 친구들이 나를 계속해서 흘끔거렸다. 임브린들은 섬뜩하면서도 경쾌한 노래를 부르고 있었는데, 가사가 이어질수록 노랫소리가 점점 더 커졌다. 이윽고 엄마가 울음을 멈추었다. 다시는 입을 열지도 않았다. 마침내 내가 엄마를 놓아주었을 때, 엄마의 눈은 감겨 있었다. 엄마는 내 어깨에 기댄 채 잠들어 있었다.

나는 엄마를 푹신한 장의자에 눕히고 머리에 쿠션을 받쳐주었다. 그러고는 아빠를 보러 갔다. 어느 틈에 아빠는 의자에서 일어나, 와글거리는 이상한 종족들에게는 시선도 주지 않은 채 바닷가로 이어지는 잔교 끝까지 가 있었다. 아빠는 잔교 아래로 로퍼 신은 발을 늘어뜨린 채 등을 대고 바닥에 누워 멍하니 구름을 올려다보았다.

나의 그림자가 아빠에게 드리워졌다. “안녕히 계세요, 아빠. 가끔 노력해주신 건 고마워요.”

“안녕히 가세요, 아빠.” 눈을 안구 뒤쪽으로 굴리며 아빠가 대꾸했다.

나를 놀리려는 걸까? 그게 아니라면 순간적으로 아빠가 나의 할아버지와 이야기를 나누고 있다고 생각했을까?

나는 떠나려고 돌아섰다.

“행운을 빈다, 제이콥.”

나는 걸음을 멈추었다. 돌아보았다. 아빠가 나를 똑바로 쳐다보고 있었다.

바로 그 순간, 우리는 서로 수백만 킬로미터 떨어져 있으면서 동시에 그 어느 때보다도 가까워졌다는 느낌이 들었다.

입을 벌려보았지만, 목구멍이 말라붙었다. 나는 고개를 끄덕였다.

“사랑한다.” 아빠가 말했다.

“저도 사랑해요.”

가야 할 시간이었다. 아빠는 걸어서 떠나가는 나를 지켜보았다. 소형 루프의 번쩍임은 점점 더 커지고 밝아져, 태양을 반사시키는 거울처럼 맹렬하게 반짝이는 점이 되었고, 불안정한 공기 속에서 덜덜 떨리고 있었다.

임브린들은 세 명씩 짝을 지어 피후견인들을 들여보냈다. 나는 잔디밭 가장자리에 친구들과 함께 서서 기다렸다. 피오나만 예외였다. 우리들 중엔 누구도 시간 재설정이 필요하지 않았다.

피오나는 맨 마지막으로 시간 재설정을 받았다. 친구들이 다음으로 떠나갔고, 페러그린 원장을 제외한 모든 임브린들도 사라졌다.

페러그린 원장은 내가 서 있는 곳으로 걸어왔다. "언젠가 너를 위해서 이곳에 또 다른 소형 루프를 만들어줄 수 있단다. 네가 원하기만 하면."

나는 원장을 쳐다보았다. 감사의 미소를 지으며. 그런 다음 머리를 흔들었다.

"감사합니다. 하지만 그럴 일은 없을 것 같아요."

페러그린 원장은 고개를 끄덕였다. 그러고는 내가 마지막으로 떠나고 싶어 한다는 것을 감지한 듯 몸을 틀어 먼저 사라졌다.

나는 정적 속에서 몇 초간 기다렸다. 습한 바람이 일었다. 뒤에 남고 싶은 충동은 일지 않았다. 가슴을 치는 회한도 없었다. 거울 같은 루프의 빛무리에 발을 디디며 나는 잠시 멈춰 서서 아빠를 향해 마지막으로 손을 흔들었다. 아빠도 마주 손을 흔들어주었지만, 너무 무표정해서 반사적인 행동이 아닐까 의아해졌다.

밀려드는 감정에 목이 메이며, 나는 문을 빠져나갔다.

제 25 장
chapter twenty-five

애보셋 원장은 새벽에 세상을 떠났다. 오랜 세월 열심히 싸웠지만, 쇠약하고 지친 몸으로는 더 이상 싸울 수가 없었다. 애보셋 원장은 어렸을 때부터 손수 가르쳤던 자매 임브린들과 사랑하는 제자 프란체스카의 품에서 마지막 숨을 거두었다. 마지막 유언은 에머슨의 인용문이었다. "아무것도 죽지 않는다. 사람들은 죽음을 가장해 거짓 장례식과 구슬픈 부고를 견뎌내지만, 건강하고 완벽한 모습으로 새롭게 이상한 변장을 하고서 창밖을 내다보며 서 있을 뿐이다."

이제껏 임브린의 장례식을 본 적이 있는 사람은 아무도 없었다. 그런데 그날만 임브린 세 분의 장례식이 거행되었다. 땅을 파지도 않고 매장도 안 하고, 특별한 지시에 따라 울음도 없는 장례식이었다. 애보셋 원장과 바백스 원장, 그리고 V의 시신은 각각 얇은 하얀색 수의로 덮여 있었다. 악마의 영토 전 주민이 나와 시신의 뒤를 따라 행진했는데, 이상한 능력을 칭송하고 찬양하는 구호와 고대 언어로 부르는 노래가 이어진 행렬은 장례식이라기보다는 축제에 더 가까웠다. V가 임브린이었다는 사실에 충격을 받은 사람들도 일부 있었지만, 지난 며칠 동안 우리가 견뎌야 했던 충격에 비하면 그것은 미미한 수준이었다. 우리의 행진은 작은 원형 돌집에서 끝이 났다. 그곳은 한때 악마의 영토의 구더기 농부들이 만들어 파는 것으로 악명 높았던 특산품인 고약한 술에 들어가는 재료인 삼지구엽초를 재배하는 데 활용되던 곳이었다. 물론 그것은 중요하지 않았다. 임브린의 **화장 절차**를 위해 필요한 것은 문에 빗장이 달려 있고 지붕에 굴뚝을 대신할 구멍이 있는 공간이었는데, 이 집 지붕엔 구멍이 많았다.

추도 연설도 없었다. 마지막 임브린의 시신이 집 안에 봉안되고 문이 잠기고, 사람들이 모두 건물에서 한참 떨어진 곳까지 물러나도록 지시를 받자 나는 폭발이라도 일어나는가 하고 절반쯤 기대를 품었다. 폭발 대신 페러그린 원장이 요란하게 새 울음소리를 내자, 하늘에서 찌르레기 떼가 대거 몰려와 지붕에 뚫린 구멍 여러 개로 물밀듯이 날아들었다. 집 안에서 엄청난 소란이 벌어졌다.

"저 새들이 무얼 하는 걸까?" 내가 에녹에게 속삭였다.

"뼈를 깨끗하게 정화하는 거야." 눈물이 그렁그렁한 눈으로 에녹이 대답했다. "뼛가루를 내서 약으로 쓰이거든. 임브린의 뼈는 용도가 아주 다양해서 낭비하는 건 죄악이야."

딱 맞는 최후였다. 임브린의 삶은 끝없는 봉사의 삶이었다. 죽어서도 그들에겐 할 일이 있었다.

새들이 지붕에서 빠져나오기 시작했다. 임브린 두어 명과 임브린 수련생들이 열쇠 구멍으로 들여다보며 뼈가 제대로 정화되었는지 확인했다.

내게 몸을 기대고 있는 누어를 돌아보았다. 누어는 눈을 감고 있었다.

“너 괜찮아?” 늘 그러듯이 내가 누어에게 물었다.

누어는 내 손에 자기 손을 슬며시 밀어 넣었다. 잠시 후 누어가 눈을 떴다. “그냥 작별 인사를 하고 있었어. 부디 이것이 마지막이기를 바라면서.”

먹구름처럼 몰려왔던 찌르레기 떼가 날아올라 누런 하늘로 모습을 감추었다.

악마의 영토에는 아직 할 일이 엄청 많았다. 더 치러야 할 장례식도, 청소할 것도, 수리해야 할 것도, 논의해야 할 것도 많았지만, 모든 것은 하루 정도, 혹은 최소한 몇 시간은 더 기다려도 되는 일이었다. 마침내 우리는 휴식의 시간을 누렸다. 전멸의 위협이 우리 머리 위에서 대롱거리는 일이 없는 진짜 휴식.

몰려들었던 군중이 흩어졌다. 모두들 각자의 집이나 공동 기숙사로 향했다. 단체로 루프 시간 재설정을 받고 나면 사람들이 한꺼번에 루프 출구로 달려가 현재를 누릴까 봐 임브린들이 한때 걱정한 것이 사실이지만, 서둘러 루프를 탈출하는 사람들은 없었다. 우리를 괴롭힐 와이트와 할로우도 없고, 늘 걱정하고 살던 내

면의 생체 시계도 사라지자, 지금 당장은 바깥세상의 위험을 맞닥뜨릴 준비를 하는 것이 더 어려워졌다.

친구들과 나는 한편으로 마음이 무겁지만 행복한 심정으로 서로가 옆에 있다는 걸 즐기며 딧치하우스로 다시 걸어갔다. 우리는 승리를 거두었다. 한 세기도 넘는 투쟁의 세월 끝에, 마침내 카울과 그의 사악한 무리들을 궤멸시켰다. 이제 이상한 세계가 직면한 위협은 더 광범위하고 더 막연하고 더 역사가 오래된, 평범한 인간들이었다.

애당초 우리 사회가 형성될 때부터 경계하던 위협이었다. 수천 년 전 임브린들이 루프를 만들기 시작한 이유도 바로 평범한 인간들이었다. 우리가 본성을 숨긴 이유도, 그리고 바깥세상에서 이상한 종족들의 특별한 능력을 노골적으로 드러내는 것을 엄격히 금하는 임브린들의 규범이 생긴 이유도 평범한 인간들 때문이었다. 임브린들은 오랜 세월 우리 존재가 노출되는 것을 두려워해 그것을 막으려고 부단히 노력했다. 그러나 그런 일이 벌어지고 만 지금, 임브린들은 낙관적이었다. 우리 부모님 댁 뒷마당에서 임브린들의 토론을 밀라드가 우연히 엿들었는데, 충분히 시간을 들여 노력을 기울이면 우리에 대한 인식도 달라질 수 있다는 것이 그들의 의견이었다. 기억 삭제가 아니라—그 방법을 쓰려면 지구상의 인구 절반의 기억을 지워야 할 것이다—장기간에 걸쳐 선한 일을 꾸준히 하다보면, 언젠가 우리를 향한 선의도 답례로 얻어낼 수 있을지 모른다.

물론 그런 날이 금방 닥치지는 않을 것이다. 그러나 그런 날이 올 때까지는 우리에게 루프가 필요했다. 일단 루프의 한계와 위험을 최소한으로 잘 알고 있는 상황에서는 옛날 방식의 삶으로 되돌아간다는 것에 묘한 안도감이 있었다.

세상은 이상한 종족들에게 한 번도 쉬운 곳이었던 적이 없었고, 그 점은 달라지지 않을 것이다. 그러나 그것으로 충분했다. 악마의 영토조차도 충분했다. 나에겐 친구들이 있었다. 나는 사랑에 빠졌다. 함께 힘을 모아 우리 사회를 재건하고, 다시는 분열하지 않도록 기반을 다지면서 난 이곳에서 행복할 수 있을 것이다. 깨뜨릴 수 없는 무언가를 만들고 있었다.

결국 우리의 진짜 집은 늘 서로의 존재였다. 그리고 진짜 집은 늘 내가 원했던 전부였다.

친구들과 내가 덧치하우스로 막 돌아와 각자 침대로 빠르게 흩어지려는 찰나, 페러그린 원장이 귀가해 우리를 주방으로 소집시켰다. "아직 신발을 벗지 말 거라. 너희와 공유할 것이 있단다. 그런데 여기선 못하는 일이야."

페러그린 원장은 우리를 모두 이끌고 악마의 영토를 다시 가로질러 벤담의 저택으로 가, 심각하게 손상된 팬루프티콘 하층부 복도로 향하는 계단을 올라갈 때까지도 무슨 일인지 이야기를 해주지 않았다. 페러그린이 뒷걸음질을 쳐 널빤지를 대놓은 루프 문을 지나 이동하며 우리에게 말했다. "너희들도 알다시피 애보셋 원장님이 돌아가시면서 생긴 공백은 가능한 한 빨리 메꿔야 한단다. 애보셋 원장님은 워낙 거목이고, 사자 같은 분이셨어. 우리들 중에선 그 누구도 혼자서 그분의 역할을 해낼 수 없을 거다. 그래서 쿠쿠 원장과 내가 함께 임브린 수장 역할을 나눠서 담당할 거야."

"뭐라고요!" 밀라드가 외쳤다. "그런 전례가 없잖아요."

"어차피 복잡한 새로운 세상이고, 가르쳐야 할 젊은 임브린들도 전보다 많아졌거든." 페러그린 원장이 말했다.

"그럼 두 분이 임브린 학교도 운영하시는 거예요?" 엠마가 물었다.

"맞아." 페러그린 원장이 말했다.

"하지만 그래도 우리 원장 선생님으로 계셔주실 거죠?" 클레어가 작은 손을 뺨에 올리며 물었다.

"그야 물론이지! 전보다 더 바빠지기는 하겠지만, 너희는 언제나 내 아이들이야."

클레어는 안도감에 거의 녹아내릴 듯한 얼굴이었다.

"임브린 수련생들과 다른 곳에서 사신다는 뜻은 아니지요?" 올리브가 물었다. "**제발** 떠나지 마세요, 원장님."

"그럼, 그럼. 그들이 우리와 함께 살러 올 거야. 우린 모두 함께 지내게 될 거란다. 어휴, 너희들이 생각을 완전히 잘못하고 있었구나."

"하지만 딧치하우스에서 모두 같이 사는 건 아니겠죠?" 호러스가 약간 경악하며 물었다. "제 말은 그러니까, 그래도 멋지긴 하겠지만……."

"너무 비좁고 지저분하지?" 페러그린 원장이 소리 내어 웃으며 말했다. "아니야, 우린 모두 날개를 펼칠 수 있을 만한 공간이 필요할 거다. 그리고 틀림없이 너희들 모두 다시 각자 방을 하나 갖게 될 거야."

"네! 어휴, 그렇다면 백만 번이라도 찬성이죠." 호러스가 에녹을 흘끔 노려보며 소리쳤다. "억지로 방을 함께 쓰면 절대로 안 되는 사람도 있거든요."

"저희를 위해 어떤 곳을 찾아내셨어요?" 올리브가 단서를 찾아 페러그린 원장을 살피며 물었다. "다른 루프인가요?"

"어디든 열대지방은 아니면 좋겠네요. 그런 날씨는 저랑 안 맞아요." 에녹이 투덜거렸다.

우리들 대다수가 기분이 좋지 않았다. 워낙 많은 격변을 겪은 이후라 페러그린 원장의 아이들은 변화를 경계하게 되었는데, 이번 경우는 엄청난 변화를 예고하고 있었다.

페러그린 원장은 우리의 불평에 조금도 아랑곳하지 않았다. "날씨도 너희들한테 아주 딱 맞을 거다, 에녹. 이쪽으로 오렴."

우리는 복도에 새롭게 만들어진 문이 있는 구역으로 다가갔다. 모두 열 개의 문이 있었는데, 페러그린 원장은 마지막 문 앞에서 걸음을 멈추었다. 그 문엔 명판도 없고 아무런 표시도 없었다.

"어디로 가는 거예요?" 내가 원장에게 물었다.

"미리 말해주면 깜짝쇼가 못 되잖니."

미소를 지으며 페러그린 원장이 문을 밀어 열었다. 평범한 침대와 협탁, 옷장 너머로 네 번째 벽이 텅 비어 잎이 무성한 여름 숲이 나타났다. 그런 풍경은 어느 곳이든 될 수 있고 거의 모든 시대가 가능했다. 우리는 방으로 걸어 들어가 나뭇잎 사이로 얼룩덜룩 스며든 햇빛 속으로 향했다. 상쾌한 산들바람이 불어와, 잔잔

하게 **쉭쉭** 흔들리는 소리를 내며 나뭇가지를 흔들었다.

페러그린 원장은 우리보다 앞장서 걸어갔다. "이쪽 위에 길이 있단다. 아직 표지판을 만들어두지는 못 했지만 말이다. 보다시피 내가 몇 군데는 손을 좀 봐야 했단다……."

우리는 원장을 따라 숲을 지나갔다. 친구들은 눈을 등잔만 하게 뜨고서 주변을 돌아보며, 초조하게 흥분한 상태에서 속삭임을 주고받았다. 이유는 확실히 알 수 없었지만 나도 그런 흥분을 느꼈다.

"퍼플렉서스가 비밀 프로젝트를 수행하느라 아주 열심이었다." 페러그린 원장이 말했다. "완성되기 전까지는 너희에게 말하고 싶지 않은 비밀이었어. 지난 몇 년 동안 우리는 씨앗 은행이나 DNA 보관소처럼 언젠가 특정한 공간을 재탄생시킬 수 있을지도 모른다는 희망으로, 루프의 필수적인 작은 조각들을 모아두고 있었거든……."

"원장님?" 클레어가 흥분해서 떨리고 높아진 목소리로 끼어들었다. "이 숲이 왜 이렇게…… 낯이 익죠?"

페러그린 원장이 한쪽 팔을 뻗었다. "가서 직접 보렴. 저 나무 사이로 난 오솔길을 따라가면 돼."

클레어가 장막처럼 드리워진 나뭇잎을 뚫고 달려가더니 잠시 후 비명이 들려왔다.

우리 모두 클레어를 따라 달려갔다. 초록색 숲을 벗어나, 나에게도 낯익은 흙길로 접어들었다. 클레어가 길 한복판에서 펄쩍 펄쩍 뛰며 꺅꺅 비명을 질러대고 있었다. 나의 척추에 전율이 흘러내렸다.

엠마가 내 옆에서 멍하니 멈춰 서서 숨을 헐떡였다.

"케르놈이야!" 올리브가 소리쳤다. "우리가 케르놈에 와 있어!"

그 길은 오래된 늪에서 집으로 이어지던 오솔길이었다. **페러그린 원장의 집.** 따끔따끔한 충격이 나의 전신으로 퍼졌다.

"좀 전에 말했다시피, 몇 군데는 달라졌단다." 페러그린 원장이 온 얼굴에 웃음을 띠며 말했다. "루프 입구는 더 이상 돌무덤을 통과하지 않아도 되고…… 그렇게 멀고 지저분한 곳까지 돌아가지 않아도……."

그러나 우리는 모두 오솔길을 달려가기 시작했고, 원장의 목소리는 빠르게 우리 뒤로 사라져버렸다.

나는 누어의 손을 잡아당기고 있었다. "다들 왜 저렇게 흥분해서 난리야?" 누어가 물었다.

"우리가 섬에 돌아왔으니까!" 내가 소리쳤다.

그것은 아직 여기 있었다, 아니, **다시** 여기에 있었다. 숲과 오솔길. 그러나 문제의…….

이윽고 굽은 오솔길을 돌아 약간 완만한 경사 꼭대기에 그것이 보였다. 페러그린 원장의 집. **우리** 집. 게다가 집은 아주 장관이었다. 제자리를 잃은 돌 하나도 없고, 깨진 유리창 하나도 없이 완벽했다. 새로 페인트칠을 했고, 꽃밭에는 찬란한 색깔이 펼쳐져 있었으며 지붕 위로 눈부신 햇빛이 쏟아져 내렸다. 친구들이 잔디밭으로 뛰어들어 믿어지지 않는 기쁨으로 고함을 질러대는 동안, 나는 마당 끝에 멈춰 서서 경탄의 시선으로 집을 감상했다.

"상상했던 것보다 더 아름다워." 누어가 숨을 몰아쉬며 말했다.

나는 고개만 끄덕일 수 있을 뿐이었다. 뜨거운 것이 목구멍으로 치밀어 올랐다.

"우리 집이야, 아름다운 우리 옛집이야! 완벽해!" 호러스가 고래고래 소리치고 있었다.

피오나와 휴는 장미 정원에서 춤을 추고 있었다. 브로닌은 감동에 휩싸여 오래된 우물 옆에서 고함을 질러대다 눈물로 뺨을 적셨고, 엠마와 밀라드가 다가가 껴안아주었다.

페레그린 원장은 누어와 나를 따라 함께 달려왔다. "1940년 9월 2일이란다. 또 하나 조정한 게 있지. 시계를 약간 뒤로 늦춰서, 이제는 완벽하게 새로운 하루를 배울 수가 있게 되었단다. 저주받은 폭탄이 떨어지는 일 없이 말이야!"

페러그린 원장은 브로닌에게 다가가 위로한 뒤, 정원 오솔길에 우리를 모두 모이게 했다. 다른 아홉 명의 임브린들도 원래 루프를 모두 복구했다고 설명하며, 악마의 영토에 갇혀 있던 모든 이상한 종족은 이제 원한다면 다시 집으로 돌아갈 수 있게 되었다고 했다. "그리고 물론 예전처럼 아무도 루프에 갇혀 살지 않아도 된단다. 팬루프티콘은 저 숲을 통해서 다시 돌아갈 수 있고, 거기선 너희들이 어디든……."

"거의 모든 곳으로 갈 수 있겠죠." 밀라드가 말했다.

"저는 다시는 어디로도 가고 싶지 않아요." 클레어가 선언했다. "오늘부터 앞으로 쭉 저는 이 섬에서 한 발자국도 안 나갈 거예요."

페러그린은 클레어의 금발 머리를 쓰다듬으며 미소를 지었다. "그건 전적으로 너한테 달렸어."

클레어가 참고 있던 흐느낌을 토해내며 페러그린의 다리에 매달려 울자, 페러그린 원장이 코알라처럼 클레어를 다리에 매단 채 절룩거리듯 걸어갔다.

"다 괜찮아, 아가, 실컷 울거라."

케르놈은 더 이상 황금빛 감옥이 아니었다. 엽서 속에서나 완벽해 보일 뿐 절대 탈출할 수 없는 종신형의 공간이 더 이상 아니었다. 우리는 언제든 원할 때 떠날 수 있었다. 혹은 전혀 떠나지 않을 수도 있고.

우리는 집을 한 바퀴 돌았다. 대기에선 바다 냄새와 꽃향기가 감돌았다. 햇살이 창문에 반사되었다. 건물 외양은 완벽하게 새로운 모습이었지만, 그 외엔 뒷마당에 놓인 고리버들 의자의 배열까지도 대부분 내가 기억하고 있는 그대로였다. 그래도 한 가지는 달라져 있었다. 하늘을 가리키고 있는 아담을 그린 미켈란젤로의 작품을 그대로 형상화했던 우리의 유명한 토피어리 조형물이 더는 보이지 않는 대신, 추모의 의미를 담아 환영하듯 두 팔을 벌리고 있는 애보셋 원장을 닮은 토피어리 작품이 세워져 있었다.

클레어를 여전히 다리에 매단 채로, 페러그린 원장이 현관 앞 계단을 올라가 우리를 돌아보았다. 눈가에 눈물이 반짝거렸다. "나는 정말, 너무, **너무**……." 페어그린 원장은 코를 훌쩍거리며 시선을 돌렸다가 심호흡을 했다. "너희를 내 아이들이라고 부르는 게 나는 정말 너무 자랑스럽단다. 너희를 돌보고, 너희에게 보살핌을 받는 삶을 누린 것이 나에겐 영광이었다. 너희는 나를 아주 행복한 임브린으로 만들어주었어."

"오, 원장님, 우리는 원장님을 너무 많이 사랑해요!" 울음을 터뜨린 올리브는 구두끈을 풀어버리고 계단 위로 둥둥 떠오른 다음 페러그린 원장의 다른 쪽 다리에 매달렸다.

나머지 우리들도 재빨리 따라가 두 팔을 벌린 페러그린 원장의 품에 안겼다. "집에 돌아온 걸 환영한다. 너희들 모두 집에 온 걸 환영해."

우리는 그렇게 한참 서서 모두 한 덩어리가 되어, 누군가는 울고 누군가는 웃다가 마침내 페러그린 원장이 감정을 추스른 뒤 박수를 쳐 조용히 하라고 말할 때까지 끈질기게 버텼다. "자, 그럼! 저녁 식사가 식탁에 준비되어 있단다. 모두들 평소처럼 제자리에 앉으렴. 호러스는 프라데시 양에게 새로 자리를 마련해 주고."

그러고는 페러그린 원장이 몸을 돌려 현관문을 열자 맛있는 음식 냄새가 풍겼고, 우린 함께 집 안으로 들어갔다.

사진에 대하여

이 책에 들어 있는 모든 사진은 진본으로, 오래전에 발견된 빈티지 사진 작품이며, 약간의 디지털 보정을 거친 것을 제외하면 변조되지 않았다. 여러 해에 걸쳐 공들여 수집된 이 사진들은 벼룩시장과 골동품 전시장, 필자인 나보다 더 뛰어난 사진 수집가들의 소장품 목록에서 발견된 것으로, 소장자들이 가장 기묘한 자신의 보물들과 일부 헤어질 정도로 친절을 베푼 까닭에 이 책을 탄생시키는 데 도움을 받았다.

아래 사진들은 소장자로부터 감사하게 빌려 사용한 작품들이다.

페이지	제목	소장자
1권 100	사진 앞에 있는 소녀	Jack Mord/The Thanatos Archive
1권 119	벤담과 애완동물	Jack Mord/The Thanatos Archive
2권 50	곰	John Van Noate
2권 272	밴조를 연주하는 소년	Jack Mord/The Thanatos Archive

옮긴이의 말

매력적인 송골매 페러그린 원장과 이상한 아이들을 내가 처음 만난 건 2016년 팀 버튼 감독의 영화 덕분이었다. 인상적인 영화를 본 뒤 원작의 존재를 알게 되면 자연스레 원작 독서로 이어지는 경우가 많다. 아쉽게도 몹시 기대했던 영화의 후속편 제작은 무산되었지만, 시각적 묘사에 뛰어난 작가의 역량 덕분에 우리는 이 시리즈의 소설을 읽으며 종종 영화 속 장면이 눈앞에 펼쳐지는 듯한 황홀한 기분을 느낄 수 있다. 2011년 『페러그린과 이상한 아이들의 집』을 시작으로, 『할로우 시티』 『영혼의 도서관』 『시간의 지도』 『새들의 회의』까지 10년을 넘기는 세월 동안 대모험을 이어온 이상한 종족의 이야기는 여섯 번째 이야기인 『붕괴하는 악마의 영토』로 드디어 끝을 맺는다.

신을 자처하는 악의 축 카울의 부활로 또 한 번 암울한 전쟁에 휩싸인 이상한 세계가 과연 예언서의 글귀처럼 희망을 품을 수 있을지 조마조마한 마음으로 책장을 넘기다 보면 반전의 반전을 거듭하다 제이콥이 지닌 출생의 비밀까지 더해져 파국을 맞는다. '평범함과 정상성'에 대한 인간의 집착과 편견을 조롱하는 듯한 이상한 종족들의 또 다른 세계에서, 여러 주인공들이 지녔던 갖가지 이상한 재능에 비해 괴물의 언어를 알고 조종하는 제이콥의 능력은 아무래도 지배층의 특권처럼 느껴졌던 것이 사실이다. 그러나 제이콥의 유전자에 그런 능력이 새겨졌던 비밀이 드러나며 이제는 타고난 선과 악의 경계도 흐릿해진다.

어딘가 다르고 보기에 불편하다는 이유로 당장 괴물이라는 꼬리표를 붙여 부모에게도 버림받았던 이상한 아이들의 삶은 판타지 소설 속에만 존재하지 않는다. 인간을 포함하여 남들과 다르거나 어딘가 유별난 생명체는 참으로 쉽게 외면당하고 종종 버려지기도 한다. 우리가 수없이 보아온 그런 참혹한 현실 속에서 이 작품에 담긴 메시지는 그래서 더 통쾌하고 감동적이다. 인간세계의 잣대로는 결코 이상한 아이들을 제대로 가늠하지 못한다. 반듯한 집안에서 사랑을 듬뿍 받으며 자라난 해맑은 아이들이 성공을 거둔다는 사회적 편견은 이상한 세계 속에선 비웃음과 함께 박살이 난다. 오히려 결핍과 결함과 역경을 겪은 아이들이기에 갖출 수 있는 미덕이 더 많다는 걸 우린 알 수 있다.

랜섬 릭스의 판타지 세계 속에서 이상한 종족은 엄청난 차별과 혐오 속에서도 나약한 인간을 파멸시키는 대신 함께 살아가는 공존과 평화를 선택했다. 아들을 영원히 이해하지 못했던 제이콥의 부모가 시사하듯, 전통적인 의미의 가족은 해체되고 무의미하게 변하는 반면 각자의 선택으로 형성된 또 다른 가족은 진실한 의미와 존재감을 갖는다. 제이콥과 친구들의 기나긴 시련과 모험은 결국 진짜 가족과 집을 찾아가는 과정이다. 서로의 존재에서 진짜 집을 찾아낸 그들에게는 드디어 행복한 집이라는 물리적인 공간도 주어진다. 거저 얻어지는 것의 의미는 당연히 퇴색한다.

속된 말로 사방에 흩뿌려졌던 떡밥을 속속들이 회수하며 작가는 완벽한 동그라미를 그리듯 시리즈의 원점이었던 케르놈 섬으로 우리의 주인공들을 돌려놓았다. 포탄이 비오듯 쏟아지는 전쟁터에서도 유머와 재치를 살려낸 작가의 손끝에서 그들의 삶이 어떻게 그려질지 책에 적히지 않은 미래를 상상해본다. 6부작의 완결로 채워지지 않은 이별의 아쉬움을 다독여보려는 것이다. 작가만큼의 탁월한 상상력을 발휘할 수는 없지만 주인공들이 팬루프티콘을 통해 시간과 공간을 마음껏 누비고 다니며 또 다른 세상을 변화시켜주기를 빈다. 스스로 과거와 섬에 갇힌 단조로운 삶을 선택해도 좋겠으나, 이왕이면 더 많은 자유와 풍요로운 경험을 누리면 좋겠다. 현실과 달리 그 세계에선 부디 더는 전쟁과 차별이 없는 사회가 그들을 두 팔 벌려 맞이해주기를.

붕괴하는 악마의 영토 2

초판 1쇄 펴낸날 2023년 11월 15일

지은이 랜섬 릭스
옮긴이 변용란
펴낸이 김영정

펴낸곳 폴라북스
등록번호 제22-3044호
주소 06532 서울시 서초구 신반포로 321(잠원동, 미래엔)
전화 02-2017-0280
팩스 02-516-5433
홈페이지 www.hdmh.co.kr

ISBN 979-11-88547-30-2 04840
979-11-88547-31-9 04840(세트)

* 폴라북스는 (주)현대문학의 새로운 종합출판 브랜드입니다.
* 파본은 구입처에서 교환해드립니다.
* 책값은 뒤표지에 있습니다.